Anne Fine

Mutterglück

Eine schwarze Komödie

Roman

Aus dem Englischen von Barbara Heller

Diogenes

Titel der 1994 bei Viking, London,
erschienenen Originalausgabe:
›In Cold Domain‹

Umschlagillustration:
Pablo Picasso, ›Die Frau mit dem Raben‹, 1904

200/96/44/1
ISBN 3 257 06119 6

I

1

Wie ein Ei dem anderen

»Wir sind früh dran, da können wir noch das Rodungsprojekt deiner Mutter bewundern.«

Während er redete, behielt Caspar die anderen Autos im Auge, die sich in den Kreisverkehr einfädelten, und so brauchte William nicht zu lächeln. Zu jedem anderen Zeitpunkt hätte er die Bemerkung lustig gefunden. Er war unter anderem auch deshalb bei Caspar geblieben, weil Caspar es an schlechten Tagen schaffte, die Wahrheit im Flittergewand des Scherzes durch seine schwarzen Gedanken schwingen zu lassen und alles heller zu machen. Doch der Traum der vergangenen Nacht war noch ein wenig zu real. William fühlte noch immer die eisige Winterluft, die Kälte auf der Haut, als er im magisch blauen Dämmerlicht das Tor von ›Cold Domain‹ aufschob und den Garten, so wie er früher ausgesehen hatte, vor sich liegen sah.

Jetzt schwenkte der riesige Wagen um die letzte Kurve.

»Was es wohl diesmal ist, was glaubst du? Schließ deine Wetten ab.«

William mochte gar nicht daran denken. Beim letzten Besuch war es der Steingarten gewesen: »Eine blödsinnige Sache. Unmöglich zu jäten, und dauernd ist jemand drübergestolpert.« Davor war der Wilde Wein an der Reihe gewesen: »Nein, er war sowieso tot, Schatz. Mausetot.« »Aber letzten Sommer hast du dich doch noch beklagt, daß er durch alle Ritzen wächst.« Ihr Mund hatte sich zusammengezogen wie ein Katzenpo. »Nein, Schatz, das hast du völlig falsch verstanden. Der Wein war schon seit Jahren tot.«

Caspar legte die Hand auf Williams Knie.

»Reiß dich zusammen.«

Und William versuchte es. Er hob den Kopf und holte, als sie durch das Tor fuhren, tief Luft. Zu tief, denn Caspar wandte sich ihm zu und blickte ihn argwöhnisch an.

»Du weinst ja schon!«

»Ach was.«

Ehre, wem Ehre gebührt: Caspar war ein hervorragender Autofahrer. In Sekundenschnelle hatte er den Rückwärtsgang eingelegt und fuhr behutsam wieder auf den schmalen Weg hinaus.

»Meinst du, sie hat uns gesehen?«

»Nein, bis zum Flieder ist man, glaub' ich, sicher.«

»Flieder?«

Wie dumm. Der Flieder war ja schon vor Jahren verschwunden.

»O Gott! Warte, es geht gleich wieder.«

»Nur keine Eile.«

Caspar stieg aus und zündete sich eine Zigarette an, stützte sich dann auf die Kühlerhaube und sah unverwandt durch die Windschutzscheibe ins Wageninnere, wo William schniefte und wischte, wischte und schniefte. Caspar verstand einfach nicht, weshalb William diese Horrortrips überhaupt machte. Erst kürzlich, nachts im Bett, hatte er das Thema aufs Tapet gebracht, als William wieder einmal mit der gefürchteten Litanei angefangen hatte: »Ich muß unbedingt mal wieder hin. Seit dem letzten Mal sind Monate vergangen!« Caspar hatte sich gereizt von ihm weggedreht. »Wieso denn? Wenn sie dich sehen will, kann sie sich ja herbemühen.«

»Was, hierher?«

»Warum nicht?«

Ja, warum nicht? Immerhin hatten sie ein äußerst komfortables Gästezimmer. Die Wände waren nicht gerade papierdünn, und auch sonst hatte Caspars Wohnung nichts Befremdliches an sich: keine Spur von Chichi, kein Leder- oder Federkram, keine seltsamen Freunde, die zu noch seltsameren Zeiten ein und aus gingen.

»Aber sie kommt doch ganz gut ohne dich zurecht. Sie hat ja Barbara.«

»Das ist ja das Problem! Barbara gegenüber ist das nicht fair.«

»Wieso, das macht ihr doch nichts aus. Und wenn, dann kann sie dich ja jederzeit bitten, auch mal zu kommen. Oder Tory. Oder Gillyflower.«

»Natürlich! Du bist ja nicht nur Fachmann für alles andere auf der Welt, sondern jetzt auf einmal auch noch für unsere Familienangelegenheiten!«

Und dann hatte es Krach gegeben und danach einen wackeligen Waffenstillstand. Und erst nachdem sie beides so lange ausgedehnt hatten, wie William es zu riskieren wagte und Caspar es aushielt, war die leidenschaftlich-reumütige Bumserei gekommen und dann ein wundervoller Friede. Es war nicht zu bestreiten: In den Listen und Tücken emotionaler Tyrannei ähnelten sich William und seine Mutter wie ein Ei dem anderen. Doch nicht um sein

Verlangen nach Mrs. Collett zu bezähmen, mußte sich Caspar gegen die warme, glänzende Flanke seines Rovers pressen. Jetzt veränderte er seine unbequeme Haltung ein wenig und spähte hoffnungsvoll durch die Windschutzscheibe, fing aber nur einen furchterregend finsteren Blick von William auf. Der Zeitpunkt mochte nicht gerade passend sein, doch Caspar konnte nichts dagegen tun; so war es nun einmal bei ihm. Was andere abschreckte – Tränen, Triefnasen, Schluckauf, trockener Husten –, törnte ihn eher an.

Er versuchte es ein letztes Mal.

»Sollen wir bis zur Grünanlage zurückfahren?«

William tat so, als hätte er nichts gehört. Er rutschte tiefer in seinen Sitz und lehnte den Kopf zurück. Schultern fallen lassen. Langsam ausatmen. Ganz ruhig.

Das Tapp-tapp der Schritte neben dem Wagen kam für beide völlig überraschend. Sie mußte wie der Blitz die Einfahrt herabgeschossen sein, oder aber sie hatte hinter einem der ganz wenigen Büsche, die in dem ehemaligen Gesträuch noch eine Gnadenfrist genossen, auf der Lauer gelegen.

»Wieso versteckst du dich denn, Schatz?«

»Ich versteck' mich doch gar nicht!« Augenblicklich saß William kerzengerade. »Caspar will so tun, als hätte er aufgehört zu rauchen, deswegen hat er sich schnell noch eine angezündet, bevor er Barbara über den Weg läuft.«

Außerhalb von Mrs. Colletts Blickfeld und somit in Sicherheit, schüttelte Caspar erstaunt den Kopf. Er wunderte sich immer wieder, wie schnell Williams Gehirn in Gegenwart seiner Mutter arbeitete.

»Du siehst blaß aus, Schatz.«

»Ach was.«

»Du hättest dir ruhig das Gesicht waschen können.«

Würde sie es darauf anlegen? Würde sie Caspar ihr verschwörerisch-kokettes Lächeln zublitzen, weil sie ihn zwingen wollte – »Finden Sie nicht auch, Caspar?« –, mit ihr an einem Strang zu ziehen und ihren Sohn noch mehr zu infantilisieren? Eine knappe Handbewegung von William verriet ihm, daß William nahe daran war, sich gehorsam die Tränenspuren fortzuwischen, und er lechzte danach, sich hinüberzubeugen, Mrs. Collett bei ihren starren silbernen Dauerwellen zu packen und sie kräftig durchzuschütteln. Oder William durchzuschütteln. Warum ließen er und seine Schwestern sich das gefallen? Entweder ihre Mutter war verrückt, oder sie war unausstehlich. Wenn sie verrückt war, wie konnte sie dann immer weiter eine so verheerende Wirkung auf ihre Kinder ausüben? Du lieber Himmel, William war jetzt fast dreißig, und Barbara ging auf die Vierzig zu. Keiner von beiden lebte auf einer einsamen Insel. Sie hatten Freunde, und sie hatten einen Beruf. Wie konnte dieses stahlharte Relikt aus ihrer Kindheit den einen noch immer dazu bringen, wie ein Idiot ins Telefon zu faseln, und die andere dazu, mit schöner Regelmäßigkeit in Tränen auszubrechen? Warum hielten sie es nicht einfach so wie er und die meisten seiner Patientinnen mit ihren trostlos schlechten, elenden, verrückten Eltern: Entweder man lernte, mit ihnen umzugehen, oder man stieg aus.

Aber besser, er kam William zu Hilfe, bevor eine neue Tränenflut losbrach.

»Guten Morgen, Mrs. Collett!«

Wirklich ungehobelt, die Frau: behandelte ihn wie Luft, so lange, wie es ihr gerade paßte.

»Guten Morgen, Caspar.«

»Schönes Wetter heute, nicht wahr? Sie haben bestimmt im Garten gearbeitet.«

Immerhin, es wirkte. Sie zog ihre sklerotische Frisur aus dem Fenster zurück, so daß William wieder Luft bekam.

»Ja, allerdings. Ich hatte mit den Büschen hier zu tun. Jetzt sehen sie doch schön ordentlich aus, nicht wahr?«

Trostlos sahen sie aus. So gut wie kahl. Es war fast nichts mehr davon übrig. Und daß man von hier bis hinüber zum Fenster der Spülküche sehen konnte, war ja wohl kaum der Sinn der Sache. Caspar konnte zwar nicht behaupten, daß er den Garten besonders gut kannte, aber hatte hier nicht noch irgendein Baum oder ein Busch gestanden?

»Mutter! Wo ist der Jasmin? Hast du den etwa abgesägt?«

»Ja, der mußte weg, Schatz, er war erfroren.«

»Erfroren?«

»Ja, bei dem Kälteeinbruch neulich. Ich hatte so gehofft, er würde sich wieder erholen; ich weiß ja, wie gern dein Vater ihn hatte. Aber er war wohl nicht kräftig genug.«

»Du hast es ja nicht mal probiert! Der Kälteeinbruch war doch erst vor ein paar Wochen!«

Wie auf ein Stichwort kniffen sich ihre Lippen zu einem Strich zusammen.

»Bist du den ganzen Weg hierher nur gekommen, um zu nörgeln?«

Caspar wollte schon wieder einsteigen, als er Barbara um die Biegung der Einfahrt kommen sah. Rasch warf sie ihre Zigarette fort und beschleunigte ihr Watscheln. Die gute Barbara! Mochte sie also antanzen und ihre mühsam erworbenen beruflichen Fähigkeiten entfalten. Sollte sie die Sache beenden, bevor sie richtig anfing.

»Unser William und nörgeln? Das gibt's doch gar nicht!«

»William hat mich gerade ausgeschimpft, weil ich den Jasmin abgesägt habe. Als ob es mir nicht selber schier das Herz gebrochen hätte. Euer Vater hat ja so daran gehangen! Jedes Jahr wenn er geblüht hat, hat er zu mir gesagt: ›Es ist mal wieder soweit, Lilith. Der Sommer ist da.‹«

»Das hätte er dieses Jahr ja wohl kaum sagen können«, konterte William finster.

Aber jetzt reichte es Mrs. Collett. Ihr Ton schnitt das Gespräch ab wie eine weitere widerspenstige Wurzel an den spärlichen Resten der Sträucher.

»Jetzt ist er jedenfalls weg, also brauchen wir nicht mehr darüber zu reden.«

Sie drehte sich auf dem Absatz um und ging im Eilschritt auf das Haus zu, scheinbar unbekümmert darum, ob jemand ihr folgte.

Seufzend stieß Caspar sich von der Seite des Wagens ab, ging um die offene Tür herum und glitt wieder auf den Fahrersitz. Er startete den Motor und ließ ihn leerlaufen, bis William und Barbara ihrer Mutter so weit um die Biegung der Einfahrt nachgejagt waren, daß sie auf den Tennisplatz ausweichen und ihm den Weg frei machen konnten. Dann fuhr er langsam an ihnen vorüber und hielt unter einem der wenigen Bäume des Gartens, die Mrs. Colletts hortikulturelle Verwüstungen möglicherweise überleben würden, teils kraft seiner schieren Größe, teils weil er die Mauer zwischen ›Cold Domain‹ und dem benachbarten Hotel abstützen half.

Auf diese Mauer warf Caspar, als er die Autotür zuschlug, einen sehnsüchtigen Blick. Bestimmt standen auf dem Rasen dahinter noch immer die schmiedeeisernen Tische unter den durchhängenden Sonnenschirmen. Bestimmt führten noch immer die verschwiegenen kleinen Pfade zwischen den Rhododendren hindurch zum Schuppen. Aber ob William und er es schaffen würden, sich für fünf Minuten davonzustehlen, um der alten Zeiten willen? Caspar bezweifelte es. Während er sich nach einer einzigen kurzen, köstlichen Rückblende auf die blinde Raserei ihres ersten gemeinsamen Nachmittags sehnte, klangen ihm noch die schroffen Worte in den Ohren, die William beim Verlassen der Wohnung an ihn gerichtet hatte: »Du mußt mich ja nicht hinbringen. Ich kann genausogut mit dem Zug fahren.«

Von neuem seufzend, folgte er den anderen um die Ecke und sah auch jetzt wieder, so wie beim ersten Mal, wie letztes Mal, wie jedesmal dazwischen, was das Besondere an ›Cold Domain‹ war, was William immer wieder hierher zog. Die abfallende Rasenfläche dehnte sich jetzt, von keinem Steingarten mehr unterbrochen, bis zu den Bäumen hinab. An dem alten steinernen Bassin, in dem einst träge Goldfische hin und her geschwommen waren, war mit konzentriertem Haushaltsreiniger das Moos weggeschrubbt worden. Selbst das Rosenspalier schien seit dem letzten Besuch verschwunden. Und dennoch war die Schönheit dieses Gartens unzerstörbar. Je leerer er wurde, desto reizvoller wirkte das, was davon noch übrig war. Kein Wunder, daß William nachts schweißgebadet aufwachte und sich an Caspar klammerte. »Ich hatte wieder diesen Traum, Caspar. Aber es ist gar kein Traum. Ich gehe wirklich dorthin zurück. Und ich gehe auch in der Zeit zurück. Ich war wirklich in ›Cold Domain‹, so wie es früher war.«

So war das, dachte Caspar. Man wuchs auf wie er selbst, durch nichts vom Lernen abgelenkt als durch den Anblick der schmierigen Hauswand gegenüber, oder aber man verbrachte seine Kindheit an einem verzauberten Ort wie diesem und wurde, wie William, für den Rest seiner Tage und Nächte von Grauen und Verlustgefühlen heimgesucht. Und es wurde, weiß Gott, immer schlimmer mit der Frau. Als Caspar den Fuß auf die Steinfliesen der breiten Stufen setzte, die zum Haus emporführten, schnappte er eine Bemerkung auf, die Mrs. Colletts Vorstellung von versöhnlichen Worten zu entsprechen schien.

»Die Schafgarbe hab' ich auch rausgerissen, dieses struppige, stinkende Zeug.«

Zum dritten und letzten Mal seufzend, folgte Caspar den anderen ins Haus.

2
»Komische Freunde hast du, Schatz«

Caspar hielt sich nicht gerade für einen Sadisten, lehnte sich aber dennoch ebenso belustigt wie interessiert in seinem Sessel zurück, um die rituelle Demütigung der armen Barbara mitzuverfolgen.

»Doch, wirklich, Schatz. Ich möchte deine Fotos schrecklich gern sehen. Wir alle möchten sie gern sehen.«

Gilly sagte wie immer nichts. William dagegen versuchte erwartungsgemäß, seine Schwester zu retten.

»Jetzt laß doch, Mutter. Wir haben die Fotos doch schon gesehen.«

»Ich nicht.« Der Ton erfüllte seinen Zweck perfekt. Leichthin, mit einem Touch von Hausherrin. Barbara zog also ab und holte ihre Fotos, nur um danach die Schmach von Mrs. Colletts erbarmungslosem Desinteresse zu erdulden. »Ist das ein Insekt, was da über den Teppich krabbelt, Schatz? Ach nein, pardon, das ist ja ein Faden von Gillyflowers Rock.« »Möchte jemand noch Kaffee? Der muß nur schreien.«

Barbara unternahm mehrere Versuche, die Fotos wieder einzusammeln.

»Das hat doch keinen Sinn. William und Gilly haben sie doch schon gesehen. Ich zeig' sie dir später.«

»Nein, Schatz, laß nur. Wir sind ja fast durch.«

Das brachte selbst das Blut der sanften Barbara so sehr

in Wallung, daß sie die nicht zu leugnende Tatsache beim Namen nannte: »Du mußt sie ja nicht anschauen.«

»Ich will sie aber sehen, Schatz. Das interessiert mich wirklich. Sieh mal, hier, da stehen die armen Kerle wieder alle mit ihren Rollstühlen in einer Reihe. Hatte da jemand Geburtstag?«

Geduldig zeigte Barbara auf Prinzessin Anne.

»Sehr fein hat sie sich aber nicht gemacht für euch!«

Wieder warf William sich für seine Schwester in die Bresche.

»Prinzessinnen müssen ihre alten Klamotten ja auch irgendwo tragen«, meinte er. »Dann doch am besten dort, wo sie mit den Rockfalten in den Speichen eines Rollstuhls hängenbleiben könnten.«

Caspar stimmte zum Spaß ein.

»Oder wo ihnen jemand auf die Schuhe kotzen könnte.«

»Oder in sie hineinfahren, wenn er einen Anfall hat.«

Barbara senkte den Kopf, um das höchst unprofessionelle Lächeln zu verbergen, das diese kleine Unterstützungskampagne ihr entlockte, und raffte das letzte Bild ihrer Patienten in der Klinik an sich. Dabei rutschte das Päckchen mit den beiseitegelegten Fotos von ihren Knien auf den Teppich, und Mrs. Collett hob sie eilig auf.

»Und die hier, Schatz?«

Barbara griff danach.

»Ach, die interessieren dich bestimmt nicht. Das sind nur ein paar Freunde von mir, auf einer Party.«

»Ich möchte deine Freunde aber auch gern sehen. Die Freunde meiner Kinder interessieren mich immer.«

Sofort wanderten Caspars Augen zu William, der jedoch wie üblich angestrengt versuchte, lässig zu erscheinen, und seinen Blick mied. Gilly aber beobachtete ihren Bruder insgeheim, wie Caspar bemerkte, und Barbara versuchte erneut, die Fotos ihrer Freunde wieder an sich zu nehmen.

»Komm, Mutter, das war's. Die Vorstellung ist beendet.«

Mrs. Collett faßte den Umschlag fester.

»Ich will nur mal kurz reinschauen.«

»Wozu denn? Die Fotos sind schrecklich, und du kennst die Leute doch gar nicht.«

Falsch, dachte Caspar.

»Deine Patienten kenne ich ja auch nicht, Schatz, aber sie interessieren mich trotzdem.«

Barbara gab sich geschlagen und rutschte auf ihren fleischigen Knien neben den Sessel ihrer Mutter.

»Also, das ist Howard. Eigentlich ist er unser neuer Finanzbuchhalter, aber er ist uns auch sonst eine große Hilfe, viel mehr als manche von unseren ausgebildeten Leuten. Und das da ist Ellie, von der hab' ich ja schon erzählt. Die beiden hier sind Helfer, Bunster und Dido. Das ist Phil, der war auch auf den anderen Bildern oft zu sehen –«

Sie gab auf. Ihre Mutter blätterte die Fotos so wieselflink durch, daß es völlig sinnlos war, irgendwelche Namen zu nennen.

»Und wer sind die?«

Mrs. Collett hielt eines der Bilder hoch.

»Freunde. Ein paar Freunde von mir.«

»Komische Freunde hast du, Schatz.«

Unglaublich. Die Frau sah sich zustimmungsheischend um. Sie hielt ein Foto von vier Männern hoch, zwei Paaren, Arm in Arm, die offenbar auf einer Party bei einem Tête-à-tête zu viert überrascht und in einer Reihe aufgestellt worden waren, um in Barbaras Kamera zu lächeln. Hätte das offene Hemd des einen dem Betrachter die Botschaft nicht schon zugeblitzt, hätten die vielen Ringe es bestimmt getan. Williams Gesicht war vollends zur Maske erstarrt, und Gilly schien vorsorglich von zeitweiliger Taub- und Blindheit befallen.

Caspar wartete. Barbara ebenfalls. Und Mrs. Collett lachte auf.

»Also, wirklich, Schatz! Ich finde, deine Freunde sehen aus wie ein Haufen Schwule.«

Stolz auf den Ausdruck, wiederholte sie: »Wie ein Haufen Schwule!«

Das gespannte Schweigen dauerte nur so lange, bis Torys Auto, ein kleiner Gartenschuppen auf Rädern, um die Kurve der Einfahrt getuckert kam und vor dem Haus hielt. Doch auch als die anderen schon aufgestanden und ihr entgegengegangen waren, saß Caspar noch immer reglos da und fragte sich, was für eine Frau, was für eine Macht das war, die vier Erwachsene davon abhalten konnte, ihr zu sagen, daß ihr eigener Sohn eine Tunte war und daß unmittelbar neben ihm ein ›komischer Freund‹ saß.

3
Miguel-Angel Gippini Algarón Lopez de Rego

Barbara kauerte auf dem Teppich, erfreut, einmal im Mittelpunkt des Interesses zu stehen.

»Setz dich doch auf einen Stuhl, Schatz«, flüsterte Mrs. Collett ein bißchen zu laut. »Du siehst ja aus wie ein gestrandeter Wal.«

Barbara wurde rot, rührte sich aber nicht von der Stelle.

»Ich bin froh, daß wir endlich alle zusammen sind«, sagte sie geheimnisvoll.

»Nicht alle«, verbesserte Mrs. Collett. »George ist nicht da und Angus auch nicht.«

»Angus zählt nicht«, verteidigte Gillyflower ihren abwesenden Gatten. »Er kann überhaupt nirgends hin, so wie seine Schichten bei Horridge jetzt liegen.«

»Wenn ich George mitgebracht hätte, dann hätte ich auch die Zwillinge mitbringen müssen«, sagte Tory. Mehr sagte sie nicht, aber selbst Caspar, der die Zwillinge nicht kannte, glaubte zu verstehen.

»Also«, erklärte Barbara, »ich habe Neuigkeiten für euch.«

Sie heiratet, dachte Caspar.

»Neuigkeiten?«

»Was meinst du mit Neuigkeiten?«

»Spuck's aus, Barbara!«

»Ich heirate!«

Stille trat ein. Waren sie plötzlich alle damit beschäftigt, sich Barbara mit einem Mann im Bett vorzustellen? Jedenfalls setzte der Chor, als er schließlich ertönte, um diese wenigen Augenblicke zu spät ein.

»Das ist ja wunderbar, Barbara!«

»Tatsächlich?«

»Wer ist denn der Glückliche?«

»Na, das ist ja eine Überraschung!«

Mrs. Colletts Blick senkte sich auf einen winzigen Fleck auf der Armlehne ihres Sessels, und sie begann mit dem Fingernagel daran zu kratzen. Immer schön eins nach dem anderen. Es blieb den anderen überlassen, das obligate Trommelfeuer der Fragen zu eröffnen, denn allen war klar, daß dies weder der Zeitpunkt noch der Ort für Zweifel oder Ängste war.

»Wer ist es denn, Barbara? Phil?«

»Ist es euer neuer Finanzmann? Wie heißt er noch? Howard?«

Barbara lachte.

»Nein, nicht Howard. Und auch nicht Phil.«

»Komm schon, Barbara! Sag's uns, oder du kannst was erleben! Wie heißt er?«

»Er heißt –« sie wiegte sich auf dem Teppich hin und her und holte ganz tief Luft »– Miguel-Angel Gippini Algarón Lopez de Rego.«

Kein Zweifel, sie hat geübt, dachte Caspar. Das entfernt an das Knurren eines Hundes erinnernde G, das gelispelte Z, das rollende R – alles klang genau richtig.

»Du liebe Zeit! Was für ein Bandwurmname!«

»Na, das ist ja ein Name! Also ehrlich!«

Und aus dem Lehnstuhl kam ein »Ach, ein Ausländer?«, als läge darin die Erklärung, auf die Mrs. Collett die ganze Zeit gewartet hatte. Nur ein Ausländer konnte ein so geringes Urteilsvermögen besitzen, so einsam, so pervers oder – ach, sprechen wir's doch aus – so sexbesessen sein, daß er die riesenhafte, hoffnungslose Schweineschmalztonne von Tochter heiratete, mit der sie geschlagen war.

»Er ist wahnsinnig nett«, sagte Barbara. »Er wird euch gefallen. Euch allen.«

»Bestimmt«, sagte Mrs. Collett, »ich dachte nur...«

Ihre Worte versiegten. Über ihr Gesicht legte sich der gleiche glasige Ausdruck, den Caspar bei seiner Mutter gesehen hatte (bevor er seine Besuche bei ihr eingestellt hatte) und auch bei William, wenn er irgendeiner eingebildeten Ungerechtigkeit oder Kränkung wegen begierig aus einer Mücke einen Elefanten machte. Es war die beredte Miene geduldig ertragener Enttäuschungen, mühsam hinuntergeschluckter Demütigungen. Wahrscheinlich war es, dachte Caspar, der berechtigte Gesichtsausdruck, den Mütter weltweit zeigten, wenn der Brief kam, der von der Hochzeit (schon vorbei) und von dem Ehemann (nicht vorgestellt) berichtete. Und Mrs. Collett hatte offenbar beschlossen, ihn schon einmal auszuprobieren.

»Ich dachte nur, es wäre ein bißchen netter gewesen, wenn –«

Sie brach ab, schüttelte den Kopf und setzte ihr tragisch-tapferes Lächeln auf. »Aber was soll's? Heute müssen wir uns freuen. Für Barbara. Wie schön für dich, Schatz. Jetzt erzähl uns alles. Was macht er? Wo hast du ihn kennengelernt? Und wo wollt ihr die Hochzeit feiern?«

Es konnte niemandes Aufmerksamkeit entgehen, daß Barbara es vorzog, die letzte Frage zuerst zu beantworten.

»Wo? Na, hier natürlich!«

»Hier, Schatz?« Mrs. Collett lachte auf, als wäre die Idee einfach absurd. »Das kommt wohl nicht in Frage, Schatz.«

Barbara war vernichtet.

»Aber –«

Doch Mrs. Collett wiederholte mit Entschiedenheit: »Nein, Schatz, das kommt wohl nicht in Frage.«

Da es Barbara die Sprache verschlagen hatte und keine ihrer Schwestern für sie eintrat, fühlte William sich verpflichtet, seine Mutter selbst zur Rede zu stellen.

»Warum nicht? Barbara ist schließlich hier zu Hause.«

»Aber William!« Ein erneutes Auflachen. »Barbara wohnt doch seit Ewigkeiten nicht mehr hier. Nicht wahr, Schatz? Seit Jahren nicht mehr!«

Barbara hob das Gesicht, brachte aber kein Wort heraus. Sie fühlte sich verraten, als würden Jahre töchterlicher Zuwendung mit einer raschen Handbewegung weggefegt. Die Anrufe aus tristen Korridoren, in denen sie vor Kälte zitternd darauf gewartet hatte, das einzige Telefon benutzen zu können. Die regelmäßigen Besuche. »Ich bin am Samstag in der Gegend. Soll ich kurz bei dir vorbeischauen?« Die zahllosen kleinen Aufmerksamkeiten: Karten zu den Geburtstagen, Blumen zu anderen Jahrestagen, ihre besondere Fürsorge in den Wochen, die für immer mit Hectors letzter schrecklicher Krankheit verbunden sein würden. Sie wußte, daß sie nicht alles richtig gemacht hatte. Die lange Reihe ihrer tränenreichen nächtlichen Anrufe bei ihrem Bruder bezeugte ihre eklatantesten Fehlschläge: die liebevoll ausgesuchten Strickjacken, kaum ausgepackt und nie getragen; die mit Bedacht gewählten Tiefkühlgerichte für zwei Personen, die eilends außer Sicht ins Tiefkühlfach geschoben wurden – »Vielleicht hab' ich ein andermal mehr Lust auf Nasi-Goreng« –; selbst die lustigen kleinen Klinikgeschichten, die durch den diskreten, raschen Blick der Mutter auf das Zifferblatt in ihrem Ärmel plötzlich jede Substanz verloren. Eines jedoch war für Barbara trotz allem eine schlichte Tatsache gewesen: daß ›Cold Domain‹ ihr Zuhause war. Natürlich waren ihre Kleider jetzt fast alle in den Schrank in ihrem Klinikzimmer gezwängt, das sie mit Beginn ihrer Tätigkeit bezogen hatte. Und auch ihre sämtlichen Videos und Musikkassetten befanden sich dort, unter dem Bett, zusammen mit ihrer Reservedaunendecke, der Personenwaage, die sie zu ihrem einundzwanzigsten Geburtstag bekommen hatte, und allen ihren Schuhen und Stiefeln. Aber zu Hause ist man nun einmal dort, wo das Herz ist, und ihr Herz war nach wie vor in dem Zimmer am Ende des Flurs im ersten Stock, dem Zimmer mit den geblümten gelben Vorhängen und dem samtbezogenen Polstersitz in dem Erker, von dem aus man, wenn man sich aus dem Fenster beugte, mit der Hand die Blüten der –

Nein! Ihr Herz war jetzt woanders. Auf ewig und unverrückbar (und bald auch offiziell) war ihr Herz jetzt bei Miguel-Angel Gippini Algarón Lopez de Rego.

»Schon gut«, versicherte sie William, obwohl er ihre Unterlippe zittern sah. »Das macht nichts. Es kommt schließlich darauf an, wen man heiratet und nicht wo. Und unsere Abteilung für Langzeitpatienten hat einen sehr netten Empfangsraum.«

»In eurer Klinik kann es gar nichts Nettes geben«, erklärte William. »Das ganze Gebäude ist ein einziger Schandfleck.«

Er übersah Gillys offenkundige Nervosität und Torys warnendes Stirnrunzeln und blickte seine Mutter bedeutungsvoll an. Doch Mrs. Collett tat so, als sei die Unzulänglichkeit der Architekten des Krankenhauses von Fellaham für die zur Debatte stehende Angelegenheit vollkommen unerheblich und nur für sich allein genommen von Interesse.

»Euer Vater hat immer gesagt, wenn man die Leute, die solche Häuser bauen, zwingen würde, darin zu wohnen, und sei es nur für eine Woche – «

»Sie kann nicht in der Klinik heiraten«, unterbrach William sie. »Das geht nicht, das mußt du doch einsehen. Völlig unmöglich. Erstens müßte sie den ganzen Verein einladen. Stell dir mal eine Hochzeit mit Barbaras Schützlingen vor! Das wär' kein Fest, das wär' eine Katastrophe. Sie würde vor lauter Rollstühlen gar nicht bis zum Altar durchkommen, und bei dem Lärm würde man kein Wort von ihr hören.«

An diesem Punkt hätte er Schluß machen müssen. Doch William wäre nicht William gewesen, hätte er nicht zugelassen, daß die Dramatik der Situation mit ihm durchging.

»Die ganze Idee ist einfach lächerlich«, verkündete er. »Tut mir leid, Mutter, aber das kommt überhaupt nicht in Frage.«

Ihre Augen wurden hart wie Marmor. Wenn alle lange

genug schwiegen, dachte Caspar, konnten sie sie in einen Anfall von Verlegenheit (wenn nicht gar Schuldgefühlen) treiben, der ihnen einen Sieg bescheren würde. Doch Barbara verdarb alles und brach in Tränen aus. Es war erstaunlich. Die ersten Tropfen sprangen ihr so heftig aus den Augen, daß sie ihre Wangen glatt verfehlten und auf dem Teppich landeten.

»Das ist gemein!« jammerte sie. »Ich will hier heiraten!« Wie ein Kind fegte sie die fettigen Tränenschleier mit den Handflächen beiseite. »Ich wollte schon immer hier heiraten. Wieso soll das nicht gehen? Gilly hat auch hier geheiratet, und Tory hätte es auch getan, wenn sie und George eine richtige Hochzeit gehabt hätten. Ich kann doch nichts dafür, daß ich so lange warten mußte, bis ich den Richtigen gefunden habe! Gillyflower hat Glück gehabt. Sie hat mit achtzehn geheiratet. Aber ich mußte warten und warten. Und jetzt, wo ich endlich Miguel-Angel gefunden habe, sagst du, es ist zu spät!«

Das Entsetzen in Mrs. Colletts Gesicht gerann zu Ekel, als Barbaras Jammern in ein idiotisches Heulen ausartete. Noch ehe Barbara ihr letztes schaurig geflenntes »Das ist gemein!« hervorgestoßen hatte, war die Tür ins Schloß gefallen.

Mrs. Collett war geflohen.

4
Hack-hack-hack-rumms

»Da seht ihr, was ihr angerichtet habt«, schimpfte Tory. »Jetzt ist sie beleidigt!« Sie warf einen schnellen Blick in die Runde. »Wer geht ihr nach?«

Caspar war entsetzt. Die arme Barbara weinte sich auf dem Teppich die Augen aus, und Tory regte sich wegen ihrer Mutter auf.

»Schnell! Wer geht? Soll ich selbst gehen?«

»Du kannst das am besten«, meinte Gillyflower.

»Zwecklos, daß ich gehe«, erklärte William, nach Caspars Eindruck das Äußerste, was er auf vertrautem Terrain an trotziger Auflehnung aufzubringen vermochte. »Ich fand das wirklich gemein von ihr.«

Barbara hob das tränenüberströmte Gesicht.

»Ja?« fragte sie flehend. »Wirklich?«

Doch bevor William antworten konnte, wies Tory ihre Schwester erneut zurecht.

»Jetzt sei doch nicht albern, Barbara. Gerade hast du noch gesagt, es sei nicht wichtig, wo du heiratest, sondern wen.«

»Und bis jetzt weiß niemand etwas über ihn«, bemerkte Caspar.

Er hatte geglaubt, die Szene damit beenden zu können. Es widerte ihn an. Sie benahmen sich wie unausstehliche, feige Kleinkinder. Er würde nie wieder hierher kommen.

Nächstes Mal würde er William bei seinem taktlosen Wort nehmen und ihn mit dem Zug fahren lassen. Statt daß sie sich zusammenrissen, ihre schluchzende Schwester zu trösten versuchten und ihr – besser spät als nie – ein paar grundsätzliche Fragen über ihren Zukünftigen stellten, ignorierten Tory und Gillyflower seine Worte einfach.

»Wenn du gehst, dann beeil dich, Tory.«

»Vielleicht sollten wir besser zu zweit...«

»Meinst du?« Gilly schnappte sich ihren Pullover, eilte hinter ihrer Schwester her zur Tür und ließ die weinende Barbara in Williams und Caspars Obhut.

»Komm, Babs«, sagte William energisch. »Kopf hoch! Davon geht die Welt nicht unter.«

Caspar wäre am liebsten hinausgegangen. Nicht etwa, weil Barbaras Tränen ihn nervös machten. In seinem Beruf konnte man es sich nicht leisten, sich von Anblick und Geräusch des Schmerzes durcheinanderbringen zu lassen. Oft genug hatte er an den Betten von Frauen gestanden, die in lautstarkem Kummer versanken. Er hatte jungen Mädchen Kleenexschachteln über den Schreibtisch hinweg zugeschoben, nachdem er ihnen hatte eröffnen müssen, daß sie nicht die geringste, nein, leider nicht die geringste Aussicht hätten, jemals Kinder zu bekommen. Als Gynäkologe wurde man ebenso wie als Onkologe häufiger als die meisten anderen Menschen mit der schlimmsten aller Möglichkeiten konfrontiert. Er kannte die Tiefen weiblicher Not. Jede Woche kritzelte er ein dutzendmal die Buchstaben HF (Hoffnungsloser Fall) auf ein prall gefülltes Krankenblatt und bat dann das Paar zu seiner aufmunternden kleinen Ansprache herein. Was war dagegen eine Hochzeit, hier oder sonstwo? Nichts. Und dennoch: Warum war kein einziger von ihnen neben seiner unglücklichen Schwester auf dem Teppich niedergekniet und hatte sie in den Arm genommen, ihr gut zugeredet, sie in ihrer Verzweiflung getröstet? Was war nur los mit dieser ganzen verfluchten Familie?

Er hielt es nicht mehr aus. Er verließ das Zimmer, polterte die Treppe hinauf in die Toilette und zerrte die Wäschekiste näher ans Fenster. Dann holte er seine Zigaretten aus der Tasche. Was für ein fürchterliches Haus! Er fand schon seine eigene Familie schlimm genug, aber mit dieser konnte sie nicht mithalten. Das hier war der reinste Horror.

Ein gleichmäßiges *Hack-hack-hack*, das von draußen hereindrang, zog seine Aufmerksamkeit auf sich. Er schaute hinaus. Meilenweit entfernt, am anderen Ende des Gartens, sah er eine kleine Gestalt wie besessen auf die Kletterpflanzen rings um den Schuppen einhacken. Hinter ihr standen Tory und Gillyflower, zweifellos flehend, überredend, bemüht, sie zu besänftigen. *Hack-hack-hack-hack-hack*. Sie würde den Schuppen zum Einsturz bringen, wenn sie nicht aufpaßte. Manche dieser alten Holzbauten wurden nur noch von dem Grünzeug ringsum zusammengehalten. So also wurde der Garten geplündert. Mrs. Colletts dämonische Praktiken, planloses Roden nämlich, entstammten ihren Schlachten mit ihren Kindern. Kein Wunder, daß William nachts in kaltem Schweiß erwachte, Barbara sich ihr fettes Gesicht vollstopfte und Tory und Gillyflower den Ärger einer alten Frau wichtiger nahmen als die ungewöhnlich guten Neuigkeiten ihrer

Schwester. Von ihnen hing es ab, ob ihr geliebter Garten überlebte. Ein falscher Schritt, und – *Hack-hack-hack-hack-hack*!

Warum riß ihr keiner die Hacke aus der Hand? Wenn sie abwarteten, bis Mrs. Collett sich von selbst beruhigte, würde man bald nirgends mehr den Rasenmäher einstellen und den Spaten aufhängen können. Sollte er hinuntergehen und ihnen helfen? Vielleicht lenkte es Mrs. Collett ab, wenn er auf der Bildfläche erschien. Vielleicht aber auch nicht. Er hatte zu viele von Williams Wutanfällen erlebt, um nicht zu wissen, daß hier wohl kaum etwas zu machen war.

Caspar drückte seine Zigarette auf dem genarbten steinernen Fenstersims aus und schnippte den Stummel in das Beet darunter. Sehr viele Blumen wuchsen nicht darin – jedenfalls nicht genug, um seine Zigarettenkippe zu verbergen. Er sah sie durch das Grün hindurchschimmern. Ein schauderhafter Ort! Kein Wunder, daß George und Angus nie kamen. Er hatte weder den einen noch den anderen je kennengelernt. Wieder und wieder brachten Tory und Gillyflower pflichtgetreu ihre Entschuldigungen für sie vor. Sie selbst aber blieben zu Hause. Und mit Recht. So hoch durfte der Preis der Liebe nicht sein. Auch er würde nicht wiederkommen.

Frisch gestärkt zog Caspar das Fenster zu. *Hack-hack-hack-rumms.*

5

»...und Mobiltoiletten für die Behinderten«

Auf dem Weg nach unten traf Caspar auf Barbara, die an der Treppenbiegung auf den Stufen saß und mit einer Zigarette, einem Aschenbecher und einem durchweichten Papiertaschentuchknäuel jonglierte. Caspar setzte sich neben sie.

»Hier«, sagte er und kramte in seiner Tasche, »ein frisches Taschentuch.«

»Oh, danke, Caspar.« Barbara schniefte, schneuzte sich und ließ Asche in das Taschentuch fallen, als sie es anders faltete, um sich von neuem zu schneuzen.

Caspar tätschelte das nächstgelegene Mammutknie.

»Es geht gleich wieder«, versuchte sie ihm zu versichern. »Ich weiß gar nicht, warum ich mich so aufrege.«

»Da soll man sich nicht aufregen?« fragte Caspar. »Aus mir unerfindlichen Gründen war deine Mutter eben ganz unverzeihlich gemein zu dir.«

Barbara hob ihr verquollenes, fleckiges Gesicht.

»Man kann ihr wirklich keinen Vorwurf machen«, sagte sie. »Das Ganze ist ihr peinlich.«

Er traute seinen Ohren nicht. Man mußte es ihm ansehen, denn Barbara wiederholte ihre Worte.

»Man kann ihr keinen Vorwurf machen, Caspar. Ich bin schließlich entsetzlich dick. Und schwerfällig. Und viel zu alt für eine Braut.«

»Barbara –«

Aber sie war jetzt in voller Fahrt und schnitt ihm das Wort ab.

»Und Mutter weiß, daß die Klinik mein Leben ist. Selbst wenn ich so wenig Gäste wie irgend möglich einlade, sind die Hälfte von ihnen immer noch komisch aussehende Leute in Rollstühlen. Und alle brauchen Helfer. Und alle Helfer tragen Sachen aus Trevira und rauchen pausenlos. Sie würden wahrscheinlich den ganzen Gottesdienst über rauchen, wenn niemand sie daran hinderte. Und für die Fahrer müßte man Schilder ans Tor hängen, und überall bräuchte man Rampen und dann noch spezielle Mobiltoiletten für die Behinderten. Das ist Mutter eben schrecklich peinlich. Sie haßt so etwas. Man kann ihr keinen Vorwurf machen.«

Caspar schwieg. Nein, er konnte Mrs. Collett wirklich keinen Vorwurf machen. Das alles klang tatsächlich ziemlich grauenhaft.

Doch. Er konnte Mrs. Collett einen Vorwurf machen. Da war schließlich Miguel-Angel Gippini Soundso de Rego, der aus Liebe zu Barbara bereit schien, seine eigene Hochzeit in ein lärmendes Spektakel ausarten zu lassen. Da war William, der willens schien, sich einen Anzug zu leihen und seine Schwester zwischen den Reihen gelähmter Gratulanten und ihrer herumzappelnden Helfer hindurch zum Altar zu führen. Und selbst er, der selbstsüchtige, ungesellige Caspar war bereit, zerkratzte Fußböden und von champagnergesteuerten Rollstühlen angeschlagene Türrahmen in Kauf zu nehmen, wenn ein guter Freund ihn darum bat.

»Deine Mutter ist eine egoistische alte Schrulle.«

Barbara riß das Taschentuchknäuel in durchweichte Streifen.

Doch Caspar ließ nicht locker.

»Ich verstehe, ehrlich gesagt, nicht, daß du überhaupt den Wunsch hattest, die Hochzeit hier zu feiern.«

»Ich hab' immer davon geträumt –«

»Ja?«

Sie holte Luft und nahm einen neuen Anlauf.

»Du kannst dir nicht vorstellen, wie das ist, Caspar. Als wärst du nicht du selbst, wenn du nicht hier bist. Manchmal liege ich in meinem schäbigen kleinen Zimmer in Fellaham im Bett, und alles um mich herum erscheint mir ganz unwirklich. Dann komme ich in Gedanken hierher und spüre, wie ich wieder lebendig werde. Im Ernst! Ich stelle mir alles vor. Es ist Sommer, immer nur Sommer. Ich spüre die warmen Steinplatten der Wege unter meinen nackten Füßen. Mir wird schwindlig vom Duft der Gartenwicken. Und dann, ganz plötzlich, ist es einer dieser friedlichen, stillen Spätsommertage, an denen selbst die Luft ringsum zu warten scheint. Einfach nur zu warten. Und wirklich befinde ich mich nach einer Weile im herrlichsten blätterwirbelnden Oktober. Neben mir höre ich Äpfel von den Bäumen fallen. Ich kann tatsächlich den Aufprall im Gras hören. Herbst! Ich stelle mir alles vor. Ja! Der Herbst ging nie zu Ende. Das war die schönste Zeit. Man kam morgens aus dem Haus, und jeder Busch war von blitzenden, blinkenden Spinnweben überzogen, und über dem Gras lagen Nebelschleier, die man mit den Beinen aufrührte, wenn man durchging. Der Herbst war wunderschön. Und dann erinnert man sich an den Winter. Schwarze Zweige vor kaltem Blau. Der Himmel rosa und silbern. Glitzernder Rauhreif –«

Von neuem rollten ihr Tränen über die Wangen. Bei William hätte Caspar sie mit dem Finger aufgefangen und abgeleckt. So aber schaute er nur zu.

»Wenn die Hochzeit woanders gefeiert wird«, sagte Barbara, »werde ich mir vorkommen, als sei ich nur halb verheiratet. Mein Herz ist zur Hälfte in diesem Garten. Verstehst du das nicht?«

»Doch«, sagte Caspar, obwohl er es im Grunde nicht verstand, aber er sagte es ohnehin zu William.

6

»In Spanien ist das so üblich«

»Die arme Barbara.« Williams Augen leuchteten beim Zuhören vor Mitleid. »Die arme, arme Barbara.«

»Ach was«, versetzte Caspar. »Die vier Jahreszeiten finden schließlich nicht nur in eurem Garten statt. Deine Schwester muß einfach mal raus aus dieser schrecklichen Klinik und einem Wanderverein beitreten.«

Er packte Williams Arm und drehte ihn kräftig nach hinten, bis hart an die Schmerzgrenze.

»Wir schauen mal schnell nach nebenan«, sagte er. »Nur fünf Minuten. Auf einen kleinen Drink.«

»Wir kö-«

»Doch, wir können.«

Aber sie konnten nicht, denn Tory bog um die Ecke, auf der Suche nach ihnen. Caspar ließ Williams Arm fallen, als hätte er sich daran verbrannt, stand auf und ärgerte sich über seine eigene Feigheit, während Tory fragte: »Wie geht's Barbara? Hat sie sich wieder beruhigt?«

»Caspar hat sie gerade weggeschickt, damit sie sich das Gesicht wäscht.«

In unbewußter Nachahmung einer Angewohnheit ihrer Mutter kratzte Tory an einem nichtvorhandenen Fleck auf ihrem Ärmel. »Gilly hat gerade gemeint, wie schade es ist, daß Barbara die Hochzeit nicht bei ihnen feiern kann.«

»Wieso denn nicht?«

»Angus arbeitet doch Tag und Nacht.«

»Und wie ist es bei euch?«

Tory konnte den Gedanken gar nicht schnell genug von sich weisen.

»Unmöglich. Das würde sie auch gar nicht wollen. George fängt doch demnächst mit dem Anbau an.«

»Na, das war's dann wohl«, meinte Caspar. »Barbaras Hochzeit ist geplatzt.«

Immun gegen Sarkasmus, starrte Tory ihn an. Bei William dagegen regte sich das Gewissen.

»Caspar! Was ist mit uns? Sie kann doch bei uns feiern! Platz genug haben wir ja nun wirklich. Wir könnten auch noch ein paar Rollstühle verkraften.«

Er vergaß nicht, sein herrliches Lachfältchenlächeln aufblitzen zu lassen, und Caspar hatte das Gefühl, sich etwas eingebrockt zu haben. Mitleid mit Barbara kämpfte in ihm mit Abscheu vor gesellschaftlichen Anlässen dieser Art. Andererseits würde von William und ihm wohl kaum erwartet werden, daß sie irgend etwas organisierten. Sie würden lediglich ihre Wohnung zur Verfügung stellen. Natürlich würde es Umstände machen. Und ihre Privatsphäre stören. Und zweifellos eine enorme Zeitverschwendung mit sich bringen: endlose Telefonate, Warten auf Lieferanten und dergleichen mehr. Doch die Verantwortung würde nicht bei ihnen liegen. Es würde sie nicht umbringen.

»Okay«, sagte er, »in Ordnung. Solange Barbara und dieser Miguel –«

»Miguel-Angel.«

Der Einwurf kam von Barbara, die wieder oben an der Treppe aufgetaucht war.

»Wie bitte?«

»Er heißt nicht Miguel.« Ihre Stimme klang hoch und gepreßt, als hätte ihr herzhaftes Weinen am Zustand ihrer Nerven nichts geändert. »Er heißt Miguel-Angel. Das ist ein Name, den man nicht auseinanderreißen darf. In Spanien ist das so üblich.«

Da sein großzügiges Angebot noch immer unbeantwortet in der Luft hing, konnte Caspar nur noch eine Entschuldigung murmeln.

Tory schaltete sich ein.

»Barbara, du solltest dich bei Caspar bedanken, anstatt mit ihm zu schimpfen. Es ist sehr nett von ihm, daß er dir anbietet, in seiner Wohnung zu feiern.«

»Aber ich will nicht in London heiraten!«

O Gott! dachte Caspar. Geht das schon wieder los? Und Tory dachte offenbar das gleiche. »Mach, was du willst«, sagte sie scharf und wandte sich verärgert und abrupt zum Gehen. »Ich muß zurück zu Mutter, sonst regt sie sich noch auf.«

»Aufregen?« fragte Caspar. »Eure Mutter?«

Doch Tory war bereits um die Ecke verschwunden.

William legte Barbara die Hand auf den Arm.

»Komm, Babs«, sagte er besänftigend, »komm mit uns. Wir wollten gerade auf einen schnellen Drink nach nebenan.«

Caspar war wütend. Ein schneller Drink! Eine schnelle Nummer – so hatte er sich das gedacht, und William wußte es genau. Zum ›Rebhuhn‹ hinüber, über den Rasen schlendern, hinter die Gockelhahnhecke und unter die tief herabhängenden Zweige des Lebensbaums. Er drehte fast durch bei dem Gedanken, doch die verfluchte Barbara war ihrerseits bereits wieder am Durchdrehen.

»Wohin? Wohin wolltet ihr gerade? Sag schon! Jetzt sag doch schon!«

William ließ Barbaras Arm erschrocken los.

»Wieso? Was hast du denn?«

Da stampfte Barbara mit dem Fuß auf. Caspar war fasziniert. Er hatte das noch nie gesehen, auch nicht bei einem Kind. Barbara aber hob eine der beiden großen, dicken Säulen unter ihrem Rock und stieß sie auf die Fliesen nieder.

»Los, sag schon, wohin?«

»Um Himmels willen, Barbara! Nach nebenan natürlich.«

»Nein!«

William, der sie besser kannte, schaltete als erster.

»Ach so! Er ist dort, stimmt's? Nebenan. Du willst nicht, daß wir rübergehen, weil er dort arbeitet, dein berühmter Miguel.«

»Miguel-*Angel*!«

»Miguel-Angel«, lenkte William um des lieben Friedens willen ein. Von neuem begann er seine Schwester zu tätscheln. »Jetzt komm, Barbara, genier dich nicht. Erzähl uns von ihm. Wie lange ist er schon dort? Was macht er? Ist er Kellner oder Geschäftsführer oder was?«

»Er arbeitet hauptsächlich im Garten«, gab Barbara nach einer Pause mürrisch zurück.

Adieu, du süße schnelle Nummer, dachte Caspar.

»Und was macht er da? Gartenarbeit? Oder Getränke holen?«

»Also gut!« fauchte Barbara. »Er ist Kellner.« Doch als es heraus war, fühlte sie sich sichtlich wohler. Sie lächelte sogar. »Natürlich kein richtiger. Er frischt nur seine Englischkenntnisse auf und sammelt ein bißchen praktische Erfahrung. Nach dem, was er sagt, wird er wohl nicht lange Kellner bleiben.«

Snob, dachte Caspar. Dummer, fetter, aufgeblasener Snob. Doch dann wurde ihm klar, daß Barbara – man mußte es fairerweise sagen – in diesem Punkt im Nachteil war. Sie verfügte nicht über Caspars intime – und reichhaltige – Kenntnisse über Kellner. Und es war wohl auch schwer für sie, Mrs. Colletts fast zwangsläufige Reaktion auszublenden und sich nicht davon beeinflussen zu lassen.

»Aber ich mag Kellner«, neckte William sie. »Schon immer.« Er wandte sich herausfordernd an Caspar: »Und du?«

Wenn William grinste, war Caspar verloren.

»Ich auch, ich mag Kellner auch.«

William wandte sich wieder seiner Schwester zu.

»Damit wären wir schon drei.«

Und plötzlich, endlich, beruhigte sich Barbara. Ihr Körper entspannte sich, und ihr kleines Mondgesicht verzog sich erstmals zu einem richtigen Lächeln. Sie legte ihrem Bruder eine pummelige Tatze auf den Arm und sagte: »Ihr geht nicht da rüber, versprecht ihr mir das? Jedenfalls nicht, bevor ich euch vorgestellt habe.«

»Wieso? Traust du deinem Miguel-Angel nicht?«

»Doch, natürlich.«

»Dann kann es nur an uns liegen. Traust du uns nicht?«

»Das steht hier nicht zur Debatte«, sagte Barbara würdevoll. »Und wenn es so wäre, dann würde ich lieber nicht heiraten.«

»Was ist es dann? Warum sollen Caspar und ich denn nicht auf einen kleinen Drink ins ›Rebhuhn‹ rüber?«

»Weil ich nicht will, daß er euch dort kennenlernt, darum. Nicht während der Arbeit. Ich will, daß er euch hier kennenlernt, in seinen eigenen Kleidern und nicht in irgendeiner albernen Kellneruniform mit Knebelknöpfen und Epauletten. Er soll euch *kennenlernen* und nicht bedienen. Versteht ihr das nicht?«

»Doch«, sagte Caspar, und diesmal verstand er wirklich.

7
Hinter dem Kaiser-Wilhelm-Schnurrbart

Das änderte jedoch nichts an seinem Wunsch, nach nebenan zu gehen. Es machte alles nur noch schlimmer. Visionen von Knebelknöpfen und Epauletten schwirrten ihm durch den Kopf und ließen ihn schwindlig werden vor Begierde, als er an den Jungen aus – wo war es noch gewesen? In Prag? In Budapest? – zurückdachte, den er nach einer Zirkusvorstellung hinter den Ziegenstall gelockt hatte. »Wieso Ziegen?« hatte er gefragt, mehr um irgend etwas zu sagen als aus echter Neugierde, und der Junge hatte die Gebärde des Trinkens gemacht. Caspar hatte bis dahin gar nicht gewußt, daß fahrendes Volk so anheimelnd autark sein konnte – was ihm ein paar Minuten später von neuem vor Augen geführt wurde, als ihm sein entgegenkommender neuer Freund unmißverständlich klarmachte, daß er jetzt gehen müsse: Man würde ihn im Wohnwagen vermissen. Zuvor aber hatte er Caspar erlaubt, ihm die abgetragene grüne Jacke mit den glitzernden Fransen abzustreifen und die bauschigen Ärmel freizulegen. Es war, als stünde Caspar Auge in Auge Robin Hood gegenüber. Und als er seine Hände in die engen Hosen schob, fühlte er mit einem Erschauern, das diese lang zurückliegende Paarung in seinem Gedächtnis verankert hatte, daß nichts darin war als ein kühler, harter Hintern. Also hatte nicht jeder eine Mutter. Nicht jedermanns Unterwäsche wurde eingesammelt und ein paar Tage später, frisch duftend und säuberlich gestapelt, wieder zurückgebracht. Bei manchen Männern zog man den Reißverschluß auf und –

Von einer weiteren Welle animalischer Begierde überrollt, ließ Caspar die Kaffeetassen, die er gerade unter einen hohen, aber erbarmungslos zurechtgestutzten Farn trug, im Stich und schwenkte aus Barbaras Kielwasser ab. Er huschte die Hintertreppe hinauf und steuerte durch das unbenutzte zweite Badezimmer auf Williams früheres Zimmer zu. In der Truhe unterhalb des Fensters lag die Tüte mit den alten Verkleidungssachen noch wie früher auf den ausrangierten Spielsachen und Puzzlespielen. Er hätte das Sultanskostüm, das sie beim letzten Mal gestohlen hatten, damit William ihm einen billigen Kitzel verschaffen konnte, ja wirklich zurückgeben müssen. Ebenso die Baskenmütze. Und den schwarzen Umhang mit den aufgenähten Silbersternen. Alles in allem sah die Tüte schon so geplündert aus, daß niemand es merken würde, wenn auch noch ein in Auflösung begriffener falscher Schnurrbart daraus verschwand. Caspar zupfte den Glitzerstaub von den zerfransten Haarbüscheln, den ein Paar Engelsflügel dort hinterlassen hatte, und drückte sich das kläglich-schlaffe Ding gegen die Oberlippe. Es fiel sofort wieder ab. Er drückte es von neuem an und hielt es mit der freien Hand fest, wühlte in dem Durcheinander, das sich an den Wänden der Truhe abgelagert hatte, und fand tatsächlich schon nach kurzer Zeit die kleine Tube. Der Klebstoff darin war so hart geworden, daß er die Öffnung abbeißen mußte. Dann trat er vor Williams dreiteiligen Spiegel (wie hatte er es – bei drei Schwestern – nur geschafft, sich den unter den Nagel zu reißen?), zwirbelte die Schnurrbartenden hoch, bis sie eine entfernte Ähnlichkeit mit ihrer ursprünglichen Form aufwiesen, und klebte sich das Ganze ins Gesicht.

»Sehr gut«, sagte er zu dem Fremden hinter dem Kaiser-Wilhelm-Schnurrbart. Dann schnell wieder die Hintertreppe hinunter, zum Seiteneingang hinaus, an den Mülltonnen vorbei.

Und über die Mauer.

8

»Worauf du dich verlassen kannst!«

»Sieh mal!«

Tory trat aus der Speisekammer.

»Was ist?«

Gillyflower sah aus dem Fenster.

»Caspar – er klettert über die Mauer.«

»Ach!« Tory ging zum Tisch zurück. »Den zieht es wohl auf einen Drink nach nebenan.« Sie faltete die Tüte auf und löffelte Mehl in die Schüssel. »Ich bin mir immer noch nicht so recht im klaren, ob er einen schlechten Einfluß auf Will ausübt oder ob wir ihm dankbar sein müssen.«

»Jedenfalls scheint er Geld wie Heu zu haben«, sagte Gilly wehmütig und dachte an Angus und seinen Posten bei Horridge.

Torys Mund wurde schmal.

»Zu so einem würde ich nicht gehen.«

Gillyflower nahm die Hand von den Apfelschalenspiralen, die auf dem Tisch verstreut lagen.

»Wieso, was meinst du damit?«

»Du weißt schon«, erwiderte Tory streng.

»Nein, keine Ahnung. Sag's mir.«

Tory stützte die mehligen Hände auf den Rand der Teigschüssel. »Also, irgendwie ist das doch etwas pervers, wenn einer die Frauen nicht genug mag, um mit ihnen ins

Bett zu gehen, und dann seinen Lebensunterhalt damit verdient, daß er den ganzen Tag die Finger in ihnen hat.«

Gilly dachte einen Augenblick nach.

»Und was ist mit weiblichen Gynäkologen? Ist das nicht das gleiche?«

»Das ist überhaupt nicht das gleiche. Höchstens bei einer Lesbierin, die sich auf Proktologie spezialisiert.«

»Na ja, wahrscheinlich hast du recht«, sagte Gillyflower, doch Tory hätte wetten können, daß ihre Schwester nicht einmal wußte, ob Proktologie mit Penissen oder mit Arschlöchern zu tun hatte. Es ging Gilly einzig und allein darum, jeder Auseinandersetzung möglichst rasch aus dem Weg zu gehen. Sie war schon dabei. »Wie war noch mal diese komische Geschichte, die William uns immer erzählt hat, von dem Gynäkologen, der –«

»Keine Ahnung.« Es war so anstrengend, alte Geschichten aufzuwärmen, und Tory würde sich ganz bestimmt nicht darauf einlassen. Sie warf ihrer Schwester einen Blick zu. »Ist dir ein schlechter Witz am Tag noch nicht genug?«

Gillyflower senkte die Stimme.

»Du meinst Barbara?«

Tory knetete ihren Teig.

»Wen denn sonst? Mein Gott, was machen wir nur?«

»Machen?«

»Ja, *machen*«, äffte Tory sie nach. »Wie verhindern wir, daß diese dämliche Barbara sich wieder mal zum Narren macht und sich auch noch das Herz brechen läßt?«

»Wieso, das weiß man doch nicht«, meinte Gillyflower. »Vielleicht ist ihr Miguel-Angel ja sehr nett. Vielleicht heiraten die beiden und leben viele Jahre glücklich und zufrieden, mit einem Stall voll Kinder.«

»Barbara ist fast vierzig!«

»Dann eben ein oder zwei.«

»Ach ja! Und George gewinnt im Lotto, und Mutter zieht in einen von diesen schönen neuen Bungalows am Ende von Frosthole Close.«

»Ich mein' ja nur«, sagte Gilly, doch Tory hörte an ihrem wehmütigen Ton, daß sie nicht bereit war, Barbaras Traum so ohne weiteres zu begraben. Victoria hätte ihr am liebsten einen Tritt versetzt. Wie konnte sie so tun, als hätte sie das Fiasko vor vier Jahren vergessen, mit Andrew Taylor von der Esso-Tankstelle? Und davor mit Bernard, als Barbara einfach nicht einsehen wollte, daß auch ein sehr energischer Mann seine Absichten ändern kann. Am Ende hatten sich alle genötigt gesehen, ihr ziemlich deutlich die Meinung zu sagen. Man konnte einen Partner schließlich nicht mit Gewalt zum Altar schleppen. Und es hatte auch keinen Zweck, ihnen praktisch an jeder Straßenecke absichtlich zufällig aufzulauern. So etwas merkten die Leute doch.

»Beim dritten Anlauf klappt's vielleicht«, meinte Gillyflower hoffnungsvoll.

»Als ob sie ihr Fett nicht schon abgekriegt hätte!« gab Tory in Nachahmung der plappernden Zwillinge einer amerikanischen Fernsehserie spöttisch zurück. Dann, als ihr klar wurde, was sie gesagt hatte, errötete sie und fuhr eilig fort, ihren Teig zu kneten.

9
Hatte es je eine Zeit gegeben...?

»Komm doch bitte mal einen Moment mit, Schatz.«

»Aber ich wollte gerade –«

»Es dauert nicht lange.«

William war noch weniger als sonst darauf erpicht, mit seiner Mutter in den Garten zu gehen. Denn zum einen war Caspar verschwunden – ob er sich nach nebenan verdrückt hatte? Zum anderen würde seine Mutter bestimmt wieder ganze Beete roden, und das konnte William nicht mit ansehen. Und zum dritten war er sich sicher, daß sie mit ihm über Barbara reden wollte.

Da kam es auch schon: »Ich mach' mir solche Sorgen wegen deiner Schwester.«

William hielt sich noch immer etwas darauf zugute, sich niemals kampflos geschlagen zu geben.

»Wegen welcher? Wegen Tory? Oder meinst du Gillyflower?«

Die erste Handvoll Glockenblumen flog so rasant heraus, daß ihm die Erde ins Gesicht spritzte.

»Unsinn. Ich rede von Barbara.«

»Ach so, Barbara. Sensationelle Neuigkeiten, was? Er ist bestimmt nett, und ich hoffe, sie werden sehr glücklich.«

Geschah es aus Gehässigkeit, daß sie als nächstes die reizvollste Blumengruppe von allen aufs Korn nahm? Um den Garten zu retten, lenkte William ein.

»Also, wo liegt das Problem?«

»Ach, Will!« Mrs. Collett legte mit dramatischer Gebärde die Hand ins Kreuz und richtete sich mühsam auf. »Ich weiß nicht, was ich tun soll. Ich würde ja schrecklich gern ein schönes Fest für die arme Barbara ausrichten, aber stell dir vor, wie furchtbar es wäre, wenn wieder etwas schiefgehen würde.«

»Wieso wieder?«

Sie mußte an sich halten, um ihn nicht anzufahren. Typisch William, daß er die Sache mit Mr. Taylor von der Tankstelle vergessen hatte. Ganz zu schweigen von der anderen Geschichte mit diesem schrecklichen Angeber von Bernard.

»Deine Schwester ist schließlich nicht zum ersten Mal verlobt.«

»Richtig verlobt ist sie ja wohl nicht. Sie hat nur vor zu heiraten.«

Hatte es je eine Zeit gegeben, überlegte Mrs. Collett, während sie sich nach weiteren Glockenblumen bückte, da ihr Nachwuchs ihr nicht auf die Nerven gegangen war? Da war die hartnäckige, zermürbende, moralisierende Victoria. Immer zur Stelle. Immer im Recht. Es hatte in den letzten zwanzig Jahren keinen Krieg und keine Wahlen gegeben, deren Ausgang Tory nicht selbstgerecht und zutreffend vorausgesagt hätte, kein Reinigungsmittel, über dessen Gefahren sie nicht bis ins Detail Bescheid gewußt, keine Verwendung von Geld oder Zeit, die sie nicht in irgendeiner Form mißbilligt hätte. »Was ist denn in diesem WC-Reiniger drin? Wasserstoffperoxid etwa?« »Du solltest lieber keine Zirkuskarten für die Kinder besorgen, Mutter. Nicht solange Tiere noch gezwungen werden, Kunststücke vorzuführen.« Bei ihren unerfreulichen allmonatlichen Besuchen stapfte sie durchs Haus und wies Lilith auf feuchte Stellen und durchhängende Regenrinnen hin, genauso wie sie sie als Kind gnadenlos an ihre Mutterpflichten erinnert hatte. »Will macht seine Hausaufgaben nicht richtig.« »Ich glaube, Gilly weint.« »Gibt's heute später Essen?«

Verglichen damit konnte man sich über Gilly nicht beklagen. Aber sosehr sie sich auch bemühte, es half nichts: Die Mischung aus dem ängstlichen Wunsch, es allen recht zu machen, und dem Fehlen jeglicher Zivilcourage bei ihrer jüngsten Tochter regte Mrs. Collett noch mehr auf. Diese Gillyflower war das netteste ihrer Kinder, darüber waren sich alle einig. Sie meinte es gut. Es war ihr wichtig, von jedem nur das Beste zu denken, und sie war nie darauf erpicht, anderer Leute Illusionen zu zerstören, indem sie ihnen vor Augen führte, was alles schiefgehen konnte. Leute wie Gilly galten als angenehm im Umgang. Nach Mrs. Colletts Erfahrung aber waren nette Menschen nur schwach. Bar jeglicher Moral. Sie schwebten durchs Leben, ohne sich wie andere die Mühe zu machen herauszufinden, was richtig und was falsch war, und sich entsprechend zu verhalten. Sie gingen einfach den Weg des geringsten Widerstandes. Ihre einzige Maxime schien zu lauten: nur keinen Staub aufwirbeln. So war natürlich keinerlei Verlaß auf sie. Keine Sekunde lang. Ihr Verhalten richtete sich so ausschließlich nach ihrem jeweiligen Gegenüber und dessen Stimmung, daß sie völlig unberechenbar waren. Jedesmal wenn Mrs. Collett Gillyflower »Da hast du recht« sagen hörte, juckte es sie in den Fingern, ihr eine Ohrfeige zu versetzen. Vermutlich platzten die englischen Krankenhäuser aus allen Nähten, weil netten Leuten wie Gillyflower mehr daran gelegen war, Unstimmigkeiten zu vermeiden, als daran, einen festen Standpunkt einzunehmen, wenn es beispielsweise darum ging, daß betrunkene Gäste nicht mit dem Auto nach Hause fuhren oder Kinder bis zur nächsten Ampel gingen, um wohlbehalten über die Straße zu kommen. Warum mußten die anderen sich durchs Leben kämpfen und herauszufinden versuchen, was das beste war und wer recht hatte, während Leute wie Gillyflower ohne all die Unannehmlichkeiten eines moralischen Rückgrats durchkamen und dafür auch noch bewundert wurden? »Sie ist ja ein so angenehmer Mensch!« »Sie ist wirklich reizend!«

Der nächste Klumpen, der herausflog, hatte in etwa die Größe von Mrs. Colletts Kopf.

»Stopp!« warnte William. »Sonst ist bald nichts mehr da.«

Was ging ihn das an? Hilfe bei der Gartenarbeit war ja nicht gerade seine Stärke. Was gab ihm das Recht, Kritik zu üben? Es war erstaunlich, dachte Mrs. Collett, wie freigebig Leute mit zarten Händen Gartenratschläge austeilten. Sie hatten offenkundig nicht die leiseste Ahnung, wieviel Mühe es kostete, einen so großen Garten in Schuß zu halten. Genauso wie Leute ohne Kinder keine Ahnung hatten, wieviel Arbeit es machte, Kinder großzuziehen. Der reinste Hindernislauf. Eine einzige fortwährende, grausame Schinderei, die eines Tages fast wie zufällig begann und dann dreißig Jahre lang weiterging. Was wußten

Leute ohne Kinder schon davon, was es bedeutete, wenn man Monat für Monat niemals in Ruhe bei Tisch sitzen und ein Essen genießen konnte, weil man immer schon die nächste Mahlzeit planen mußte? Wenn man gar nicht die Wahl hatte, sich auch nur einen einzigen Tag lang einmal nicht um Einkaufen, Kochen, Waschen und Putzen zu kümmern. Wenn man einfach immer weitermachen mußte. Und bei der ganzen stumpfsinnigen Plackerei nicht einmal Radio hören konnte, weil ständig das Telefon oder jemand an der Haustür klingelte und fortwährend irgend etwas von einem Ende der Wohnung zum anderen getragen werden mußte. Man konnte sich nicht einmal in einem Zimmer niederlassen, um Strümpfe zu stopfen oder zu Abend zu essen, ohne daß im nächsten Augenblick ein Kind hereinkam, das sich mit einem unterhalten wollte oder um Hilfe bei den Hausaufgaben bat. Fast solange sie zurückdenken konnte, hatte Lilith jede Minute ihres Mutterseins gehaßt. Und wie eine schreckliche Allergie war es immer schlimmer geworden, bis sie praktisch nichts mehr, wirklich nichts mehr tun konnte, ohne sich darüber zu ärgern, wie zerstörerisch es sich auf eine Familie auswirkte, wenn man deren Rückgrat war. Alles war irgendwie vergiftet. Sie wußte nicht, wie andere Frauen es schafften, bei Verstand und obendrein noch freundlich zu bleiben, obwohl sie nicht einmal ihre eigenen Weihnachtsgeschenke auspacken konnten, ohne sich insgeheim auszurechnen, ob ein wenig vorausschauendes, taktvolles Recycling ihnen nicht elf Monate später die Pein einer weiteren Einkaufstour ersparen und ihnen so ein paar Momente kostbarer Zeit zurückerobern konnte. William hatte gut dastehen und beim Anblick ihrer Art von Gartenarbeit schmerzerfüllt das Gesicht verziehen. Wann hatte er je in rasender Eile eine Aufgabe erledigen müssen, um sich sofort an die nächste zu machen und an die übernächste und an den Berg von Aufgaben danach? In seinem Alter hatte sie bereits Haus, Mann und vier Kinder gehabt! Und was hatte William? Nichts. Nicht die geringste Verantwortung. Es gab sogar jemanden, der für ihn sorgte! Ja, ihre Kinder fielen immer wieder auf die Füße...

»Mutter! Wenn du so weitermachst, bleibt nichts mehr übrig!«

Was in aller Welt meinte er? Ach so, diese elenden Glokkenblumen. Als ob es darum ginge!

»Um deine Schwester solltest du dir Sorgen machen, nicht um die Beete.«

»Wieso denn?«

Er erwartete keine Antwort, und es kam auch keine. Einen Augenblick später legte er den Kopf in den Nacken, ließ sich das durch die Zweige blinkende Sonnenlicht in die Augen scheinen, bis sie tränten, und kniff sie dann zusammen, um Regenbögen entstehen zu lassen. Es war kindisch, aber die ganze Szene erinnerte ihn an die Schrecken der Kindheit – sie, über ein Beet gebeugt und wild die Blumenkelle schwingend, und er, daneben stehend und immerfort nach Antworten auf ihre unsinnigen Fragen suchend: »Was glaubst du wohl, warum ich böse bin?« »Was glaubst du wohl, was mich so aufregt?« Einmal, als er zwischen den Fernsehprogrammen hin und her geschaltet hatte, war eine resolute amerikanische Mutter auf dem Bildschirm erschienen, hatte die Hände in ihre rosa behosten Hüften gestemmt und zu einem Kind gesagt: »Ich bin stinksauer, weil du die Flasche zerbrochen hast. Du gehst jetzt und kaufst eine neue, und zwar von deinem Taschengeld!« Die verblüffende Einfachheit dieser Maßnahme hatte ihn so tief beeindruckt, daß er den Fernseher ausschalten und eine Weile nachdenken mußte. Hatte es je eine Zeit gegeben, da von ihm nicht erwartet worden war, daß er in langen Stunden eisigen, strafenden Schweigens ganz allein herausfand, was für ein Verbrechen er begangen und wie er es wiedergutzumachen hatte? Und jetzt die Erkenntnis, daß diese Methode, kleine Sünder zu bestrafen, nur eine von vielen war! Wie erzog Tory ihre Kinder? Wie würde Gillyflower ihre erziehen? Wenn man sich überlegte, daß Bestrafung, nicht anders als Bildung oder Ernährung, nur eine Frage einer einmal getroffenen Entscheidung war, eine Frage der Wahl zwischen mehreren Alternativen! Wahrscheinlich standen überall auf der Welt Eltern über die Wiege gebeugt, dachten an die Diskrepanz zwischen dem, was sie mitbekommen hatten, und dem, was sie weitergeben wollten, und flüsterten ihrem Erstgeborenen zu: »Eins werde ich niemals tun, das verspreche ich dir, nämlich –«

Alarmstufe drei! Zweifellos verärgert über seinen abwesenden Gesichtsausdruck, hatte sie ihm den Rücken zugekehrt. Was riß sie jetzt wieder heraus? Er konnte es nur sehen, wenn er neben sie trat, und das konnte er nur tun, wenn ihm etwas zu sagen einfiel, sonst sah es so aus, als würde er ihr beim Unkrautjäten auf die Finger sehen. Dabei war es natürlich nie einfach nur Unkraut, was sie aufs Korn nahm. Es war die Substanz des Gartens selbst: seine fruchtbare Erdschicht und seine rankenden Triebe, seine dicken, üppig sprießenden und leuchtendrot getupften grünen Polster –

»Mutter! Doch nicht die Aubrietien!«

Sie drehte sich wütend zu ihm um.

»Kümmere dich um deine eigenen Angelegenheiten, William!«

Aber das tat er ja. Es waren ja seine eigenen Angelegenheiten. Er hatte in diesem Garten gelebt. Er war darin aufgewachsen. Ohnmächtig sah er zu, wie sie ausriß und stutzte, ausdünnte und beschnitt. Warum konnte sie den Garten nicht einfach wachsen und gedeihen, sprießen und sich entfalten lassen, bis – ja, bis was? Ach, wozu sich etwas vormachen? Caspar hatte es oft genug gesagt, und wahrscheinlich hatte er recht. Bis es nicht mehr ihr Garten war, sondern wieder seiner, wie damals, seine ganze Kindheit hindurch, als sie gar nicht die Zeit gehabt hatte, ihre zahllosen Zerstörungswerkzeuge auch nur zur Hand zu nehmen, und den Garten sich selbst überlassen hatte. Bis er, wild wuchernd und mit einem Teppich aus verschlungenem Grün, mit einem Rankenwerk von Kletterpflanzen und von dichtem Laub beschattet, von neuem undurchdringlich und vollkommen sein würde, mit Dornengestrüpp, das die ganze furchtbare Vergangenheit erstickte, mit Schlinggewächsen, die die Erinnerung erwürgten.

Er ließ das Sonnenlicht in seine Augen scheinen, bis sie überflossen. Träum weiter, William! Es wird wohl ein Traum bleiben.

10

Unter ebendiesen Sträuchern...

»Kümmere dich um deine eigenen Angelegenheiten, William!«

Caspar, der auf der anderen Seite an der Mauer lehnte, vernahm die scharfe Zurechtweisung und lächelte. Irrtum. Der falsche Schnurrbart löste seinen bereits gelockerten Zugriff auf Caspars Oberlippe vollends und fiel ihm in den Schoß. Caspar rollte ihn zu einer Kugel zusammen und steckte ihn in die Tasche. Er hatte seinen Zweck ohnehin erfüllt. Caspar hatte Miguel-Angel de Soundso gesehen. Er hatte einen Cocktail getrunken (und nicht nur einen). Die Mauer fühlte sich an seinem Rücken warm an, die Sonne schien, und während er mit dem winzigen Papierschirm träge die Eisstücke in seinem Glas umrührte, war er vollkommen glücklich. Entgegen seinen Erwartungen war Miguel-Angel ein wahres Prachtexemplar. Knakkiger Hintern, geschmeidig wie ein glitzernder Torero... Und offensichtlich hetero. Aber was machte das schon? Barbara hatte ihr Glück verdient. Caspars Gefühle hatten sich durch seine kurze Flucht nach nebenan, den zweiten Cocktail und den wolkenlosen Himmel bis zum Überschwang erhitzt, so daß er jedermann viel Glück wünschte. Dafür war hier auch der richtige Ort. Unter ebendiesen Sträuchern hatte er William kennengelernt – nun ja, nicht direkt kennengelernt. Kennengelernt hatten sie sich natürlich an der Bar. Er hatte sich bei dem Versuch, die Rückfahrt nach London um ein paar Meilen abzukürzen, zwischen Fellaham und der Autobahn verfahren und war im ›Rebhuhn‹ eingekehrt, um rasch etwas zu trinken und nach dem Weg zu fragen. William war in voller Kellnermontur hinter der Bar hin und her stolziert, hatte lächelnd die Zähne blitzen und Münzen fallen lassen: »Darf's noch etwas sein, Sir?« Seine Schicht war erst um drei zu Ende gewesen, und da war Caspar (durch ihre Beinahe-Entdeckung in der Behindertentoilette stärker ernüchtert als William) noch immer viel zu betrunken gewesen, um weiterzufahren. So hatten sie den Rest des Nachmittags unter ebendiesen Rhododendronsträuchern verbracht. Der lilablaue, so erinnerte sich Caspar, war mit einem Aufruhr seiner Eingeweide verknüpft, wie er in der sexuellen Geographie seiner Beziehung zu William so häufig auftrat. (Inzwischen konnte er kaum noch unfallfrei durch die Longley Street fahren.) William war zu allem bereit gewesen – und hatte es auch getan. Caspar war fast schockiert gewesen, jedenfalls aber von blauen Flecken übersät und an ein paar Stellen ziemlich übel wundgescheuert. Am nächsten Abend war er wiedergekommen, weil er mehr wollte. Ebenso am übernächsten. Und am überübernächsten. Als er herausfand, daß sein schöner Lustknabe nach Dienstschluß einfach über die Mauer kletterte, hatte er ihn gebeten, den Schauplatz ihrer Paarungen zu verlegen. »Da drüben wären wir sicherer. Deine Mutter kann ja nicht die ganze Nacht im Garten arbeiten.«

Doch William hatte sich geweigert, und so hatten sie es weiterhin zwischen den Rhododendren im Garten des

›Rebhuhns‹ getrieben. Nicht ein einziges Mal in jenen herrlichen ersten Tagen – und auch später nicht – hatten sie es auf der anderen Seite der Mauer, auf geweihtem Boden gemacht. Im Haus, ja. Immer wieder hatte Caspar William in den letzten fünf Jahren in Betten und Wandschränke gezerrt. Er hatte ihn gegen Wände gedrängt, über Sofalehnen und hinter Wintergartentüren auf seinen Schoß. Inzwischen wirkten schon allein die Worte »Wo ist Mutter?« wie ein Zauber und verschafften Caspar augenblicklich eine Erektion. Im Garten aber hatten sie es nie gemacht, vielleicht weil sie sich so oft darin aufhielt.

»Heute passiert's«, murmelte Caspar entschlossen. Er legte den Kopf in den Nacken und schüttete den Rest von Cocktail Nr. 2 hinunter. Mmmmm, köstlich. William war verrückt nach diesen Moosewood Tailwaggers. Und nach dem Anpfiff von eben würde er einen Drink nötig haben. Ihre erste Nummer im Garten stand also bevor. Auf jungfräulichem Boden. Und wenn er William Cocktail Nr. 3 unter die Nase hielt und ihn damit bestach, würde er bestimmt nicht widerstehen.

11

Ein vollkommener Fremder

Doch William widerstand.

Er gab es Caspar in aller Deutlichkeit zu verstehen, während Mrs. Collett im Schuppen nach einer schärferen Blumenkelle suchte.

»Nein«, sagte er, »vielleicht später, im Haus. Aber nicht hier. Nicht jetzt.«

Caspar beugte sich gefährlich weit über die Mauer und schwenkte Cocktail Nr. 3 wie ein seltsam geformtes Rauchfaß hin und her.

»Nein«, zischte William. (Mrs. Collett kam zurück und hielt nur kurz inne, um ein paar impertinente Schachbrettblumen auszureißen.)

»Wir könnten hinter das Gewächshaus gehen...«

William würdigte ihn keiner Antwort.

»Oder wie wär's im Gebüsch? Hinter der Platane? Unter dem großen Strauch neben dem Tennisplatz?«

»Dem Johannisbeerstrauch«, sagte William mechanisch, doch deutete nichts darauf hin, daß er nachgab.

»Am Aufgang zur Spülküche? An der hinteren Mauer?«

»Nein!«

»Auf dem Komposthaufen? Im Lilienteich? Im Brunnen?«

(Jetzt wurde Caspar albern.)

»Verschwinde«, sagte William. »Ich führe gerade ein Privatgespräch mit meiner Mutter.«

»Tust du nicht.«

»Tue ich wohl.«

Und plötzlich tat er es auch wieder. Mrs. Collett erschien zwischen den Azaleen und fing sofort wieder von Barbara und ihrer Hochzeit an, als wäre sie gar nicht weggewesen.

»Da kommt deine Schwester ohne jede Vorwarnung daher und geruht uns mitzuteilen, daß sie einen vollkommen Fremden zu heiraten gedenkt...«

Caspar verschwand, den Cocktail fest umklammernd, hinter die Mauer, außer Sicht. Ein vollkommener Fremder. Ja, genau so war es. So etwa konnte man ihn nennen. Caspar hatte sich durch den stets offenen Hoteleingang hineingeschlichen und sich über den Schnurrbart gestrichen, zu dessen Haftvermögen er recht wenig Zutrauen hatte. Fast augenblicklich war ein geschäftiger kleiner Mann durch die Halle auf ihn zugeeilt, hatte ihn zu einer anderen Tür geleitet und ihn gefragt: »Mr. Hamill von der Gemeindeverwaltung?« Caspars Versuch, sich von dieser Einordnung zu distanzieren, geriet mit ein wenig Unterstützung des widerspenstigen Schnurrbartes zu einer Geste, die ebensogut ein verlegenes Nicken sein konnte, und bevor er den Irrtum aufklären konnte, war der geschäftige kleine Mann schon wieder auf dem Weg nach draußen. »Ich hole rasch noch die restlichen Unterlagen. Einen Moment bitte.«

Caspar vertraute darauf, daß der besagte Moment ausreichen würde, um den Schnurrbart wieder festzukleben und dann zur Tür hinaus zu schlüpfen, über den Flur zu huschen und sich im dunkelsten Winkel der Bar zu verkriechen. Aber er hatte kein Glück. Es klopfte an der Tür, die fast im selben Augenblick geöffnet wurde.

»Einen Drink, Sir?«

Der Akzent klang spanisch, doch Caspar wagte nicht aufzublicken. Der Schnurrbart hatte sich inzwischen von seiner Oberlippe verabschiedet und behaglich auf seine Finger gebettet. Caspar beugte sich über den Tisch und tat so, als sei er in die vor ihm ausgebreiteten Papiere vertieft.

»Könnten Sie mir bitte einen Moosewood Tailwagger bringen?« fragte er hoffnungsvoll.

In dem betroffenen Schweigen, das darauf folgte, akkomodierten sich Caspars Augen. *»Antrag auf Baugenehmigung für sieben Hotelnebengebäude im Chaletstil«*, las er. Und zwei Zeilen darunter: Name und Anschrift des Grundeigentümers: *Mrs. Moira Lilith Collett, Cold Domain, Little Furley bei Fellaham.*

»Moose-? Moose-?«

Miguel-Angel war ernstlich in Verlegenheit.

Plötzlich klebte der Schnurrbart fest an Caspars Fingern. Ein Glück! So hatte er durch Zufall doch noch einen Rest halbwegs wirksamen Klebstoffs gefunden. Unbarmherzig zwirbelte er den Schnurrbart, um diesen Gesichtswahrer für seine Zwecke zu nutzen, und drückte ihn wieder an. Und diesmal blieb er, wo er war. Schnell wandte Caspar sich seinem Gesprächspartner zu, nicht ahnend, daß er durch einen überwältigenden Anblick sogleich von neuem außer Fassung geraten würde. Vor ihm stand Miguel-Angel – groß und dunkeläugig, mit genau jenem grübelnd-wilden Blick, den Caspar mit erlahmender Lust assoziierte.

»Verflucht noch mal!« hauchte er, so wie vor vierzig Jahren, wenn er *Die großen Renaissancegemälde* aufgeschlagen und denselben leisen Ausruf ausgestoßen hatte. »Verflucht noch mal!«

»Moose-?«

Der herrliche Spanier war noch immer in Verlegenheit.

Caspar riß sich zusammen.

»Einen Moosewood Tailwagger«, wiederholte er. »Wir brauchen eine Limone, aber im Prinzip sind es zwei Teile Gin und ein Teil...«

Er schritt (mit seinem Schnurrbart fast militärisch wirkend) durch den Raum und geleitete Miguel-Angel hinaus, so wie er selbst so passend hineingeleitet worden war.

»Kommen Sie«, sagte er, »gehen wir an die Bar. Ich zeige es Ihnen.«

12

Eine Gillyflower in Perfektion...
der letzte Dreck

Beim Mittagessen wurde Barbara ins Kreuzverhör genommen.

»Wird es denn eine Liste geben, Schatz?«

»Eine Liste?«

»Eine Geschenkliste.«

»Ach so. Ja, wahrscheinlich, ich weiß noch nicht.«

»Und seine Eltern kommen auch?«

»Das nehme ich doch an.«

»Von so weit her?«

Caspar hörte fast das schwebende »Erstaunlich!« am Schluß. So also holte sich Mrs. Collett ihre Kinder wieder heran, wenn es Ärger gegeben hatte: Sie präsentierte ihnen eine Serie knapper Fragen, so milde, daß es kindisch, ja sogar ungezogen gewesen wäre, nicht zu antworten.

»Du kennst seine Eltern also noch gar nicht?«

»Nein.«

»Sie konnten nicht hierherkommen und ihn besuchen?«

»Er ist doch erst seit drei Monaten hier.«

O Barbara! Caspar sah es auf allen Gesichtern rings um den Tisch. O Barbara! O Barbara! O Barbara!

»Das ist ja noch nicht sehr lange, Schatz...«

»Lange genug.«

»Na, das weißt du sicher selbst am besten.«

Letzteres wurde mit einem so offenkundigen Mangel an Überzeugung ausgesprochen, daß selbst die strenge Tory ihre Schwester hinreichend bedauerte, um das Thema zu wechseln.

»Du trinkst ja gar keinen Wein, Babs!«

William neutralisierte das Mitgefühl, indem er Barbara die Mineralwasserflasche über den Tisch zuschob, die er in ihrem Auftrag gekauft hatte.

»Es ist nicht so, daß ich nichts mehr trinke«, erklärte Barbara den anderen. »Es ist nur wegen der Kalorien. Vergeßt nicht, ich muß in ein Brautkleid passen. Da möchte ich doch lieber wie ein Campingzelt aussehen als wie ein Zirkuszelt.«

Doch niemand, nicht einmal die sentimentale Gillyflower, wollte von ihrem Hochzeitsstaat etwas hören. Energisch wurde das Gespräch auf andere Themen gelenkt, zunächst auf Mineralwasser, dann über die Freveltaten der Stadtwerke auf den katastrophalen Zustand zahlreicher britischer Strände. Jemand, der so fett war wie Barbara, dachte Caspar, stieß gegen genau die gleichen Mauern wie William und er, Mauern, an denen Diskussionen abgebogen, interessante Gespräche in Sackgassen gesteuert und keine Mühen gescheut wurden, um Dinge fernzuhalten, über die andere nicht nachdenken wollten, nämlich ein Koloß von einer Frau, die jungfräulichem Weiß entsteigt und loslegt, oder Männer, die andere Männer lieben. Schnell! Bringt das Tischgespräch auf den hohen Preis des Mineralwassers und die Schwierigkeit, es ins Haus geliefert zu bekommen. Redet von der Kacke, die an den Stränden angeschwemmt wird. Redet von allem, egal wie öde oder ekelhaft es ist, nur nicht von den Mysterien fetten oder schwulen Fleisches. Aber war nicht das Liebesleben jedes Menschen ein Mysterium – für den Betreffenden so sehr wie für den Außenstehenden? Bis heute konnte Caspar sich nicht erklären, wie es kam, daß eine einzige unbefriedigende Viertelstunde mit diesem ungewaschenen Jugendlichen aus Weston-Super-Mare durch so viele seiner Tagträume spukte und daß sich so viele seiner Phantasien darum rankten. Was waren ein paar Meter glitschigen Seetangs schon, daß sie –

»Caspar?«

Er zerrte seine Aufmerksamkeit in die Gegenwart zurück. Worüber redeten sie inzwischen? Nitrate im Trinkwasser? EG-Richtlinien?

»Caspar, du warst doch mal verheiratet. Bei der Trauung, wer muß da –«

Miststück! Verdammtes Miststück! Es gab keinen Besuch, bei dem Victoria nicht stur die unüberwindlichen Barrieren ihrer Mutter gegen jegliche Erwähnung seines Privatlebens noch verstärkt und ihn damit praktisch mundtot gemacht hätte. Aber kaum paßte es ihr in den Kram, verstieß sie gegen ihre eigenen verfluchten Regeln! Als erstes mußte sie eins drauf bekommen.

»Ich weiß gar nicht mehr, Tory, das ist schon so lange her…«

Doch Mrs. Collett hatte sofort angebissen. Das war Wasser auf ihre Mühlen: Eine Heirat konnte sich als ein verhängnisvoller Irrtum erweisen.

»Ich wußte gar nicht, daß Sie eine Frau hatten, Caspar.«

»Jetzt nicht mehr. Aber Victoria hat recht. Ich war einmal verheiratet.«

Woher sie es wußte, war ihm allerdings schleierhaft. Es sei denn …

Ja. William sah Barbara vorwurfsvoll an. Und Barbara, der Indiskretion überführt, biß sich schuldbewußt auf die Unterlippe. Aber das tat jetzt nichts zur Sache. Später war noch genug Zeit, um mit den beiden zu reden. Jetzt galt es, den Feind in die Flucht zu schlagen.

»Ich habe auch einen Sohn«, verkündete er und legte allen Stolz, den er aufzubringen vermochte, in die Erwähnung jenes mürrischen, intermittierend habgierigen Flegels, der unter dem Vorwand, Biotope anzulegen, mit zwei langbeinigen westindischen Schönheiten in Northumberland in einem Wohnmobil hauste. »Er heißt Joshua.«

»Und wie alt ist er?« wollte Tory sofort wissen.

Verdammt nahe an Williams Alter, zu nahe, als daß Caspar nicht hätte lügen müssen. Und wie jeder weiß, kann man nur schwer wieder aufhören, wenn man einmal damit angefangen hat.

»Er arbeitet bei einer sehr renommierten Computersoftware-Firma an der Südküste. Im Moment ist er in der Entwicklungsabteilung des Bezirksmanagements, aber längerfristig –«

Als sie beim Obstsalat und dann beim Käse angelangt waren, rächte er sich für Torys Boshaftigkeit (und das ganze ermüdende Gefasel von Mineralwasser und verschmutzten Stränden) und erzählte ihnen in endloser Ausführlichkeit und mit lähmend monotoner Stimme von einem weiteren frei erfundenen Sohn, dessen langweiligem

Beruf, seiner Feld-, Wald- und Wiesenwohnung und seinem uninteressanten Auto. Jedesmal wenn er merkte, daß die Aufmerksamkeit eines der Anwesenden nachließ, nagelte er ihn auf der Stelle fest: »Das ist das Interessante an Computern, Gillyflower...« »Sie kennen die Gegend bestimmt, Mrs. Collett. Man fährt ein Stück Richtung Osten und dann...« »Vielleicht hast du's in der Zeitung gelesen, Victoria, daß die Beschleunigung bei den Hecktürmodellen dieser Serie ...« William starrte nur in fasziniertem Schrecken vor sich hin, während Barbara, die gute Seele, tatsächlich wie gebannt schien. Das einzige Mal, als Caspar kurz verstummte – zu Tode erschrocken, als er ein Taschentuch hervorholen wollte und seine Finger sich statt dessen um die haarigen Enden des vergessenen Schnurrbarts schlossen –, platzte sie dazwischen, unfähig, sich noch länger zu beherrschen.

»Hat Joshua die ganzen Pfeffer-und-Salz-Teppichböden und die cremefarbenen Tapeten selbst ausgesucht, oder hat ihn jemand beraten?«

»Wie bitte?«

Plötzlich stockte Caspar. Er hatte den Fehler begangen, zu Mrs. Collett hinüberzusehen, und diesmal war die Feindseligkeit in ihren Augen offenkundig. War er zu weit gegangen? Ahnte sie – und sei es nur aufgrund von Williams Miene –, daß er die ganze Sippschaft, von der er da erzählte, frei erfunden hatte, daß er an ihrem eigenen Tisch sein Spiel mit ihnen trieb? Sie hatte ihm noch nie getraut. Von Anfang an hatte sie keinen Zweifel daran gelassen, daß sie Caspar die Schuld an Williams Verirrungen gab. Es konnte zwar nicht einmal einer so in sich abgekapselten Person wie Mrs. Collett entgangen sein, daß ihr Sohn kein Unschuldslamm war. Er hatte sich schon vorher einschlägig betätigt. Doch als er von zu Hause fortgegangen war, um sich mit einem anderen Mann zusammenzutun, hatte er die Schande noch einen Schritt weitergetrieben. Er hatte seine Verworfenheit (und ihr Versagen) öffentlich gemacht. Und Caspar war der Böse. Schließlich war er ganz offensichtlich der Stärkere von beiden. Er besaß bessere Anzüge, mehr Geld, ein luxuriöses Auto – und er war zwanzig Jahre älter. Eine Frau ihres Schlages mußte zwangsläufig glauben, daß Caspar der aktive Teil war, derjenige, der den Ton angab. Von da war es nur ein kleiner Schritt zu der Annahme, daß ihr William, ohne diesen Sextyrannen an seiner Seite, diese am wenigsten nachvollziehbare, diese abstoßendste all seiner unglückseligen Phasen längst überwunden hätte; erwachsen geworden und verheiratet wäre; so, wie es sich gehörte.

Kein Wunder, daß sie Caspar nicht mochte. Und plötzlich wurde Caspar klar, wie sehr er umgekehrt auch sie nicht mochte. Da saß sie, den Mund mißbilligend zusammengekniffen, die Finger an imaginären Fäden zupfend. Was gab ihr das Recht, ihn so anzusehen? Er war hier nur geduldet. Durfte an der Peripherie ihrer Familie sitzen, solange er sich anständig benahm. Sie gestattete ihm gnädigst, ein paarmal im Jahr seine klinischen Verantwortlichkeiten hintanzustellen – was er sich zeitlich kaum erlauben konnte –, und ihren undankbaren Sohn in dieses gottverlassene Nest zu fahren, damit er sie besuchen konnte. Doch nur zu ihren Bedingungen. Kein Wort über die wahre Natur seiner Beziehung zu William. Keine Anspielung auf ihr Londoner Leben. Selbst Caspars angesehener Beruf war hier verbotenes Terrain; das Gespräch hätte sich ja von dort auf das gefährliche Thema natürlichen menschlichen Verhaltens bewegen können. Nein, Caspar hatte still und bescheiden auf seinem Stuhl zu sitzen, freundlich dreinzuschauen und mit jedermann einer Meinung zu sein. Und den Zucker herüberzureichen, wenn man ihn darum bat.

Zum Teufel mit ihr! Zum Teufel mit der ganzen verfluchten Familie! Man brauchte sie sich ja nur anzusehen, wie sie vor ihr katzbuckelten, sich in acht nahmen, ihre Zunge hüteten, immer auf der Hut vor ihren Launen, wie hilflose kleine Kinder in der Gewalt einer bösen Stiefmutter, die ihnen etwas zu beißen und ein Dach über dem Kopf gab. Er würde es der ganzen Bande zeigen. Jawohl! Wie oft hatte er William schon zu diesem Höllenhaus gefahren? Bestimmt weit öfter als ein dutzendmal. Und stets hatte er sich mustergültig betragen. Still dagesessen und die Regeln eingehalten, genau wie alle anderen. Eine Gillyflower in Perfektion! Aber heute nicht. Nicht nach den drei Moosewood Tailwaggers und einer halben Flasche von diesem billigen Chardonnay. Jetzt reichte es ihm. Wenn sie und ihre verklemmte Tochter es sich plötzlich einfallen ließen, die Büchse der Pandora mit seiner Vergangenheit und seiner Familie darin zu öffnen, dann konnte er verdammt noch mal auch ihre Büchse der Pandora öffnen. Und was enthielt sie? Nun, zunächst einmal einen Antrag auf Baugenehmigung für sieben Hotelnebengebäude im Chaletstil in ihrem Garten, wie es schien. Nehmen Sie sich in acht, Mrs. Collett, es wird brenzlig.

Er schob seinen Stuhl zurück und wandte sich Barbara zu.

»Ich helfe dir.«

»Danke, es geht schon.«

»Das mach' ich doch gern.«

Er nahm ihr den Geschirrstapel ab und folgte ihr aus dem Zimmer. Während sie sich mit der vorsintflutlichen Kaffeemaschine abmühte, die Mrs. Collett beharrlich jeder der neuen Maschinen, die ihre Töchter ihr gekauft hatten, vorzog, legte Caspar ihr die Hand auf die Schulter.

»Barbara...«

Bei der Berührung fuhr sie erschrocken herum.

»Barbara, ich muß dich um einen Gefallen bitten.«

»Oh!« Ihr Gesicht zeigte Erleichterung. (Was um Himmels willen hatte sie erwartet?) »Natürlich, Caspar, alles, was du willst, das weißt du doch.«

»Alles?«

Sie breitete die Arme aus.

»Wenn ich kann.«

»Dann versprich mir, daß ich deine Hochzeitsfeier im ›Rebhuhn‹ ausrichten darf.«

»Nebenan?«

Sie war verwirrt.

»Ja.« Caspar ergriff ihre Hände. »Hör zu, Barbara. Du wolltest doch hier im Garten feiern. Aber überleg mal. Der halbe Rasen liegt im Schatten der großen Platane. Und der halbe Rasen nebenan genauso. Also verlegen wir die Festlichkeiten doch einfach auf die andere Seite. Da bist du unter genau demselben Baum. Wenn du hinaufschaust, ist es fast dasselbe.«

Ihr hoffnungsvoller Blick wirkte schon fast erbarmungswürdig.

»Unter demselben Baum...«

»Genau.«

Plötzlich blickte sie ängstlich drein.

»Caspar! Was ist mit Miguel-Angel?«

»Es wird ihm bestimmt gefallen«, sagte Caspar entschieden. »Es ist doch eigentlich eine schöne Sache, wenn wir an seinem Arbeitsplatz feiern. Da hat er ein paar Fans mehr.«

»Wahrscheinlich hast du recht.«

Caspar merkte, daß sie bereits mit offenen Augen zu träumen begann.

»Aber die Kosten!«

Er drückte ihre Hände voller Wärme, bevor er sie losließ.

»Es wird mir ein Vergnügen sein«, erwiderte er wahrheitsgemäß.

»Im Ernst?«

Caspar lächelte.

»Komm, Barbara«, sagte er aufmunternd, »schau mich an. Seh' ich so aus, als würde mich eine Hochzeit ruinieren?«

Sie brach in Lachen aus. Er hatte gewonnen.

»Ich bin entzückt«, sagte er. »Und William wird ganz aus dem Häuschen sein.«

Aber sie sah von neuem ängstlich drein.

»Und was ist mit Mutter?«

Caspar machte ein unschuldiges Gesicht.

»Deine Mutter? Die wird ebenfalls entzückt sein. Sie

hat nichts mit den ganzen Unannehmlichkeiten und dem Streß zu tun, sie hat nur das Vergnügen, zu wissen, wie glücklich es dich und Miguel-Angel macht.«

»Ach Caspar! Du mußt ihn unbedingt kennenlernen!«

»Ja, unbedingt.«

Während sie das Kaffeetablett belud, schwatzte sie ununterbrochen weiter. Gäste. Sitzordnung. Sonnensegel. Appetithappen. Caspar hörte gar nicht hin. Mit dem Milchkännchen und der Zuckerdose, die sie ihm in die Hand gedrückt hatte, folgte er ihr, die Unschuld in Person, an den Tisch zurück und nahm seinen Platz wieder ein, um sich das Feuerwerk anzusehen.

»Mutter –«

»Für mich nichts, Schatz, nur einen Tropfen Milch.«

Barbara reichte ihr den Kaffee, genau wie bestellt. Dann nahm sie einen neuen Anlauf.

»Mutter, ich glaube, Caspar hat eine Lösung für unser kleines Problem.«

»Was für ein Problem?«

Mrs. Colletts Miene gab jedermann zu verstehen, daß sie sich keines Problems bewußt war.

»Wo wir meine Hochzeit feiern.«

»Ach so.«

Der Widerwille war offenkundig.

»Wir feiern nebenan.«

»Nebenan?«

Die Bedeutung dieser Worte schien nicht gleich zu ihr durchzudringen. Mrs. Collett schaute verwirrt drein.

»Doch nicht etwa im ›Rebhuhn‹?« fragte Tory ungläubig. »Da kostet doch schon ein Glas Wasser ein Vermögen.

Einen Empfang im ›Rebhuhn‹ kannst du dir doch nie im Leben leisten!«

Barbara wandte sich Caspar zu, strahlend vor warmer Dankbarkeit.

»Caspar hat netterweise angeboten –«

»Wie bitte?«

Mrs. Collett packte das Tischtuch. Die nächststehenden Kaffeetassen machten einen Satz, ihr dunkler Inhalt schwappte auf das makellose Leinen über. Sie merkte es nicht einmal. Die schiere körperliche Anstrengung, das ganze Ausmaß ihres Ärgers zu verbergen, ließ alles Blut aus ihrem Gesicht weichen.

»Meinen Sie nicht, Caspar, daß es sich hier um eine rein private Angelegenheit handelt? Mit der sich nur diejenigen befassen sollten, die es etwas angeht?«

Caspar zuckte die Schultern und sagte freundlich: »Ich betrachte mich gern als zur Familie gehörig.« Er tätschelte Gillyflower die Hand. »Du betrachtest mich doch auch als zur Familie gehörig, nicht wahr, Gillyflower?«

Gillyflower wurde rot, wagte aber, als sie die Miene ihrer Mutter sah, nicht zu antworten. William unterdrückte ein eher nervöses als belustigtes Kichern, und Tory zog es wie immer vor, ihre Schwester scharf zurechtzuweisen.

»Barbara, du hättest nie zulassen dürfen, daß Caspar das überhaupt anbietet. Das ist doch absurd. Erstens würde es ein Vermögen kosten –«

»Das macht mir nichts aus«, unterbrach Caspar sie. »Und wenn es mir nichts ausmacht, braucht es auch sonst niemandem etwas auszumachen.«

Dabei sah er Mrs. Collett mit unverhohlener Neugier an. Ob sie ahnte, daß er irgendwie herausgefunden hatte, was sie mit dem Garten vorhatte? Wohl kaum, sonst wäre sie wütender gewesen. Sie wäre völlig ausgerastet. Vermutlich war es in ihren Augen einfach Pech, ein unglücklicher Zufall, dessen Folgen jedoch mit ein paar Worten an die Adresse ihres emsigen kleinen Mitverschwörers jenseits der Mauer prompt und problemlos zu beheben waren. »Es würde alles sehr viel einfacher machen, wenn mir bei der ganzen Angelegenheit nicht dauernd meine Familie auf die Finger schauen würde. Natürlich sind sie sentimental, was den Garten anbelangt. Sie sind schließlich hier aufgewachsen, und wenn sie sehen, daß ein so großer Teil davon für Ihre wunderschönen neuen Chalets verlorengeht, dann ist das für sie natürlich, als würde ihnen ihre ganze glückliche Kindheit entrissen. Ich glaube, ehrlich gesagt, je weniger Zeit sie haben, darüber nachzudenken, desto besser. Wenn also zufällig ...« Und eine Reservierung für Barbaras Hochzeitsfeier würde unerbittlich abgelehnt werden. ›... müssen wir Ihnen leider mitteilen ... kein einziger Termin mehr frei ...‹

Jawohl. Da kam es schon.

»Da mach dir mal keine Hoffnungen, Schatz. Man hört doch ständig, daß das ›Rebhuhn‹ permanent ausgebucht ist. Ich weiß von mehreren Paaren, die eine Absage bekommen haben.«

»Ach ja?« fragte Gillyflower neugierig. »Wer heiratet denn hier in der Gegend?«

»Du wirst sie kaum kennen, Schatz.«

»Aber ich vielleicht«, schaltete William sich ein. »Ich

habe ja jede Menge Leute kennengelernt, als ich drüben gearbeitet habe. Wie heißen sie denn?«

Sie gab keine Antwort. Caspar hatte den Eindruck, daß ihr tatsächlich keine Ausreden mehr einfielen. So nervös und in Bedrängnis hatte er sie noch nie gesehen. Das überraschte ihn. Seiner Meinung nach hatte er nicht viel mehr getan als einen kleinen Zug im Schachspiel der Familie. Wenn sie den Mut hatte, ihren üblichen hortikulturellen Kahlschlag mit einem solchen Gewaltstreich zu krönen und das Kindheitsarkadien ihrer Sprößlinge dem Erdboden gleichzumachen, dann konnte es doch auch keine große Affäre für sie sein, es ihnen zu sagen. Hätte er nicht wegen des Schnurrbarts und seines Zusammentreffens mit Miguel-Angel Farbe bekennen müssen, hätte er es ihnen selbst gesagt. Ihre Reaktionen hätte er sehen wollen!

Und plötzlich, etwas verspätet, sah Caspar sie tatsächlich vor sich. Tory würde natürlich schon allein aus Umweltgründen an die Decke gehen. Er kannte ja ihre Ansichten über völlig deplazierte Neubaukomplexe, die wahllos mitten in alte Dorfkerne gesetzt wurden. Vom ›Rebhuhn‹ hatte sie ohnehin keine hohe Meinung. Ständig regte sie sich über Dinge auf, die Caspar gar nicht bemerkte, nächtliches Autotürenknallen zum Beispiel oder aus Jux in die vordere Hecke gesteckte Cocktailschirmchen. Und Barbara würde einen ihre kolossalen Wutanfälle bekommen. Sie würde in widerliche Tränen ausbrechen und zweifellos anfangen, sich über die Dutzende von kuscheligen kleinen, einst heißgeliebten Wesen zu verbreiten, die sie anscheinend überall im Garten begraben hatte. Caspar hatte einmal mit ihr die Runde gemacht, und alle paar Augenblicke, so war es ihm vorgekommen, hatte sie sich (seltener ihn) unterbrochen und ehrfurchtsvoll verkündet: »Das hier ist Montys Grab« oder »Unter der Magnolie da liegt Tweety begraben«. Nach einer Weile hatte er das Gefühl gehabt, überall, wo er den Fuß hinsetzte, könnte er Brustbeine knirschen und vermodertes Fell quatschen hören.

Aber William! An Williams Reaktion durfte er gar nicht denken. Wenn William eine hervorstechende Begabung hatte, dann war es unerschöpfliche Hysterie. Er würde augenblicklich eine fürchterliche Szene machen – nun ja! Aber er würde auch noch weitermachen, wenn er schon aus dem Haus gestürzt war und sich im Rover eingeschlossen hatte. Die ganze Rückfahrt nach London. Die ganze Nacht. Tage- und wochenlang, so lange, wie die Chaletaffäre dauern würde. Es konnten Monate sein. Und es konnte auch danach noch weitergehen. Caspar kannte William, und er kannte seinen Haß. Er hatte ihn bereits ein paarmal hautnah miterlebt, doch war es dabei nie um etwas Wichtiges gegangen. Nicht so wie jetzt. Es würde furchtbar werden. Es würde unvorstellbar hart werden. Eine unerträgliche Leidenszeit. Es würde kein anderes Gesprächsthema mehr geben. Nicht eines. Caspars erschöpfte Antworten würden argwöhnisch durchleuchtet und für unpassend befunden werden, und die ganze aufgestaute Wut auf Mrs. Collett und ihre Pläne würde wieder und wieder auf ihn niederprasseln.

Das würde Caspar nicht aushalten. Er kannte seine Grenzen: Es wäre das Ende für William und ihn. Die letzte Kraftprobe würde sich zweifellos um etwas ganz

Triviales drehen, für das William ihn dann bei ihren wenigen gemeinsamen Freunden schlechtmachen konnte: Caspars Weigerung, noch eine weitere nutzlose Runde juristischer Beratung zu finanzieren oder einmal mehr einen ganzen Tag mit der Suche danach zu vergeuden. Eine Kraftprobe aber würde es sein. William würde anfangen, seine riesige grüne Reisetasche zu packen, wie schon unzählige Male zuvor. Doch dieses Mal würde Caspar nicht neben ihm stehen und Williams Sachen ebenso schnell aus den Reißverschlußfächern wieder herauszerren, wie William sie hineinwarf. Caspar sah es schon vor sich. Dieses Mal würde er sich auf dem Bett zurücklehnen und mit wahrer Erleichterung zuschauen, wie William nach Wochen brodelnder Diskussionen, Tränen und schlafloser Nächte für immer ging.

Wollte er das? Sich den ruhigen Gang seiner Tage restlos ruinieren lassen, eines Gartens wegen, dessen bloße Erwähnung ihn bereits so wütend machte, daß es kaum auszuhalten war? Genügte es nicht schon, daß sein kostbarer Schlaf durch Williams ständige Träume davon so häufig gestört wurde? Wie hatte er nur daran denken können, einen Vulkanausbruch herbeiführen zu helfen, bei dem es Not und Elend auf alle ihre Tage regnen würde, nur um dieser gehetzten, in die Enge getriebenen Frau zu trotzen, die wie besessen an der Hühnerhaut an ihrem Hals zupfte?

Caspar blickte in die Runde. Barbara, noch immer ganz entrückt vor Glück, tätschelte den Fettwulst zwischen ihrem Brustkorb und der Tischplatte und scherzte darüber, wie wenig Zeit ihr noch bleibe, ihn loszuwerden. William neckte sie vergnügt mit einem wenig realistischen

Szenario, in dem sie zum Strich abgemagert war, und Gilly kicherte beim Anblick der Gesichter, die ihre Schwester beim Kaffeetrinken ohne Milch und Zucker schnitt. Selbst Tory zeigte, da sie die Zuständigkeit für Mißbilligung vorübergehend an ihre Mutter abgegeben hatte, nicht mehr den üblichen versteinerten Gesichtsausdruck.

Ernüchtert, aufs äußerste ernüchtert saß Caspar da und dachte nach. Wie Mrs. Collett war auch er an einen Scheideweg gelangt. Wie sie so sah auch er auf einer Seite das sofortige, vollkommene Inferno und auf der anderen die ganz entfernte Chance einiger weiterer ruhiger Wochen, gipfelnd in einem genial arrangierten *fait accompli*, das diese Riesenbabys endlich mit einem Fußtritt aus den Schlinggewächsen ihres Kindheitswunderlandes in die reale Welt hinausbefördern würde.

Und Caspar traf eine Entscheidung, auch wenn er sich dabei wie der letzte Dreck vorkam.

II

I

Die Jahre, die zwischen ihnen lagen…

Ruhelos, unfähig zu schlafen, griff Caspar nach unten in die kleine Dose, die neben dem Bett bereitstand. Er wälzte William von sich weg auf den Bauch und ließ seinen Finger sanft zwischen Williams Pobacken abwärts und dann wieder aufwärts gleiten. William erwachte prompt und schob die Hand fort, doch nicht um ihn zurückzuweisen, sondern um die Rollen zu tauschen. Caspar unterwarf sich mit Vergnügen und Erleichterung. Das Schöne an William war unter anderem, daß er bei aller Jungenhaftigkeit die Dinge doch recht häufig lieber selbst in die Hand nahm (wenn man es so nennen konnte).

William sagte nichts, und er ließ sich Zeit. Und obwohl Caspar danach ein paarmal forschend seine Schulter drückte, um herauszufinden, ob er reden wolle, kam erst am nächsten Morgen, als sie sich beim Frühstück gegenübersaßen, die Mitteilung des ›Rebhuhns‹ zur Sprache, die sie am Donnerstag bekommen hatten.

»So«, sagte William und studierte den ungeheuerlichen Kostenvoranschlag, »also nicht einfach nur eine Hochzeit in der Familie, sondern auch gleich noch ein Bankrott.«

»Sieht so aus.«

William begann, Kaffeelöffel und Marmeladengläser, Salz- und Pfefferstreuer wie rasend in kleinen Kreisen auf dem Tisch umherzuschieben.

»Ich verstehe einfach nicht, warum du unbedingt anbieten mußtest, die Kosten zu übernehmen. Und noch dazu im ›Rebhuhn‹! Du bist wohl übergeschnappt!«

Anstatt William über die verräterischen Papiere ins Bild zu setzen, die er auf dem Tisch hatte liegen sehen, ignorierte Caspar diese Worte und erwiderte nur vage: »Irgend jemand mußte ja nett zu Barbara sein.«

»Aber doch nicht gerade du!« Die Gegenstände auf dem Tisch beschrieben jetzt so schnelle Kreise, daß jeden Moment ein Unglück geschehen konnte. Caspar hoffte nur, es würde nicht den Pfefferstreuer treffen, ein ziemlich schlecht gebranntes penisförmiges Gebilde aus Ton, das Joshua für ihn gemacht hatte, vermutlich eine Art liebevoller, wissender Scherz nach der Trennung. Caspar streckte die Hand aus und brachte dieses Memento eines jüngeren, freundlicheren Sohnes aus dem wirbelnden Kreis in Sicherheit.

»Und warum nicht?«

»Na, hör mal!« versetzte William scharf. »Wieso solltest du dir wegen Barbara den Kopf zerbrechen?« Er sah Caspar aus zusammengekniffenen Augen an. »Wenn du nicht da drüben herumspaziert wärst und nach Miguel-Angel Ausschau gehalten –«

»Und drei von seinen Moosewood Tailwaggers getrunken hättest«, ergänzte Caspar.

William schnaubte. Die Marmelade rückte einer Kollision mit dem Salz näher denn je, und Caspar entfernte sie aus der Gefahrenzone.

»Wieso sollte ich nicht etwas für Barbara tun?« fragte er. »Ich habe sie doch gern.« Und als William statt einer Antwort nur ein weiteres verächtliches Schnauben von sich gab, fügte er mechanisch noch ein begütigendes »Und du hast sie doch auch gern« hinzu.

»Ich habe auch Grund dazu«, gab William kalt zurück. »Sie ist schließlich meine Schwester. Und sie war immer nett zu mir. Alle anderen haben sich insgeheim gewünscht, ich würde mich in Luft auflösen, haben sich gewunden vor Verlegenheit, wenn sie mich ihren Freunden vorstellen mußten, und Ausreden erfunden, wenn sie ihre heißgeliebten Kinder lieber zu Hause ließen, wo sie vor Onkel William sicher waren. Nur Barbara war immer auf meiner Seite.«

Caspar legte seine Hand auf eine der beiden Hände, die noch immer wie rasend die Frühstücksgegenstände im Kreis herumschoben. Er hatte so viele Jahre das Leben eines Heterosexuellen geführt (und sich lange genug selbst getäuscht, ehe er noch mehr Sorgfalt darauf verwandte, andere zu täuschen), daß es immer wieder ein Schock war, wenn er daran erinnert wurde, daß ein jüngerer Geliebter seine bittersten Erfahrungen viel eher dann machte, wenn er die wahre Natur seiner Leidenschaften enthüllte, als dann, wenn er sie verbergen mußte. Und so würde es letztlich sehr wahrscheinlich zwei Gruppen von Menschen geben: jene, die die Neuigkeit gut aufnahmen, und jene, die es nicht taten. Caspar selbst würde nie vergessen, wie tapfer und vernünftig Clara reagiert hatte. Hinweise hatte es für sie in den zwölf Jahren ihres Zusammenlebens natürlich genug gegeben; und auch ein paar sorgsam vertuschte Kräche hatte es gegeben, als sie ihn dabei ertappt hatte, wie er ›andere Männer abknutschte‹, wie sie es so verletzend nannte, bis er sich schließlich erklärt hatte und sie gegangen war und Joshua mitgenommen hatte. Aber obgleich Caspar seine Schuldgefühle und seinen Selbstabscheu darüber, daß er aus reiner Dummheit die eigenen Gefühle so lange geleugnet und damit drei Menschen aus der Bahn geworfen hatte, nicht auslöschen konnte, war es ihm irgendwie heute noch ein Trost zu wissen, daß Clara ihm im Grunde keinen Vorwurf machte. »Nimm es dir doch nicht so zu Herzen. Wahrscheinlich wäre es sowieso passiert. Heute lassen sich doch alle scheiden.«

»Sie war wirklich ein feiner Kerl.«

Caspar unterbrach seine Träumereien und stellte fest, daß diese Worte, gleichsam ein Echo auf seine Gedanken, von William kamen, der in seiner Erzählung fortfuhr. »Barbara war genial, von Anfang an. Sie hat Dad ein paar simple Fakten über das Leben beigebracht, von denen er keine Ahnung hatte, sie hat Gilly losgeschickt, um Mutter zurückzuholen, die in den Garten gerannt war, und sie hat Tory gesagt, sie soll weiter den Truthahn füllen –«

»Sag bloß, du hast es ihnen an Weihnachten gesagt!« Es war wirklich ein Elend mit diesen Coming-out-Geschichten. Plötzlich fühlte Caspar sich wieder etwas wohler bei dem Gedanken, daß er den Dingen bis zu jenem trüben, regnerischen Sonntagnachmittag kurz nach seinem vierzigsten Geburtstag einfach ihren Lauf gelassen hatte.

Jetzt blickte William finster drein.

»Na und, was gibt's dagegen einzuwenden?«

»Nichts.« Hastig stand Caspar auf und tauchte seinen Teller und sein Messer ins Spülbecken. Die Jahre, die zwischen ihnen lagen, hätten ein ganzes Leben umspannen können. Caspar bedauerte nicht, daß er im Alltag als ›normal‹ galt. Es war die beste Möglichkeit, sein Privatleben zu schützen, und er war von Natur aus ein verschlossener Einzelgänger. Schon mit sechs oder sieben Jahren hatte er seine Geheimnisse gekannt und gewußt, wie er sie am besten hüten konnte. Einmal hatte er neben seiner Mutter am Küchentisch gesessen, und ein Mann, an dessen Namen und Gesicht er sich nicht mehr erinnerte, hatte mit einer heftigen Bewegung seinen Stuhl zurückgeschoben. »Ich geh' jetzt besser«, hatte er bedauernd gesagt. »Sonst fragt sich mein Mann, wo ich so lange bleibe.« Caspar war in diesem Moment wie elektrisiert gewesen, auch wenn er bis heute nicht die leiseste Ahnung hatte, was der Besucher an jenem Vormittag genau gemeint hatte. Vielleicht hatte draußen nur ein Klempner auf ihn gewartet oder ein Tennispartner, der allmählich ungeduldig wurde. Es war, so dachte Caspar, typisch für ihn als kleinen Jungen, daß er, obwohl ihn das ›mein Mann‹ aus dem Munde eines anderen Mannes wochenlang beschäftigt hatte, seine Mutter nie um eine Erklärung gebeten hatte. Weder damals noch später. Aber er hatte auch sonst nie mit Familienmitgliedern über Einzelheiten seines Lebens gesprochen. Das war auch nicht weiter schlimm gewesen. Rückblickend sah Caspar nichts als eine Kette von Institutionen, taub und blind, eifrig darauf bedacht, nicht zu merken, daß er in jeder Hinsicht anders war. Eltern, die Angst hatten zu sehen, Schulen, die Angst hatten, ihn aufzunehmen, Kollegen, die Angst hatten zu reden. Alle unterstützten sein Doppelspiel insgeheim, und das Ergebnis war, daß Caspar Jahre gebraucht hatte, um die erbärmlichen, beschämenden

Fragmente seiner Erfahrung zusammenzufügen und sich dem wahren Bild zu stellen. Daß Frauen ihr Herz spontan ruhigen Männern im weißen Kittel schenkten, hatte die Sache natürlich nicht besser gemacht. Immer wieder hatte er zu seiner Bestürzung Zuneigung in Frauen geweckt, die dann, ungefragt und unverfroren, Anspruch auf Liebe erhoben. Ein Teil des Problems war von jeher Caspars Fähigkeit zu schweigen gewesen. Die Frauen in seinem Umkreis hatten nichts Eiligeres zu tun, als die Stille mit ihren Vertraulichkeiten auszufüllen – und sich damit an ihn zu binden –, dann zu seinem Schrecken mit ihren Erklärungen und schließlich, wenn es ganz schlimm kam, mit Forderungen. Jedesmal fragte er sich: »Was habe ich nur getan?« Und die Antwort war jedesmal die gleiche. Das Ausbleiben jeglicher Reaktion seinerseits hatte seiner neuen Bekannten, so schien es, nur noch mehr Vertrauen eingeflößt, anstatt sie nachdenklich zu stimmen. Immer wieder stellte Caspar erschrocken fest, daß seine bloße Anwesenheit in diesem oder jenem Krankenhaus, in diesem oder jenem Ausschuß wieder einmal in irgendeiner bedauernswerten Frau Gefühle wachgerufen hatte, die er nicht erwidern konnte, Sehnsüchte, die er niemals stillen konnte. In dieser Hinsicht lag seine Ehe wie ein Fluch auf ihm. Er konnte das Geflüster auf den Korridoren im Vorübergehen fast hören: »Ist er… du weißt schon?« »Nein, ich glaube nicht, er war jahrelang verheiratet.« Wo immer er sich befand, hätte ein einziges Wort Mißverständnisse ausräumen, ihm selbst Peinlichkeiten und anderen Kummer ersparen können. Doch Caspar war unfähig, es auszusprechen. Ein Mann in seinem Alter, Produkt der alten

Welt, konnte nicht einfach in die neue überwechseln. William mochte ihn spießig und konformistisch nennen und ihm bis zum Überdruß mit seiner Verantwortung gegenüber einer größeren Gemeinschaft zusetzen. »Wie kannst du es dir nur in deinem privaten Eckchen gemütlich machen, während da draußen andere deine Kriege für dich führen?«

Doch Caspar konnte es.

Er stellte den letzten gespülten Teller in das Abtropfgestell. Die Sache war die, so dachte Caspar nicht zum ersten und nicht zum letzten Mal: Die Jahre, die zwischen ihnen lagen, waren einfach zu viele.

2
Arzt, heile dich selbst

Barbara war über den Kostenvoranschlag des ›Rebhuhns‹ nicht minder entsetzt als ihr Bruder.

»Soviel kann das doch nicht kosten!« stieß sie hervor. »Das ist ja Wahnsinn! Da muß irgendwo ein Fehler sein.« Sie ließ den Finger über das dicke cremefarbene, mit Hochzeitsvokabeln gespickte Blatt abwärts gleiten: Blumen, Champagner, Gedecke, Kuchen...

»Hast du die Zahlen überprüft?« fragte sie William, noch ganz entgeistert, und wedelte mit dem Papier vor seiner Nase herum. Doch nicht er, sondern Miguel-Angel nahm ihr den flatternden Bogen aus der Hand. Er legte den Kopf zurück und studierte die Zahlen.

»Stimmt alles?«

»Nichts stimmt!« versetzte William mürrisch. »Astronomische Preise sind das!«

Caspar warf ihm einen warnenden Blick zu.

»Nun laß mal gut sein«, wiegelte er ab, und Miguel-Angel zuckte die Achseln. Barbara schnappte sich das Papier wieder und schwenkte es in Caspars Richtung.

»Das können wir nicht machen! Ich hatte ja keine Ahnung!«

»Unsinn, Barbara, es ist doch alles schon arrangiert.«

Aber er konnte es sich nicht verkneifen, noch einmal einen Blick auf die bemerkenswerte Endsumme zu werfen, die sich in kräftigerer, noch furchterregenderer Schrift vom Rest abhob. Nicht daß sie einen vermögenden Mann hätte umwerfen können; nach üblichen Maßstäben gemessen war sie vermutlich noch nicht einmal unverschämt hoch. Aber es war doch ein hinreichend großer Brocken, um die Gedanken auf Bedeutung und Wert der Ehe zu lenken, sowohl als Institution im allgemeinen wie auch im Einzelfall. Caspar konnte Barbara und Miguel-Angel zwar nicht direkt mit einem Blick taxieren und überlegen, ob die beiden es wert waren, aber er konnte versuchen, die Vision eines entgangenen Luxusurlaubs, einer hohen Pauschalzahlung für die Altersversorgung, vielleicht sogar einiger schöner Grafikblätter zu verbannen und sich zu sagen, daß Barbara immerhin sehr viel weniger unansehnlich aussah als bei ihrer letzten Begegnung. Drei Wochen Mineralwasser hatten ihre Wirkung getan und sie von ihrer schrecklichen Aufgedunsenheit befreit. Sie wurde schon fast attraktiv, und das war gut so. Eine so kostspielige Braut mußte verdammt perfekt sein.

»Du siehst blendend aus.«

»Keine Zeit, zuviel zu essen«, sagte sie stolz. »Montags Weightwatchers, dienstags Schneiderin, mittwochs Spanischkurs, donnerstags Brautunterricht –«

Williams Gesicht war ein Bild für Götter.

»In der *Kirche*?«

Miguel-Angels unverzügliches und wirkungsvolles Eingreifen war der beste nur denkbare Beweis für die Vorzüge katholischer Schulung. Er sprang blitzartig auf.

»Und freitags tanzen wir!«

Er streckte Barbara die Hand hin. Bereitwillig erhob

sie sich. Es waren nur ein paar Drehungen (Miguel-Angel schien nichts von vollblütigen Demonstrationen zu halten), aber sie waren graziös. Weder zitterte der Boden unter ihren Füßen, noch klirrten die Fensterscheiben. Caspar hatte wie jedermann ein Leben lang den wohlmeinenden Unsinn gehört, daß dicke Leute sich beim Tanzen anmutig bewegten, aber er hatte kein Wort davon geglaubt. Einigen der Fesselballons, in denen er seine Finger oder sein Laparoskop gehabt hatte, mußte es nach seiner Einschätzung größte Mühe bereiten, in die Damentoilette hinein- und wieder herauszuwogen, ohne bauliche Schäden zu verursachen. Nun aber belehrte Barbara ihn eines Besseren.

Anmutig führte Miguel-Angel sie zu ihrem Sessel zurück.

»Und wie sieht's in ›Cold Domain‹ aus?« fragte Caspar in dem nicht minder anmutigen Versuch, Miguel-Angel wissen zu lassen, daß sein Ablenkungsmanöver auch von anderer Seite unterstützt wurde. Es war noch keine fünf Minuten her, daß der Mann den Raum betreten hatte, doch schon seine erste Geste – er hatte den Finger an die Oberlippe gelegt, ihn kunstvoll in Schnurrbartform nach unten gebogen und Caspar dabei über Barbaras Kopf hinweg zugezwinkert – hatte Caspar den Eindruck vermittelt, daß er hier endlich einen verläßlichen Verbündeten gegen die emotionalen Exzesse des Collett-Clans hatte. Er reichte Miguel-Angel seinen Sherry und Barbara ihr Sodawasser. »Alles wohlauf?« fuhr er unbeirrt fort.

»Ich weiß nicht«, erwiderte Barbara vergnügt. »Ich war seit Wochen nicht mehr dort. Seit dem Riesenkrach nicht mehr.«

Sie spürte die allgemeine Verblüffung und hob die Nase von den delikat platzenden Bläschen.

»Ihr habt doch sicher davon gehört?«

»Wovon?« fragte William.

Barbara wurde rot.

»Nachdem ihr beide weg wart, hatten Mutter und ich ein bißchen Knatsch miteinander.«

»Du hast dich mit Mutter *gestritten*?«

Barbara nickte und fügte stolz hinzu: »Und mit Tory. Und mit Gillyflower.«

»Und seitdem hast du keine von den dreien mehr gesehen?«

»Ich warte die ganze Zeit darauf, daß sie sich bei mir entschuldigen«, erwiderte Barbara leichthin.

»Drei ganze Wochen?« William wandte sich mit einer so theatralischen Bewegung Caspar zu, daß Miguel-Angel sich veranlaßt sah, eine Augenbraue mißbilligend hochzuziehen. »Seit drei Wochen redet sie nicht mehr mit den anderen Hochzeitsgästen und sagt mir kein Wort davon!«

Etwas verspätet fiel ihm wieder ein, wer das Ganze bezahlte. »Beziehungsweise dir«, setzte er eilig hinzu.

Barbara warf Miguel-Angel einen vorsichtigen Blick zu und versuchte, ihr Versäumnis zu erklären.

»Ich wollte dich ja anrufen, William. Ich hab's auch ein paarmal probiert, direkt nach dieser dummen Sache, aber ihr wart noch nicht zu Hause.« Sie schwenkte ihre pummeligen kleinen Hände, ein Versuch, die Tatsache zu bemänteln, daß ihrer Erklärung bereits die Luft ausging. »Und dann...« Sie zuckte die Schultern. »Ach, du weißt schon...«

»Ich weiß gar nichts.«

Und Caspar wußte ebensowenig. Er starrte Barbara nicht minder erstaunt an als William und wandte sich dann Miguel-Angel zu; aber etwas in diesem scharfgeschnittenen, unbewegten Gesicht gab dem Betrachter zu verstehen, daß Miguel-Angel sich nicht herablassen würde, sich an dem Gespräch zu beteiligen, geschweige denn, für Aufklärung zu sorgen. Noch während Caspar ihn ansah, nahm er eine der medizinischen Zeitschriften zur Hand, die Caspar in letzter Minute gegen das provozierende Sammelsurium von Spezialmagazinen ausgetauscht hatte, das William ständig in der Wohnung herumliegen lassen mußte, und verschwand dahinter.

Caspar wandte sich wieder Barbara zu, die jedoch sichtlich darauf brannte, das Thema fallenzulassen, und ihre Aufmerksamkeit jetzt demonstrativ auf die sorgfältig ausgewählte Ausstattung des Raumes richtete. Was Caspar die größten Rätsel aufgab, war die unglaubliche Veränderung, die in den letzten drei Wochen mit dieser Frau passiert war. Wo war die demütige, ständig schluchzende Person geblieben, diese unförmige Masse, die ihren Bruder Abend für Abend angerufen hatte, um stundenlang irgendwelche unbedeutenden kleinen Grausamkeiten von Mrs. Collett mit ihm durchzukauen? Fort. Verschwunden. Statt ihrer saß hier diese gelassene, würdevolle Frau, die es offenkundig vorzog, unauffällig die Qualität seiner Teppiche und die Raffung seiner Schabracken zu inspizieren, anstatt die sich bietende Gelegenheit zu nutzen und sich wie früher begierig auf die Untersuchung einer Angelegenheit zu stürzen, die sich angesichts der bevorstehenden

Hochzeit als eine ernste familiäre Entfremdung erweisen konnte. Das alles war zweifellos auf Miguel-Angels Einfluß zurückzuführen. Schon nach so kurzer Zeit erkannte Caspar, daß dieser Mann die Fähigkeit besaß, eine geradezu glühende emotionale Indifferenz auf seine Umgebung zu übertragen. Wie aber hatte er Barbara soweit gebracht? Konnte er hexen? Besaß er Zauberkräfte?

Und hatte er etwas davon abzugeben? Denn während Caspar diesen erstaunlich beherrschten Fremden betrachtete, der ruhig Seite um unverständliche Seite über Nahtmaterial, Transplantate und mesenteriale Adhäsionen umblätterte, wurde ihm plötzlich schmerzhaft bewußt, daß die Bewunderung, die er für ihn empfand, von Neid durchlöchert war. Wäre William nur ebenso erfolgreich von seiner familiären Verbohrtheit, von seinen ausgetretenen psychischen Pfaden abzubringen! Schon versuchte er, seiner Schwester die heißbegehrten Einzelheiten zu entlocken.

»Und der Streit, Barbara. Was war damit?«

Mechanisch griff Barbara nach der Zigarettenpackung, die Caspar auf dem Couchtisch hatte liegenlassen. In dem Moment, als er sich klarmachte, daß er sie, seit sie hier war, noch nicht hatte rauchen sehen, nahm sie sich eine Zigarette. Sie hatte sie schon fast im Mund, als Miguel-Angel hinter seiner medizinischen Zeitschrift hervorglitt wie der Mond hinter den Wolken und sie ihr aus den Fingern nahm. Caspar erwartete, daß er sie wieder fein säuberlich in die Packung zurückstecken würde. Doch nein. Wortlos brach er sie in der Mitte durch und krümelte die Hälften in den Aschenbecher, bevor er sich in aller Ruhe wieder seiner Zeitschrift zuwandte.

Nun ja, so konnte man es auch machen, wenn man sie daran hindern wollte, anderer Leute Zigaretten zu rauchen. Ehrfurcht ergriff Caspar. Er war noch ganz durcheinander vor wachsendem Erstaunen über Miguel-Angels Fähigkeiten, als Barbaras Entschlossenheit unter Williams heftigem Drängen zu wanken begann und sie Stück für Stück und praktisch wieder wie in alten Zeiten mit einer unglaublichen Geschichte herausrückte, in der, soweit Caspar zu folgen vermochte, Mrs. Colletts alles andere als brennendes Interesse, den Bräutigam kennenzulernen (»Ich fürchte, nächste Woche habe ich ein bißchen viel um die Ohren«) Barbara einmal zuviel bis an die Grenzen des Erträglichen gedemütigt hatte. Und als ihre Mutter es dann auch noch fertiggebracht hatte, die Serie nicht wahrgenommener Gelegenheiten mit einer Bemerkung von geradezu psychopathischer Heuchelei abzurunden (»Ich hoffe doch sehr, Schatz, daß ich ihn bald kennenlernen kann«), waren offenbar Zeichen und Wunder geschehen.

»›Freu dich nicht zu früh‹, habe ich zu ihr gesagt. ›Wenn du so weitermachst, kannst du noch lange warten.‹«

Caspar beobachtete William, wie er sich vorbeugte, um die Details dieser erheiternden Schlacht noch besser in sich einsaugen zu können.

»Und was hat sie gesagt?«

Barbara zuckte die Schultern.

»Nichts. Sie hat nur ihr versteinertes Gesicht aufgesetzt. Gilly wollte natürlich sofort schlichten und hat sich dumm gestellt, damit ich es mir noch mal überlegen und vom Abgrund zurücktreten kann.«

»Was hat sie denn gesagt?«

Barbaras Gleichmut begann zu bröckeln.

»Man faßt es nicht. Sie hat gesagt: ›Wieso? Soll die Verlobungszeit so lang sein?‹«

William brach in Lachen aus. »Oh, Gillyflower! Rührend!« In seiner freudigen Erregung beugte er sich so weit vor, daß er praktisch vom Sessel abhob. »Und du hast weitergemotzt?«

»Klar. Ich habe zu ihnen gesagt: ›Die Verlobungszeit nicht, aber die Wartezeit für Mutter, die wird lang werden. Wenn sie keine Lust hat, Miguel-Angel jetzt kennenzulernen, wo er direkt nebenan arbeitet, dann wird sie ihn auf der Hochzeit erst recht nicht kennenlernen. Weil sie dann nämlich überhaupt nicht eingeladen wird!‹«

Williams Gesicht strahlte vor Wonne. Noch selten hatte Caspar ihn so begeistert gesehen.

»Ich wette, dann ist sie ganz schnell verschwunden!«

»Wie der Blitz. Aber viel langsamer war ich auch nicht. Ich war noch vor Tory und Gilly an der Tür und habe verhindert, daß sie hinter ihr herrannten.« Sie verschränkte die Arme, so vergnügt wie William, und bemerkte nicht Miguel-Angels herabgesunkene Zeitschrift und seinen strengen Blick. Von ihrer eigenen Erzählung mitgerissen, fuhr sie freudig fort: »Die waren zu Tode erschrocken, kann ich euch sagen, als wäre ich eine fette Hexe, die sie darüber aufklärt, mit was für einem Fluch sie die Familie zu belegen gedenkt. ›Was schaut ihr mich denn an, als wäre ich übergeschnappt?‹ habe ich zu ihnen gesagt. ›Ich habe einfach die Nase voll. Ich habe sie nie um was gebeten, noch nie in meinem ganzen Leben. Bis jetzt. Wenn ich daran denke, was ich in den letzten Jahren alles für sie getan habe! Und sie hat nur dagesessen und nicht mal richtig danke gesagt. Jetzt kann sie sehen, wo sie bleibt. Und ihr beide auch. Im Ernst. Ihr könnt in den Garten laufen und hinter ihr herhetzen, soviel ihr wollt, aber wenn sie so gemein ist, daß sie mich nicht mal meine Hochzeit hier feiern läßt, wenn sie nicht mal Lust hat, den Mann, den ich liebe, kennenzulernen, dann braucht sie gar nicht erst zu kommen. Und ihr auch nicht, wenn ihr nicht zu mir haltet!‹«

»Mein Gott!« rief William. »Das hast du alles gesagt?«

»Allerdings. Geschieht ihnen ganz recht.«

Außer sich vor Entzücken umarmte William seine Schwester. Sein Gesicht strahlte, sein Glück war vollkommen. ›Cold Domain‹ gegen den Rest der Welt: Zwei zu null, dachte Caspar bitter, als er sich zurückrief, wie Barbara erst kürzlich auf der Treppe tränenreich erklärt hatte, daß alles, was nicht mit dem Tummelplatz ihrer Kindheit zusammenhinge, kaum Leben zu nennen sei. Caspar begriff mit einemmal, daß sie damit auch für ihren Bruder hätte sprechen können. Zumindest was das betraf, hätten sie Zwillinge sein können. Wann war es ihm, trotz all seiner Bemühungen, in fünf langen Jahren je gelungen, ein solches Leuchten in Williams Augen zu zaubern, seine Aufmerksamkeit so zu fesseln?

»Und was hat Tory da gesagt?«

»Die war wütend. Und Gilly –«

»Barbara! Es reicht!«

Der strenge Blick über dem Rand der Zeitschrift mochte unbemerkt geblieben sein, die strenge Stimme aber tat ihre Wirkung. Sofort war Barbara die Reue in Person.

»Tut mir leid, Miguel-Angel. Ich wollte wirklich nicht davon anfangen. Ich hab' nicht mehr daran gedacht.«

William war empört. »Entschuldige bitte«, sagte er eisig zu seinem zukünftigen Schwager, »aber Barbara und ich befinden uns gerade mitten in einer Unterhaltung.«

»Nein«, verbesserte Miguel-Angel, »Barbara hat das Gespräch beendet.«

Der herrliche Spanier wandte sich gelassen wieder seiner Zeitschrift zu.

William fuhr zu Barbara herum.

»Das läßt du dir gefallen?«

Caspar sah, wie Barbara tief Luft holte.

»Ja«, erwiderte sie. »Ja, ich lasse es mir gefallen, weil er recht hat. Du und ich, wir können über alles, was mit ›Cold Domain‹ zu tun hat, stundenlang jammern. Das ist eine schlechte Angewohnheit, und es führt zu nichts. Wir sind keine Kinder mehr, und ich höre damit auf.«

Sie breitete die Arme aus.

»Das ist wie mit dem Rauchen. Ich höre damit auf.«

»Der Mann sagt ›spring!‹, und du springst.«

»Nein«, entgegnete sie entschieden. »Ich habe mir angehört, was er zu sagen hat, und nach reiflicher Überlegung festgestellt, daß ich derselben Meinung bin wie er.«

Caspar trat einen Schritt vor. Williams Blick war gehässig. William schüttelte Caspars Hand ab.

»Und was hat Miguel-Angel zu sagen?«

Der Mann, um den sich die Debatte drehte, ließ die Zeitschrift zu Boden fallen und erhob sich.

»Ich sage«, sprach er langsam und mit Bedacht, »daß eine Familie wie eure keine Familie ist.« Er streckte Barbara die Hand hin, und sie stand gehorsam auf und trat neben ihn. »Ich sage, daß Barbara jetzt zu mir gehört und nicht mehr zu ihrer Mutter und ihren Schwestern. Ich sage, daß die Vergangenheit vorbei ist und daß jetzt die Zukunft beginnt.«

In der Stille, die darauf folgte, sank Caspar auf die Armlehne des nächsten Sessels. Sofort war Barbara an seiner Seite. In völliger Verkennung der Gründe seiner momentanen Schwäche überschüttete sie ihn mit einer Flut von Entschuldigungen.

»Oh, Caspar! Du bist so großzügig, und wir streiten uns hier vor deiner Nase herum. Es tut mir so leid!«

Er schüttelte den Kopf. »Das ist doch Unsinn, Barbara.« Er tätschelte ihr die Hand. Wie konnte er begreiflich machen, daß es nicht der Streit war, der den Fußboden erbeben, die Wände schwanken, ja selbst die Luft um ihn herum erzittern ließ? Es war dieser Ausbund an ruhiger Entschlossenheit. Es war Miguel-Angel. Ein solcher Mann mußte heiraten wie ein Prinz. Caspar sah ihn schon wartend am Altar stehen – ein wenig steif, fast starr, in reinstes Weiß gekleidet –, denn er war ein Held; er war furchtlos; ein wahrer Gott. Caspar wurde schwindlig, ja, schwindlig vor Verlangen. Doch nicht nach dem straffen Körper des Spaniers, nicht nach seiner Kraft, nicht nach seiner unvergleichlichen Tugend. Was Caspars Fleisch erschauern und seinen Kopf schwirren ließ, war eine tiefe, unstillbare Sehnsucht, die diesen vorsichtigsten aller Ärzte, diesen besonnensten aller Bürger ohne Vorwarnung überschwemmte: die Hochzeit dieses Mannes zu bezahlen, auch wenn es ein Vermögen kostete.

Ein Vermögen kostete... O Gott! Caspar hörte kaum Barbaras besorgtes Murmeln, so krähten die Hähne in seinen Ohren. Mit übermenschlicher Anstrengung löste er sich aus ihrer schützenden Umarmung und versuchte sich zusammenzureißen.

»Wirklich, es ist nichts. Mir war nur einen Moment schwindlig, das ist alles.«

»Dieses ganze Theater!« beharrte Barbara. »Das würde jedem zuviel werden.«

Er nickte zustimmend, doch gleichzeitig sah er durch die Streifen vor seinen Augen hindurch noch ein weit größeres Theater auf sich zukommen. Erstaunlich, daß die Kacke noch nicht am Dampfen war. Zum Teil mochte das natürlich an der Serie von Barbaras bemerkenswerten Wandlungen liegen. Wenn sie Abend für Abend außer Haus war, um zu tanzen, zu hungern, zu beten und Kleider anzuprobieren, dann konnte sie auch nicht ans Telefon gehen. So konnte Mrs. Colletts Bauantrag (vermutlich in dreifacher Ausfertigung) seinen Weg durch eine lahme ländliche Gemeindeverwaltung nehmen, in der jeder jeden noch aus Kindergartenzeiten kannte und jeder mit jedem verschwägert war, und anschließend mußte die Nachricht über die Entscheidung erst noch zu ihr zurückgelangen. Drei Wochen zuvor hatte Caspar noch mit einer Gnadenfrist von höchstens ein paar Tagen gerechnet, bis irgendeine Schulfreundin von Barbara am Apparat war: »Stimmt das, was ich von einer Freundin auf dem Grundbuchamt gehört habe? Deine Mutter verkauft den schönen alten Garten?« Oder bis irgendein erdverschmierter alter Kauz sie, während sie langsam auf das Tor zufuhr, anhielt, um seine Aasgeieransprüche anzumelden: »Sag deiner Mutter doch, wenn sie einen guten Platz für die Zwergkamelie sucht, bevor die Bulldozer kommen…«

Doch Barbara war nicht zu Hause gewesen. Sie wußte von nichts. Die Bulldozer waren schon fast durch das Tor, und nur Caspar und Mrs. Collett, Verbündete einer Verschwörung, von der sie nichts ahnte, wußten davon. In Caspars schuldbewußtem Hirn knirschten gigantische Baggerzähne, die sich in die erzitternde Erde gruben. Er sah Wurzelballen zerreißen und Rosensträucher mit gebrochenem Rückgrat über Erdhügel hinabstürzen, die von zerschmetterten Obstbäumen und zermalmten Blüten übersät waren. Er holte tief Luft und lockerte sich, von plötzlicher Angst gepackt, das Hemd vor der Brust.

»Alles in Ordnung, Caspar? Du siehst so blaß aus.«

»Laß nur, es geht schon.«

Schultern fallenlassen, langsam ausatmen, ganz ruhig… Arzt, heile dich selbst.

»Wirklich, es geht schon.«

3
»Schenk mir den Mondschein...«

Caspar lag auf dem Rücken im feuchten Gras und sah durch die silbrigen Äste der Platane zum Himmel auf.

»Schenk mir den Mondschein«, sang er leise und schwenkte seine Hände, die in dem so üppig herabströmenden milchigen Licht fast blau wirkten. »Schenk mir das Mädchen und laß den –«

»Pst!« machte William.

»Selber ›pst‹!«

»Pst!« wiederholte William. »Ich denke nach.«

Wie oft war es vorgekommen, daß man von Caspar, wenn er gerade nicht im Dienst war, Entscheidungen erwartet hatte, bei denen es um Leben und Tod ging, während ihm William gleichzeitig das andere Ohr vollschwatzte. Doch wie er wußte, konnte nur ein Narr glauben, Partnerschaft schließe auch gleiche Rechte ein. So schaltete er seine Stimme gehorsam ab und summte das Lied im Kopf weiter. Wozu eine schöne Nacht verderben? Denn sie war schön. Schöner als jede andere, an die er sich erinnerte. Der Mond war herrlich. Er hing so riesig am Himmel. Er verströmte ein solches Licht. Etwas unglaublich Magisches ging von ihm aus. Der Baum über ihnen war grandios. Ein gewölbtes Meisterwerk. Diese Äste! Die Majestät dieser erhobenen Arme, die filigrane Pracht ihres Gezweigs.

»Vielleicht gibt es doch einen Gott...«

»Pst!«

Und all die Schatten ringsum. Manche von ihnen kühle, körperhafte Formen, andere gespenstisch faszinierend, wieder andere nicht mehr als ein flüchtiger Eindruck noch tieferen Dunkels.

»Wir müßten im Freien leben, William. Nachts im Freien.«

»Sei doch still, Caspar!«

Warum? Es konnte ihn doch niemand hören. Wie spät war es? Vier Uhr morgens. Die letzte Stunde der Dunkelheit, da mußte selbst Mrs. Collett schlafen.

»Okay«, sagte William, »ich glaub', ich hab's.«

Wenn das wirklich der Fall war – alle Achtung. Soweit Caspar Barbaras Instruktionen mitbekommen hatte, war dieser Streifzug ein Ding der Unmöglichkeit. »Es ist noch an genau derselben Stelle«, hatte sie zu ihrem Bruder gesagt. »In dieser alten Keksdose, die ich neben dem Plattenweg vergraben habe.«

»Den sie letztes Jahr herausgerissen hat?«

»Nein, du Dussel. Den sie schon vor Jahren herausgerissen hat, als sie die Frühbeete abgeschafft hat.«

»Den Weg, der an der Buchsbaumhecke entlanglief?«

»An welcher Buchsbaumhecke?«

»Du mußt dich doch noch an die Buchsbaumhecke erinnern! Sie ging von da, wo der Goldregen war, bis dahin, wo sie die Akazie umgehauen hat.«

»Ach so, ja.« Sein verwirrter Blick klärte sich. »Die ist schon so lange weg, daß ich sie ganz vergessen habe. Ja, den mein' ich. Also, du gehst da entlang, wo der Weg war –«

»An der schönen alten Holzbank vorbei.«

»Schöne alte Holzbank?«

»Na, jetzt natürlich nicht mehr«, versetzte William.

»Ach so. Gut, also da vorbei, wo die schöne alte Holzbank gestanden hat, dann siehst du direkt neben der Stelle, wo früher mal der Kirschbaum war, der immer so schön geblüht hat, einen kleinen Abhang, da wo die Stufen waren –«

»Wenn sie den Abhang nicht auch abgeschafft hat.«

»Das kann natürlich sein. Ich habe mich in letzter Zeit nicht mehr so genau umgesehen. Aber du kannst es nicht verfehlen. Die Dose war ungefähr dreißig Zentimeter links von der dritten Platte ab der Sonnenuhr.«

»Sonnenuhr?« fragte Caspar unbedacht.

Beide starrten ihn wütend an.

»Tut mir leid«, sagte Caspar.

»Also, da ist sie jedenfalls«, wandte Barbara sich wieder an ihren Bruder. »Meinst du, du findest sie?«

»Ja«, erwiderte William vollkommen überzeugt, »ganz bestimmt.«

»Bring aber nicht die ganze Dose«, sagte Barbara. »Ich find's schön, wenn sie dort vergraben bleibt. Bring nur die blauen Glasperlen.«

»Die blauen Glasperlen. Du kannst dich auf mich verlassen.«

Da waren sie nun, in tiefster Nacht, in diesem Garten, der zu leben, zu atmen, zu empfinden schien. In einer Welt für sich, zeitlos, einer Welt, die ihrem Eindringen zusah und Williams besorgtem Murmeln lauschte.

»Ich kapiere das einfach nicht. Der Birnbaum kann sich

doch nicht von der Stelle bewegt haben. Das alte Gewächshaus war dort, soviel ist sicher. Man sieht noch die Reste von dem Backsteinfundament. Und die Mauer muß doch, um Himmels willen, noch an derselben Stelle sein...«

»Bravo, Mauer!«

»Pst!« William sah sich bekümmert um. »Wo zum Teufel war dann die Buchsbaumhecke? Ich kenne mich überhaupt nicht mehr aus. Da ist einfach zuviel weg.«

Er ließ sich neben Caspar auf die Knie fallen.

»Hier war alles so verwinkelt und verschwiegen«, sagte er. »Kleine Höhlen. Kleine Verstecke. Kleine Pfade. Dinge, über die man vorsichtig drüberschauen konnte. Plätze, an denen man sich verkriechen konnte.« Er breitete im Mondlicht die Arme aus. »Und jetzt sieh dir das an. Die reinste Steppe. Es ist nichts mehr da. Nichts als verdammtes, plattes Gras!«

Caspar spürte die aufsteigende Panik und handelte rasch. Im Nu war er auf den Knien und ergriff Williams zitternde Hände.

»Mach die Augen zu. Langsam ausatmen. Schultern fallenlassen.«

William verzog das Gesicht, tat aber wie geheißen. Unter Caspars fachkundigem Daumen beruhigte sich sein Puls allmählich wieder. Caspar erwog seine Möglichkeiten. Er konnte William weiterschleppen, oder er konnte ihn zurückbringen. Besser war es, ihn zurückzubringen, doch dann mußten sie Barbara ohne den Inhalt der Keksdose gegenübertreten. Und ihr Herz hing nun einmal an diesen Glasperlen. *Etwas Altes, etwas Neues, etwas Geliehenes, etwas Blaues.* Bei der Zeit, die diese weiblichen

Mysterien verschlangen, war es wirklich kein Wunder, daß so wenige Frauen in ihrem Beruf Spitzenpositionen erreichten.

Besser, sie gingen weiter. Und Caspar zweifelte nicht daran, daß William es schaffen würde. Wenn es Caspars Patientinnen gelang, Schmerzen (und manchmal Todesqualen) zu besiegen, dann würde William auch über die Erinnerung triumphieren. Wie der gestörte Schlaf zahlloser Nächte bewies, war ja alles irgendwo in ihr enthalten.

»Laß die Augen noch zu.«

Caspar half William auf und drehte ihn mit dem Gesicht zu dem einzigen Fixstern, der unverrückbaren Mauer.

»Jetzt mach die Augen auf.«

William öffnete sie mit einem wohlberechneten Flattern der Lider. Sofort kam Caspar der Gedanke, daß dies wahrscheinlich die einzige je sich bietende Gelegenheit sein würde, sowohl Mrs. Colletts Sohn als auch Mrs. Colletts Garten, auf einen Streich gewissermaßen, zu ›vergewaltigen‹. Doch der Zeitpunkt des Angebots irritierte ihn so sehr, daß er energisch beschloß, es zu ignorieren.

»Schau dir die Mauer an. Hast du sie gesehen? Dann mach die Augen wieder zu und laß sie zu. Entspann dich. Versetz dich in die Vergangenheit. Geh in der Zeit zurück. Weit zurück. Du bist neun Jahre alt. Du bist im Dunkeln draußen. Du hast die Mauer gesehen. Du weißt genau, wo du bist. Du kennst den Garten – jedes Blatt darin. Du brauchst keine Hilfe. Du weißt den Weg.«

Er ließ William los und wartete. Und William setzte sich in Bewegung, ging ruhig über das dunkle Gras, an allem vorbei, was nicht mehr da war, strich mit den Fingern über die schöne alte Holzbank – vielleicht auch über den Stamm des blühenden Kirschbaums, das war nicht zu erkennen. Er schritt mit absoluter Sicherheit über den Rasen, tat hier einen Schritt nach links, beschrieb dort einen weiten Bogen, wie jene Vögel, die – Caspar hatte davon gelesen – noch nach tausend Jahren Umwege um ein Hindernis machten, das nur noch im Gedächtnis der Art existierte. Ein paarmal wirkte sein Gang merkwürdig, und Caspar schloß daraus, daß er imaginäre Stufen hinauf- oder hinunterging.

Und dann drehte er sich um. Er stemmte die Ferse gegen die nicht mehr vorhandene Sonnenuhr und schritt drei Platten ab, deren Form und Größe sich seinem Gedächtnis eingeprägt hatten.

»Hier«, sagte er und zeigte etwa dreißig Zentimeter nach links.

Caspar nahm die Blumenkelle.

»Bravo. Du kannst die Augen wieder aufmachen.«

William schaute zu, die Augen im Halbdunkel schimmernd, und Caspar stach ins Gras. Der Erdgeruch, den die ersten Schaufeln verströmten, weckte in Caspar einen Moment lang heftiges Mitleid mit William und seiner schmerzhaften Liebe. Das hier war die reale Welt, dachte er. William hatte recht. Nicht einmal die schönen sauberen Gase, Chemikalien und Desinfektionsmittel der Klinik konnten es mit diesem kalten, feuchten, elementaren Geruch aufnehmen. Dies war der Urgrund aller Dinge. Dies war die Quelle.

»Und?«

»Noch nichts.«

Und dann stieß die Kelle auf etwas Hartes.

»Nicht so fest! Du mußt das verdammte Ding ja nicht gleich aufspießen!«

»Willst du's selber machen?«

»Du sollst nur vorsichtig sein.«

Caspar war wirklich vorsichtig. Gewiß, die Klinik achtete streng darauf, daß er mit seinen Impfungen stets auf dem laufenden war. Aber man mußte das Schicksal nicht herausfordern. Wozu sich Tetanus aufhalsen? Mit der Kante der Kelle schob er die lockere Erde von dem völlig verrosteten Deckel der Dose und stemmte ihn hoch.

Er zündete ein Streichholz an.

»Du lieber Himmel! Was ist denn das alles?«

William pirschte sich über das Gras nahe genug heran, um einen Blick in die Dose zu werfen, als das nächste Streichholz aufflammte.

»Donnerwetter! Viertelpennystücke! Dreipennystükke! Babs' alter Glücksknochen. Und Fortunes Halsband.« Er stupste mit dem Finger gegen einen unförmigen, verdorrten Klumpen. »Was ist denn das? Na, egal. Hier sind jedenfalls die Perlen.«

»Das hier?«

Caspar fischte sie heraus.

»Das sind doch keine Perlen«, sagte er. »Das sind irgendwelche alten Steine.«

»Quatsch.«

Caspar ließ sie über seine Handfläche rollen.

»Oder Stücke von alten Kacheln oder was.«

»Ist doch egal, Hauptsache, es ist das, was sie haben wollte.«

Und Caspar konnte es nicht aussprechen. Aber die ganze Zeit, während er die Erde feststampfte, die Blumenkelle zurückbrachte und William über den Rasen und durch die kläglichen Überreste des Gebüschs folgte, mußte er, ob er wollte oder nicht, den rebellischen kleinen Gedanken sprießen und gedeihen lassen. Es war natürlich nicht egal. Daß man mitten in der Nacht von London hierher fuhr, um eine Handvoll Glasperlen auszugraben, war ja, wie es mit verrückten Ideen eben so ging, gerade noch denkbar. Sie hatten es ja schließlich auch getan. Aber wenn er gewußt hätte, daß es sich um nichts anderes handelte als um ein paar wertlose Splitter von etwas, was eine hübsche blaue Farbe gehabt hatte, dann hätte er sich nie darauf eingelassen. So einfach war das. Altes Glas war eine Sache, verkratzte Stücke von zerbrochenen Kacheln eine ganz andere. Barbaras Gedächtnis hatte ihr einen gewaltigen Streich gespielt. Der Schatz, nach dem sie sich verzehrte, war nichts anderes als eine Handvoll Schutt. Und wenn William genau den gleichen Trugbildern der Erinnerung aufgesessen war? Caspar drehte sich um und warf einen letzten Blick auf den mondbeschienenen Garten, um ihn noch einmal so zu sehen, wie er war, dem Erdboden gleichgemacht und wasserwaagenplatt, bar jeden Reizes, von allem Schmuck entblößt. Zum Teufel mit Williams überspanntem Getue um eingebildete einstige Herrlichkeiten. Wer sagte, daß es hier nicht schon immer ziemlich profan ausgesehen hatte?

Ein weiterer Grund, den ganzen verfluchten Kartoffelacker loszuwerden.

4
Herz aus Butter, Herz aus Stahl

Nach einem Tag gequälten Nägelkauens rief William Tory an. »Ich möchte da lieber nicht hineingezogen werden, William«, sagte sie mit ihrer verklemmten Stimme.

William legte kurzerhand auf und wählte gleich anschließend, bevor Tory ihn zurückrufen und daran hindern konnte, Gillyflowers Nummer.

»Ich schaue nach, ob sie da ist«, sagte Angus mißtrauisch.

»Natürlich ist sie da«, fuhr William ihn an. »Es ist halb elf. Ich will sie sprechen, Angus.«

Er trommelte mit den Fingern auf das Telefon, bis Angus zurückkam.

»Sie ist im Bad. Sie ruft dich morgen an.«

»Ich will sie aber jetzt sprechen.«

Angus legte auf.

William rief in Barbaras Klinik an und wartete endlos, bis jemand, der keine Ahnung zu haben schien, wer Barbara war, jemand anderen fand, der ihm sagte, daß sie nicht da sei.

»Wieso gibst du dich überhaupt mit dem ganzen Kram ab?« fragte Caspar und stellte einen Whisky-Soda neben das Telefon.

Um sich nicht für den Drink bedanken zu müssen, übersah William ihn.

»Irgendwas ist da faul«, sagte er zum zwanzigsten Mal. »Meine Mutter hat irgendwas vor. Das spüre ich.«

Caspar wandte sich ab und tat so, als müßte er etwas aus der Küche holen. Hatte William Verdacht geschöpft? Konnte man einem Menschen seine Schuldgefühle ansehen?

»Ich verstehe gar nichts mehr«, sagte William. »Nimm mal die Fakten. Sie hat einen Riesenkrach mit Barbara. Den schlimmsten, den es je gegeben hat, und das schon seit Wochen. Aber du hast den Garten ja gestern gesehen. Nichts hat sich verändert. Nichts ist verschwunden.«

»Du hast doch selbst gesagt, es ist die reinste Steppe.«

William tat diese Bemerkung mit einer unwilligen Geste ab.

»Nichts ist passiert. Nichts, seit dem letzten Mal. Und sie hat ganze drei Wochen Zeit gehabt! Drei Wochen, um darüber zu grübeln und sich zu ärgern und sich düstere Gedanken über ihre älteste Tochter zu machen, die direkt nebenan ihre Hochzeit feiert, gleich hinter der Mauer, in Hörweite, um Himmels willen – und sie ist nicht eingeladen. Inzwischen sprechen die Leute sie bestimmt schon auf der Straße an. ›Ich hab' gehört, Barbara will den Bund fürs Leben schließen? Wie schön für euch alle! Hochzeiten sind ja etwas so Aufregendes!‹ Er wackelte mit dem Kopf. ›Wie bitte? Nicht eingeladen? Das darf doch wohl nicht wahr sein!‹«

Er wurde wieder ernst und schlug mit der Faust gegen das Bücherregal.

»Sie muß doch vor Wut kochen. Warum ist dann nichts verschwunden?«

Das schlechte Gewissen machte Caspar albern.

»Vielleicht weil nichts mehr übrig ist?«

»Ach, Quatsch«, fuhr William auf. »Irgendwas ist immer noch übrig, das haben wir in den ganzen Jahren ja gesehen.« Er kniff die Augen zusammen und inspizierte im Geiste noch einmal den Garten, so wie sie ihn in der Nacht durchquert hatten. »Da war nichts«, sagte er. »Nichts, was nicht schon vorher weg gewesen wäre. Ich habe nirgends einen frischen Baumstumpf gesehen. Und nirgends waren irgendwelche verdächtigen Kuhlen in der Erde. Keine frisch gesäuberten Mauerstücke. Es gab auch keine Anzeichen dafür, daß sie es überhaupt probiert hat, und das macht mir die größten Sorgen. Keine Kanister mit Unkraut-Ex-und-Hopp neben der Mülltonne. Keine vergessene Axt bei den Obstbäumen. Es war noch nicht mal viel frisches Grün auf dem Komposthaufen.«

Er wandte sich Caspar zu.

»Was ist da los? Sie muß irgendeinen Plan haben!«

Plan. Schon allein das Wort ließ Caspar schaudern. Vom Planen war es nicht mehr weit zum Bauen. Er brauchte dieses Wort nur auszusprechen, und er war wieder frei. Brauchte es nur zu sagen. Und diesen Schwerlaster voll Scham und Schuldgefühlen mit einem Ruck zum Stehen bringen. Die krähenden Hähne verscheuchen. Außerstande, die Last des Geheimnisses auch nur einen einzigen Augenblick länger zu tragen, holte Caspar tief Luft. Er flehte seine unbewegte Miene an, nichts, aber auch gar nichts zu verraten, und sagte sanft: »Vielleicht kümmert sich deine Mutter ja nicht mehr um den Garten, weil –«

Sein Zögern, obwohl nur momentan, genügte, um William, der ohnehin schon düsterer Laune war, vollends ausrasten zu lassen.

»Weil was?« fuhr er auf. »Weil sie zu entsetzt ist, um zur Säge zu greifen? Zu wütend, um die Gartenschere zu ölen? Zu empört, um die Giftspritze nachzufüllen?«

Seine Schroffheit erinnerte Caspar wieder daran, was es mit dieser Verbohrtheit auf sich hatte und daß er sich gerade deshalb zum Handeln entschlossen hatte. Sein Herz aus Butter wurde im Handumdrehen wieder zu Stahl.

»Vielleicht weil sie zu krank ist«, meinte er.

William spuckte fast.

»Krank?!«

»Könnte doch sein...«

»Eher würde ein Stein Lungenentzündung kriegen! Sie ist nie krank!«

Aber es war zu spät; es interessierte Caspar nicht mehr im geringsten.

»Vielleicht ist sie weggefahren«, schlug er gleichgültig vor.

»Weggefahren?«

Irgendwie brachte William es fertig, das Wort in einem Ton zu wiederholen, als entstammte es einer ihm unbekannten Sprache.

»Jeder fährt irgendwann mal weg.«

»Meine Mutter aber nicht.«

»Dann ist sie vielleicht tot«, versetzte Caspar gereizt.

Das war, wie Caspar feststellen mußte, der erste Gedanke, den William ernst zu nehmen geneigt war.

»Sie könnte tatsächlich tot sein«, räumte er ein. »Tot im

Haus liegen. Nach einem Stromschlag oder so. Vielleicht ist sie auch ermordet worden, wegen ihres Schmucks.«

»Wenn er nicht mehr wert ist als Barbaras, bestimmt nicht.« Caspar tastete nach den kleinen Steinwürfeln in seiner Tasche. Er ärgerte sich noch immer über den Verlust fast seines ganzen Nachtschlafs und einer halben Tankfüllung. Doch William hörte gar nicht zu. Mit einem Kopfschütteln und mit Bedauern verwarf er die Idee vom Tode seiner Mutter.

»Nein«, sagte er, »sie kann nicht tot sein, das müßte ich wissen. Tory oder Gillyflower hätten es mir längst gesagt.«

Aber die Vorstellung hatte ihn aufgeheitert, auch wenn sie ihn nicht davon abhielt, finstere Mutmaßungen anzustellen. Er ergriff den Whisky, den Caspar von neuem in seine Reichweite geschoben hatte – wieder ohne Dank –, und fing nach kurzer Zeit von vorne an.

»Nein. Irgendwas ist da faul. Meine Mutter führt etwas im Schilde. Aber was? Was? Was?«

5
Und mit wem?

Und mit wem? Wußte Tory Bescheid? Und Gillyflower? Bedenkenlos tauschte Caspar zwei fingierte Telefonanrufe gegen einen Dienst in der Sterilitätssprechstunde. Broadbent war entzückt.

»Und ich brauche nur die beiden Nummern zu wählen?«

»Ja.«

»Und hören, was sie auf die Fragen antworten?«

»Genau.«

»Das ist alles? Und du übernimmst den ganzen Dienst? Abgemacht!«

Sie komplimentierten Schwester Fairway hinaus, um das einzige Telefon benutzen zu können, an dem Caspar bequem mithören konnte. Broadbent warf sich mit dem Eifer eines Immobilienmaklers auf die Rolle, der weiß, daß er für seine Bemühungen weit überbezahlt wird.

»Ist dort Mrs. McFarlane?«

»Ja«, sagte Gillyflower, beim Klang der fremden Stimme hörbar ängstlich.

»Ah, sehr gut«, sagte Broadbent. »Ich hätte eine Frage zu dem Bauantrag, den ich hier vor mir liegen habe –«

»Was für ein Bauantrag?«

Die Verwirrung klang echt.

»Hm, habe ich da etwa eine falsche Nummer?« fragte

Broadbent. »Ihre Mutter hat nicht zufällig zur Sicherheit noch Ihre Nummer angegeben?«

»Meine Mutter?«

Caspar nickte Broadbent zu, der das Gespräch rasch beendete.

»Ich spreche doch mit Mrs. James Allan McFarlane?«

Über Gebühr erleichtert, füllte Gillys Stimme den frisch gestrichenen kleinen Raum. »Ah, jetzt verstehe ich. Mein Mann heißt Angus. Mit einem Bauantrag haben wir nichts zu tun.«

»Dann entschuldigen Sie bitte die Störung«, trällerte Broadbent. »Da muß ein Irrtum vorliegen. Tut mir leid.«

Er schaltete das schicke Telefon ab.

»Zufrieden?«

Caspar nickte.

»Jetzt die andere.«

Er hatte jedoch die Nummer noch nicht zur Hälfte gewählt, als Caspar die Hand auf seine legte. Wenn Tory etwas wußte, hätte sie es Gillyflower gesagt. Und Gillyflower wußte nichts. Wozu riskieren, daß die beiden einander erzählten, was vorgefallen war? »Ich habe heute einen ganz merkwürdigen Anruf bekommen, von der Gemeindeverwaltung.« »Komisch, ich auch.« Nein. Besser, man ließ es.

»Aber du übernimmst trotzdem den ganzen Dienst, ja?« Broadbent mühte sich bereits aus seinem weißen Kittel und in sein Jackett. »Wenn du skrupellos genug bist, bist du um neun zu Hause.«

6

Er war wie ich. Ich bin wie Hector, und William ist wie sie

Um fünf vor zehn legte die Schwester das letzte der braunen Krankenblätter vor Caspar hin.

»Miss Barbara Collett.«

»Allmächtiger!«

Und Barbara war, als sie zur Tür hereingerauscht kam, nicht weniger verstimmt.

»Ach, Caspar, das ist ja dumm. Ich habe extra darauf geachtet, daß du keinen Dienst hast.« Sie fischte ihre Terminkarte aus ihrer Handtasche. »Ich sollte zu einem Doktor Broadhurst.«

»Broadbent«, verbesserte Caspar und versuchte, seine fünf Sinne zusammenzunehmen. Er warf einen Blick auf das Krankenblatt. »Dann verstehe ich nicht, wieso du zu mir geschickt worden bist«, sagte er, doch dann entdeckte er auf dem Aufkleber unterhalb ihres Namens seine Privatadresse mit Apartmentnummer und allem drum und dran.

»Was soll denn das?« polterte er los, aber die Krankenschwester stand mit gespitzten Ohren daneben, und der Moment war denkbar ungeeignet, um der Sache nachzugehen.

Barbara streifte die Handschuhe ab, die sie neuerdings trug, um ihre Nägel zu schonen.

»Du hast doch immer gesagt, das hier sei die beste Adresse.«

»Kommt ganz drauf an, worum sich's dreht«, erwiderte Caspar vorsichtig. Die Befürchtung machte sich in ihm breit, Barbaras augenscheinlicher Wunsch nach fachkundigem Rat könnte jeden Moment die Oberhand über ihre ursprüngliche Abneigung gegen die Vorstellung gewinnen, daß er es war, der ihn erteilte. Er legte die Hände senkrecht gegeneinander, um eine weitere Barriere zwischen sich und ihr zu errichten, und erklärte ihr seinen Standpunkt. »Ich weiß, du hattest einen weiten Weg hierher, und ich würde dir natürlich mit Vergnügen jeden mir möglichen Rat geben, egal, worum es sich dreht. Aber ich fände es, offen gestanden, besser, wenn nicht ich derjenige bin, der dich untersucht. Vielleicht würdest du's später bereuen. Ich würde dir also lieber einen neuen Termin geben.«

Man sah, wie Enttäuschung und gesunder Menschenverstand in Barbara miteinander kämpften.

»Aber das kann dann wieder Wochen dauern.«

»Nicht, wenn ich ein bißchen dran drehe.«

Er hörte ein mißbilligendes Rascheln neben sich und drehte sich in seinem Stuhl herum. »Ich werde Miss Collett nicht untersuchen«, sagte er bestimmt. »Wenn Sie dann also so langsam hier Schluß machen würden...«

Mißmutig begann die Schwester ihre Schachteln und Krankenblätter einzusammeln. Caspar füllte die Stille damit aus, daß er unter seinem weißen Kittel nach seiner Hosentasche tastete und darin kramte.

»Aber da du gerade da bist, Barbara...«

Er schob sie ihr über den Tisch hinweg zu.

»Meine blauen Glasperlen!« Sie kreischte vor Freude. »Oh, Caspar! Ihr habt sie gefunden!«

»Das ist doch nie im Leben Glas«, erklärte er entschieden, um zu verhindern, daß sie William erwähnte, solange die Schwester noch da war. »Für mich sehen sie aus wie vergammelte alte Kachelstücke.«

Barbara schob sie behutsam auf ihre Handfläche.

»Da irrst du dich. Sie sind aus einem ur-, uralten Glas.«

Die Schwester war jetzt fast an der Tür.

»Und wenn es Perlen sein sollen«, fuhr Caspar fort, »warum haben sie dann keine Löcher für die Schnur?«

Barbara mußte sich geschlagen geben. Sie rutschte unbehaglich auf ihrem Stuhl hin und her.

»Okay«, räumte sie ein, als die Schwester endlich die Tür hinter sich zumachte. »Eigentlich sind es Mosaiksteine.«

»Mosaiksteine?«

»Von einem alten römischen Mosaik. Im Garten.«

»Ihr hattet ein römisches Mosaik in ›Cold Domain‹?«

Er streckte die Hand aus, und Barbara ließ gehorsam einen der kleinen blauen Würfel hineinfallen. Während er ihn zum ersten Mal genauer untersuchte, meinte sie vergnügt: »Wahrscheinlich eins von den wenigen Dingen, die noch da sind.« Ihr Lächeln wurde breiter. »Es sei denn, sie war die letzten Wochen so fuchsteufelswild, daß sie das Ganze rausgerissen hat. Aber das glaub' ich nicht. Aus den Augen, aus dem Sinn, und außerdem liegt es fast einen Meter tief unter der Erde. Tory und ich, wir haben es entdeckt, als die Baugrube für die Garage ausgehoben wurde. Da haben wir beschlossen, noch tiefer nachzugraben.«

»Aber das gab doch sicher einen Riesenwirbel!« Caspar ließ den kleinen blauen Stein über seine Handfläche rollen. Was er im Mondlicht für schlechte Glasur gehalten hatte, sah jetzt aus wie die Patina des Alters. Was er in seinem Ärger als wertlos angesehen hatte, wirkte jetzt seltsam zeitlos und schön. Er blickte auf. »Da müssen doch Scharen von Archäologen gekommen sein und darauf bestanden haben, daß ihr die Bauarbeiten einstellt, und Leute vom Ministerium, die ein Kulturdenkmal aus ›Cold Domain‹ machen wollten.«

»Die haben nie etwas davon erfahren.«

»Wieso?«

Barbara wurde rot.

»Na ja, man sah schon an dem kleinen Stück, das Tory und ich freigekratzt hatten, daß es etwas Unanständiges war...«

»Etwas Unanständiges?«

Sie errötete noch tiefer, und Caspar fragte sich unwillkürlich, was für eine Farbe ihr Gesicht angenommen hätte, wenn er sie untersucht hätte.

»Na, du weißt schon. Paare, die miteinander... Wahrscheinlich war es eine Art Badehaus, aber trotzdem...« Ihre Stimme verebbte, als sie den Abscheu der Zwölfjährigen noch einmal durchlebte. »Na, egal«, schloß sie. »Als Mutter es sah, war der Fall sowieso erledigt. Mein Vater mußte das Loch auf der Stelle wieder zuschütten. Sie sagte, sie würde nicht zulassen, daß wildfremde Leute bei uns im Garten herumlärmten, und schon gar nicht wegen so etwas. Sie könnten ruhig noch einmal hundert Jahre warten, bis sie tot und begraben sei und andere Leute da wohnten.«

»Und Hector hat nicht protestiert?«

»Er hätte sich wahrscheinlich ein bißchen mit ihr herumstreiten können, aber ich glaube nicht, daß er's getan hat. Außerdem wollte er ja unbedingt seine Garage haben. Und er wußte wohl auch, was ihn erwartete, wenn er ihr nicht ihren Willen ließ.«

Er war wie ich, dachte Caspar, und eine Welle der Düsterkeit überkam ihn. Ich bin wie Hector, und William ist wie sie.

»Wir mußten alles wieder hineinwerfen, und das Loch wurde zugeschüttet.« Es bereitete ihr fast Mühe, die Hand zu öffnen, mit der sie während ihrer ganzen Erzählung die Mosaiksteine umklammert hatte. »Die hab' ich geklaut. Vielleicht wurden sie mir deshalb so wichtig, weil alles streng geheim bleiben mußte. Es war eine ganz große Sache. Wir durften niemandem etwas davon sagen.«

»Das hat William mir gar nicht erzählt.«

»William? Ich glaube nicht, daß William je einen Gedanken daran verschwendet hat. Er muß damals noch ganz klein gewesen sein.«

Sie machte sich zum Gehen bereit. Mit einem Kopfnicken wies sie auf das Krankenblatt, das zwischen ihnen auf dem Schreibtisch lag, und sagte: »Versprichst du mir, da nicht hineinzuschauen?«

»Ja. Und ich verspreche dir auch, daß ich dir ganz schnell einen neuen Termin besorgen werde.«

Sie kippte die Mosaikstücke zur Sicherheit in ihren Handschuh.

»Und du sagst William nichts davon, daß ich hier war?«

»Dann solltest du mir die Glücksperlen aber lieber wieder geben.«

»Glücksperlen sind das nicht«, verbesserte sie mechanisch, als sie sie wieder in seine Hand schüttete. »Aber da fällt mir ein, ich hatte ja mal einen Glücksknochen.«

Da er noch größere Schlaf- und Benzinverluste befürchtete, enthielt Caspar sich der Mitteilung, daß sie ihn gefunden hatten.

Er ließ einen einzelnen schwärzlichblauen kleinen Stein wieder in ihren Handschuh fallen – für alle Fälle.

»Den Rest schicke ich dir mit der Post. An deine richtige Adresse...«

Sie war so nett, ein reuiges Gesicht zu machen. Und in diesem Moment war sie schön. Er blickte ihr noch nach, als sie schon an der Tür war.

»Caspar«, sagte sie und drehte sich noch einmal um. »Ich hab's dir nie gesagt, weil ich mich nicht getraut habe. Aber ich bin froh, daß du mit William zusammen bist. Ich glaube, es tut ihm gut. Irgendwie vertraue ich darauf, daß du immer genau weißt, was er braucht.«

Dann drehte sie sich in höchster Verlegenheit um und floh. Sobald er sicher war, daß das Klappern ihrer schikken, neuen, hochhackigen Schuhe den Korridor hinab verklang, nahm er den kleinen Papierstapel aus ihrem Krankenblatt und machte es sich zum Lesen bequem. Doch er erfuhr nichts Neues. Die Untersuchung bei Barbaras Hausarzt hatte nichts Auffälliges ergeben. Barbaras großes gynäkologisches Dilemma bestand in nichts anderem als der Überzeugung, daß sie unfruchtbar sei, weil sie nach zwei längeren Affären noch immer keine Kinder in ihren

Armen wiegte. Natürlich sagten die Unterlagen nichts darüber aus, ob bei dem jeweiligen Mann eine ausreichende Spermienanzahl vorhanden gewesen war. Oder ob die beiden Beziehungen fruchtbarkeitsfördernd gewesen waren. (Caspar hatte schon mehr als einem Ehemann geraten, die Frequenz seiner Aufenthalte zu Hause – zwei Wochenenden pro Monat – zu steigern, mit eindrucksvollen Auswirkungen auf die Zeugungsfähigkeit.) Über die beiden Männer war überhaupt nichts bekannt. Da war Caspar im Publikationswettlauf den Angaben in Barbaras Krankenblatt doch um einiges voraus. Er wußte zumindest aus zufällig belauschten Gesprächen, daß einer der Burschen in einer Autowerkstatt arbeitete und der andere nur ›dieser schreckliche Angeber von Bernard‹ genannt wurde. Du lieber Himmel! Broadbent würde sich schwertun, diesen Fall ernst zu nehmen. Wie Barbara es überhaupt geschafft hatte, eine Überweisung zu einem Spezialisten zu bekommen, war ihm ein Rätsel.

Wahrscheinlich hatte sie sie gefälscht, so wie die Adresse. Was für eine Familie!

Aber versprochen war versprochen. Seufzend nahm Caspar einen Umschlag und ein Blatt Papier aus dem Ablagekorb neben sich. Er dachte einen Augenblick nach und schrieb dann *J. Broadbent (vertraulich)* auf den Umschlag. Und auf das Blatt schrieb er: *Lieber Jim! Könntest Du mir wohl noch einen kleinen Gefallen tun...?*

7

»Tessera, tesserae«

Er wachte mitten in der Nacht auf und glaubte wie am Spieß zu schreien. Der verfluchte Bulldozer war wieder da. Diesmal aber glitzerte die aufgerissene Erde von antiken Fragmenten in Wasserblau, Wassergrün und Wassergrau. Der schöne Mosaikboden warf sich auf und zersplitterte in der Luft, Römer wurden Römerinnen entwunden, Arme aus Schultergelenken gerissen und Brustkörbe gespalten, Hüften explodierten, und kleine Steinchen wie die von Barbara flogen durch die Luft.

»Tessera, tesserae«, hörte er sich murmeln, obwohl er hätte schwören können, daß ihn sein ganzes Latein vor dreißig Jahren verlassen hatte.

Neben ihm lagen zwischen verrutschten Kissen ein abgewinkelter Ellenbogen und ein Büschel Haare. Ein Atemhauch entströmte fast unmerklich einem Hügel, der sich kaum hob und senkte.

William, sonst der Zerstörer seiner Nächte, schlief wie ein Baby.

8

Obwohl sie schon wartete…

Als Barbara aufgeregt und verlegen wie immer aus ihrem Auto stieg, bemerkte sie nicht die beiden Männer von der Gemeindeverwaltung, die von der Veranda bis zur seitlichen Gartenmauer des ›Rebhuhns‹ ein Maßband zwischen sich spannten. Sie eilte durch den Personaleingang und die nackten Stufen zu Miguel-Angels winzigem Zimmer hinauf. Wie immer schwang die Tür auf, noch ehe sie Zeit gehabt hatte anzuklopfen.

Er nahm ihre Hand und drückte einen Kuß darauf.

»*Bar-ba-ra!*«

So, wie er es aussprach, klang es explosionsartig wie ein Fluch. (»*Bar-ba-risch*!« äffte William ihn nach und beschwerte sich, daß ihn jedesmal, wenn er Miguel-Angel den Namen seiner Schwester aussprechen hörte, Visionen von stinkenden, über die Steppe schwärmenden Banditenhorden heimsuchten.) Doch Barbara brachte es nicht über sich, es ihrem Liebsten zu sagen. Sie schätzte ihn so hoch, daß alles, was er sagte oder tat, von ihrer Liebe überstrahlt, von ihrer Hingabe durchwärmt war.

»Ich dachte schon, ich komme zu spät.«

Er hob in gespieltem Entsetzen die Hände.

»Hier drin gibt's keine Uhren.«

Er nahm ihr den Mantel ab und hängte ihn über seinen Morgenrock an die Tür.

Sie wollte sich gerade wie gewöhnlich auf dem verblichenen Bettüberwurf aus Frottierplüsch niederlassen, als er sie mit leichter, aber bestimmter Hand zu dem einzigen Sessel im Raum führte. Dann wandte er ihr den glänzenden Rücken seiner Weste zu und schaute, während sie sich vorsichtig setzte, aus dem Fenster. Es dauerte eine Weile, bis das Blut wieder aus ihrem Gesicht gewichen war. Sie wußte nicht, was ihr peinlicher war: daß er erraten hatte, daß sie nur deshalb stets auf dem Bett Platz nahm, weil sie befürchtete, zwischen den Armlehnen des Sessels steckenzubleiben, oder daß er ihren Körper genau abzuschätzen verstand und daher wußte, wann sie ohne Gefahr einen Versuch wagen konnte.

»Wie war deine Woche?« fragte er, wandte sich um und lächelte, als er sah, daß Stolz und Freude die Röte aus ihrem Gesicht verdrängt hatten.

»Wunderbar«, erwiderte sie und lehnte sich vorsichtig gegen das flache Polster. »Die Ersatzteile für die Rollstühle sind gekommen, das macht alles sehr viel einfacher. Und Ellies Ex-Mann hat die Haltegurte im Bad ausgebessert. Und Bunster und Dido haben sich wieder ausgesöhnt.«

»Ausgesöhnt?«

Er zog fragend eine Augenbraue hoch. Ob er wußte, wie schön er war? Wie hatte er nur so undenkbar und unverhofft in ihr eintöniges kleines Leben treten können? Sie verdankte ihm alles und sehnte sich so sehr nach ihm, daß sie einen stechenden Schmerz verspürte. Er mußte seine Frage wiederholen, um sie aus ihrer Versunkenheit zu wecken.

»Ausgesöhnt?«

»Aufgehört zu streiten.«

»Ah, streiten.« Wieder das herrliche Lächeln. »Der Nationalsport.«

Sie streckte die Hand aus, und er trat nahe heran, kniete vor ihr nieder und legte den Kopf in ihren Schoß, während sie die Finger in seinem Haar vergrub. Dann hob er das Gesicht wieder, und obwohl sie schon auf seine Küsse wartete, konnte sie nicht anders: Sie mußte sie zählen, so groß war ihre Angst, daß dieser Engel von einem Mann eines Tages aufwachen und sie nicht mehr begehren könnte, weil er es sich anders überlegt hatte. Sie kannte sein freundliches, höfliches Wesen gut genug, um zu wissen, daß er es ihr schonend beibringen würde. Nicht wie Andrew Taylor, der eines Morgens einfach damit herausgeplatzt war, während er sich mit einer rostigen Kühlerhaubenverriegelung herumschlug. Oder wie dieser schreckliche Bernard. Nein. Miguel-Angels Rückzug würde behutsam vonstatten gehen. Er würde sich Zeit lassen. Und wahrscheinlich würde sie es nur daran merken, daß sie eines Tages, anstatt mit vierzig Küssen überschüttet zu werden, nur vier bekommen würde.

»Halt! Hör auf!«

»Ach, bitte, noch nicht!«

»Barbara...« Er führte ihre Hand zu der Wölbung aus rauhem Serge hinab, die ihr bewies, wie sehr er litt.

»Dagegen kann ich was tun.«

»Barbara!« Er küßte sie warnend auf die Nase.

Sie ordnete ihr Kleid und verzog das Gesicht. Aber sie störte sich nicht mehr an seiner, selbst für einen Katholiken, seltsamen Überzeugung, daß es nur Unglück bringen konnte, wenn er gegen diese selbstgesetzte Regel verstieß. Sie hatte ihm klargemacht, daß sie kein unbeschriebenes Blatt mehr war. Sie hatte sogar gelogen und ihm gesagt, ihr Arzt sei ebenso wie sie der Meinung, daß in ihrem Alter jeder Monat zähle und sie sich sputen müsse. Aber Miguel-Angel blieb hart. Als glaubte er allen Ernstes, daß Sex vor der Ehe wie Sünde und Verbrechen bestraft würde. Als sie ihn in ihrer Klinik herumgeführt hatte, war er entsetzt gewesen. Er hatte es gut verborgen – besser als die meisten anderen. Aber sie arbeitete schon viel zu lange dort, um den Ekel nicht hinter allen seinen Masken zu erkennen. So zog sie sich, als er sich jetzt von ihr löste, auch ihrerseits zurück, obgleich sie trotz ihrer Nervosität und Verlegenheit innerlich gejubelt hätte, wenn er sie überall berührt hätte. Aber nach der Hochzeit würde alles gut sein. Und er würde zuversichtlich sein, daß alle ihre Kinder gesund und schön sein würden wie er und nicht grausam entstellt wie die unermüdlich sich mühenden, beschädigten Kreaturen, mit denen sie sich tagsüber beschäftigte. Sie wußte nur zu gut, wie jenes heimtückische Gerücht sich einschleichen konnte: Sei gut, und du wirst glücklich sein. Sie schämte sich dann augenblicklich, weil sie genau wußte, daß dieser Aberglaube nichts anderes war als ein abscheulicher, quälender Unsinn. Sie war eine vernünftige Frau und hatte miterlebt, wie die Familien vieler ihrer Patienten sich jahrelang wahrhaft heldenmütig aufopferten. Sie wußte besser als mancher andere, daß Tugend Unglück nicht verhinderte und nie verhindern würde. Aber Miguel-Angel war anders. Er war altmodisch, unter Menschen aufgewachsen, für die es einen Sinn im Universum gab, eine ausgleichende Gerechtigkeit, und daher konnte sie, aus Liebe zu ihm, diese eine sonderbare Urangst akzeptieren. Schließlich – und dafür sprach auch die Reaktion ihrer Mutter auf die Nachricht von ihrer Verlobung – lag gerade in dieser Fremdartigkeit die Erklärung dafür, daß er sie nicht physisch abstoßend gefunden hatte. Vermutlich hatte sie genau die gleiche Figur wie seine Mutter.

Vielleicht war sie jetzt auch etwas schlanker. Würde seine Mutter in den Sessel passen? Sie hätte es zu gern gewußt, aber nachdem sie so lange so fett gewesen war, konnte sie nur noch auf seltsamen Umwegen nach anderer Leute Figur fragen.

Sie wies mit einer Kopfbewegung auf den Umschlag mit den bunten Briefmarken, der auf der Frisierkommode lag.

»Post von zu Hause?«

»Ja, von meinem Vater.«

»Hat er dir Fotos geschickt?«

»Fotos?«

Er blickte von ihrer Handtasche auf, in der er wie ein Kind herumkramte. Sie verstand, daß ihn das reizte. Er schien so wenig eigene Besitztümer zu haben, daß er bei jedem ihrer Besuche früher oder später mit all dem Krimskrams herumzuspielen begann, den sie mit sich herumtrug. Und es gefiel ihr, daß er sie bei aller sonstigen Höflichkeit nie um Erlaubnis für diesen Zeitvertreib bat. Das erste Mal hatte sie sich gewundert, als er den ganzen Tascheninhalt auf seinem Bettüberwurf ausgekippt hatte:

die Lippenstifte, das winzige Süßstoffdöschen, Schlüssel, eine Pinzette, Lidschatten und all die anderen Utensilien einer Frau und Krankenschwester. Und er kramte so vertrauensvoll darin herum, als käme er gar nicht auf die Idee, daß er irgendwo in diesem wertlosen kleinen Schatz einmal auf einen versteckten Ring, das Foto eines anderen Mannes oder das letzte Kondom aus einem nie gesehenen Dreierpack stoßen könnte (einmal war eines aus Bernards Brieftasche gefallen). Miguel-Angel öffnete ihre Tamponetuis, rieb sich Make-up auf die Hand und blickte dann auf, um zu sehen, ob ihr Gesicht denselben Farbton zeigte. Hätte ein anderer sich solche Freiheiten herausgenommen, wäre sie außer sich gewesen. Bei ihm aber war es, als wollte er damit sagen: ›Ich will alles über dich wissen, und ich vertraue dir vollkommen.‹

Jetzt nahm er etwas heraus.

»Was ist denn das?«

Er hielt den kleinen blauen Mosaikstein in der Hand.

»Etwas Blaues«, sagte sie. »Für die Hochzeit. Das ist ein alter Brauch. *Etwas Altes, etwas Neues, etwas Geliehenes, etwas Blaues.*« Und reumütig fügte sie hinzu: »Ich habe, ehrlich gesagt, so viel Geld für Kleider ausgegeben, daß ich wahrscheinlich das einzige Alte sein werde.«

Er lächelte. »Und ich bin etwas Neues. Und die Hochzeit ist etwas Geliehenes, von Caspar.«

Er schwieg, und sein Gesicht wurde ernst. Er nahm den Brief von der Frisierkommode. »Fotos sind da nicht drin«, sagte er. »Aber etwas viel Besseres als Fotos: ein Datum. Mein Vater schreibt, daß er mit meiner Mutter zur Hochzeit kommt.«

Er beugte sich zu ihr hinüber und legte ihr, bevor sie etwas sagen konnte, die Finger auf den Mund.

»Das heißt, wir müssen deine Mutter auch einladen.«

»Nein«, sagte Barbara.

»Doch«, beharrte Miguel-Angel.

»Nein«, wiederholte Barbara.

»Es ist aber wichtig«, erklärte Miguel-Angel. »Wichtig für meine Mutter. Das ist das erste, was sie fragen wird: ›Wo ist die andere Mutter?‹« Er warf den Mosaikstein in die Luft und grinste Barbara an. »Das ist so Tradition, genau wie etwas Blaues.«

»Es geht nicht«, sagte Barbara. »Ich habe ein Gelübde abgelegt.«

Er zog eine Augenbraue hoch, stellte ihr aber keine Fragen. Und sie brachte es nicht über sich, es ihm zu erklären – obgleich wohl niemand besser verstanden hätte, daß sie ein im Zorn abgelegtes Gelübde zum Unterpfand all ihres künftigen Glücks machte, als ein Mann, der glaubte, sich durch sexuelle Enthaltsamkeit gesunden Nachwuchs erkaufen zu können.

»Es geht nicht«, wiederholte sie.

»Gut«, meinte er unbeirrt und seelenruhig. »Dann muß es jemand anderer tun. Caspar.«

»Caspar kannst du nicht darum bitten! Caspar hat schon genug für uns getan!«

»Wen dann?«

Ja, wen dann? Sie mochte gar nicht daran denken, Tory zu fragen. Und Gillyflower würde alles vermasseln. William kam natürlich erst recht nicht in Frage; er würde alles nur noch schlimmer machen.

Doch, es mußte Caspar sein.

Ihr Einlenken zog natürlich Küsse nach sich. Kuß folgte auf Kuß. Fünfunddreißig, vierzig, fünfzig. Barbara kam mit dem Zählen nicht mehr nach. Und als der Wecker, den er in der Tasche seines Morgenmantels versteckt hatte, zu klingeln anfing, um ihn daran zu erinnern, daß seine Schicht demnächst begann, brannte ihr Mund, und ihr Gesicht war so hochrot, daß sie die Treppen hinunter und aus dem Haus floh, ohne die wetterfeste Plastikhülle mit der Kopie der offiziellen Bekanntgabe des Bauantrages zu bemerken, die gemäß Vorschrift am jeweiligen Baugelände anzubringen war.

9
»Ich?«

Caspar war entsetzt. »Ich?«

»Ja, du.«

»Wieso ich? Soll das ein Witz sein?«

Aber er wußte, daß es ernst gemeint war. Weshalb sonst hätten sie die weite Fahrt nach London unternommen, noch dazu mit dem Zug, wenn nicht, um ein Nein als Antwort keinesfalls zu akzeptieren?

»Könnt ihr nicht jemand anderen fragen?«

»Wen denn?«

Da verstand Caspar, worum es Miguel-Angel ging. Nicht einmal seinem ärgsten Feind hätte er gewünscht, Tory um diesen Gefallen bitten zu müssen. Gillyflower war ein hoffnungsloser Fall. Sie würde es allenfalls schaffen, einige unangenehme, verletzende Bemerkungen ihrer Mutter ungenau wiederzugeben. Und was William betraf...

Um Himmels willen!

»Okay«, sagte er, »ich mach's.«

Barbara warf ihm die Arme um den Hals.

»O Caspar! Du bist so lieb zu uns!«

Er rückte seine Fliege zurecht.

»Erwartet aber keine Wunder«, warnte er sie. Doch ihre Gesichter verrieten, daß beide es taten. Bei Miguel-Angel schrieb er es dem Umstand zu, daß er Ausländer war, bei Barbara den schädlichen Wirkungen des Brautunterrichts.

10

»Lilith! Lassen Sie mich das machen!«

Während der ganzen Fahrt über die Autobahn übte er am darauffolgenden Samstag seine erste Rede. »Mrs. Collett!« würde er beginnen und dann einen persönlichen Vorstoß wagen: »Lilith! Sie werden sich vielleicht wundern, daß gerade ich heute gekommen bin, um mit Ihnen zu reden. Aber mir erscheint es sinnvoll so, weil ich schon immer der Meinung war, daß wir etwas gemeinsam haben.«

Und das war natürlich William. Sie hatte ihn die ersten fünfundzwanzig Jahre ertragen, Caspar die letzten fünf. Und William zu ertragen war keine Kleinigkeit. Caspar konnte sich kaum vorstellen, daß er sich in den letzten Jahren groß verändert hatte. Vermutlich hatte auch sie darunter gelitten, wie sich seine Spleens und Schwärmereien endlos aneinanderreihten, wie er sich in ein potentielles Lebenswerk nach dem anderen stürzte. Caspar entsann sich mit Schaudern der Monate, die William damit zugebracht hatte, ›als Künstler Fuß zu fassen‹. Der grauenhaften Leute, mit denen er sich angefreundet hatte. Der unsäglichen Orte, an die er ihn geschleppt hatte, um ›Kunst am Bau vor Ort‹ zu betrachten. Des fürchterlichen Plunders, von dem er erwartet hatte, daß Caspar ihn freudig in seiner Wohnung aufstellen würde. Es war geradezu eine Erleichterung, als Williams Interesse sich von einem Tag auf den anderen auf eine Karriere als Komponist verlagerte, der seine wahren Neigungen anscheinend schon immer gegolten hatten. Caspar bezahlte die Musikstunden. (Ein Instrument mindestens war obligatorisch.) Und da William täglich stundenlang übte, durchlief er rasch Klasse um Klasse. Doch als seine Mühen bei der entscheidenden Auswahlprüfung auch beim zweiten Anlauf nicht mit der Auszeichnung, die er benötigte, sondern nur mit der Anerkennung, die er verdiente, belohnt wurden, erwies sich der Wunsch zu komponieren plötzlich als ebenso temporär wie die Angebote der diversen Musikschulen, und William wandte sich statt dessen der Cordon-bleu-Kochkunst sowie der Vision einer Kette kleiner, diskreter Restaurants zu.

Da aber sprach Caspar ein Machtwort. Er war zwar finanziell gut abgesichert, reich aber war er nicht. Und das, was er verdiente, hatte er noch nie für riskante Dinge ausgegeben. Er war nicht der Typ dafür. So blieb William zu Hause und schmollte, und Caspar blieb hart, und nach und nach dämmerte beiden, daß William nicht so sehr ein junger Mann war, der eine Nische im Leben suchte, als vielmehr einer, der es sich bereits darin bequem gemacht hatte. Er hatte zwar noch seine Hobbys – ein anderer hätte sie abfällig Spinnereien genannt: Er lernte jonglieren, und er lernte Pantomime. Einige Monate hatte er als Partyclown gearbeitet, bis er eines Tages in so übler Laune zur Tür hereingepoltert kam, daß sein gewohnheitsmäßiges »Nie wieder!« allen späteren Schmeicheleien der Agentur – die dann wegen des Zustandes der zurückgegebenen Kostüme äußerst unangenehm wurde – unerschütterlich standhielt. Die Hut- und Kleiderhaken in Form von ›Jagdtrophäen‹ aus Metall, die er danach herstellte, verkauften sich gut – an Freunde –, und sein kurzer Abstecher in das Importgeschäft mit Gag-Holzkrawatten aus Nepal verschaffte ihnen eine feudale Silvesterkreuzfahrt. Alles in allem aber ging es ihm ohne einen Job besser. Es gab weit weniger Gejammer und Gestöhne. Was er mit seiner Zeit anfing, war Caspar schleierhaft. Manchmal, wenn Caspar von der Arbeit heimkam, war buchstäblich nichts gemacht. William besaß eine so grandiose Fähigkeit zur Faulheit, daß Caspar bei jedem anderen versucht gewesen wäre, vorläufig eine Depression zu diagnostizieren. Doch eine Depression lag hier eindeutig nicht vor. Williams Launen waren das Gesündeste an ihm. Sie kamen so plötzlich, wie sie gingen. Sie schlugen ständig um. An einem Tag litt er unsägliche Qualen, am nächsten war er zärtlich und großmütig, am übernächsten unendlich gelangweilt. Sein emotionales Räderwerk schien bestens zu funktionieren. Nicht er, fand William, sondern Caspar war es, der sich manchmal mühselig von einem Tag zum nächsten schleppte, sich nach dem Sinn des Lebens fragte und dessen Ende fast herbeisehnte.

Ob Mrs. Collett ihren Sohn als eine Last empfunden hatte? Oder hatte William seine Verhaltensmuster nur von ihr übernommen und hielt es jetzt, da er vom Statisten zum Star avanciert war, einfach für richtig und angemessen, daß seine eigenen Gefühle und Bedürfnisse stets über die der anderen zu triumphieren hatten? Vielleicht waren es nur schlechte Angewohnheiten, die er geerbt hatte. Er ließ Caspar seine Launen spüren, bestand darauf, zu jeder Zeit im Mittelpunkt zu stehen, und maß die Tiefe von

Caspars Zuneigung an der Geschwindigkeit und Intensität seiner Reaktionen. Hatte Caspar eine Patientin verloren, konnte er sicher sein, daß William Anspruch darauf erhob, einen besonders anstrengenden Tag hinter sich zu haben. In der Woche, als Caspars unerledigte Korrespondenz schon über den Karton hinausquoll, den er in seiner Verzweiflung unter dem übervollen Schreibtisch aufgestellt hatte, hatte William mehrere Abende hintereinander über den Zustand ihrer Beziehung lamentiert, sich darüber beklagt, daß sie so lange nicht mehr in Urlaub gewesen seien, und in bemerkenswerter Ausführlichkeit dargelegt, was er alles aufgegeben habe, um diese undankbaren Jahre in Caspars Gesellschaft zu verbringen. Es war, als wäre William, nachdem er seine ganze Kindheit hindurch im Schatten gestanden hatte, jetzt entschlossen, sich durch nichts und niemanden mehr in den Schatten stellen zu lassen.

Und die ganze Last all dessen lag auf Caspars Schultern. William hatte kaum Freunde. Wie seine Schwärmereien kamen auch sie in Wellen, und solange sie sich William und seinen Belangen freudig widmeten, waren sie willkommen und wurden großzügig behandelt. Sobald sie aber den Frevel begingen, ihre Aufmerksamkeit auch nur eine Sekunde lang von seinen Wünschen und Bedürfnissen abzuwenden, wurden sie kurzerhand abserviert, woraufhin William Caspar stundenlang wachhielt, um bis ins kleinste ihre Fehler zu analysieren und noch dem Nettesten von ihnen die übelsten Motive dafür zu unterstellen, daß er sich überhaupt mit William angefreundet hatte. Caspars wenige gewagte Versuche, solche Gespräche auf ähnliche, für Caspar problematische Züge in Williams eigenem Verhalten zu lenken, endeten prompt in Schmollen oder Aufruhr.

Handelte es sich also um schlechte Angewohnheiten oder um pathologisches Verhalten? Verbarg sich in William ein vernachlässigtes, irreversibel geschädigtes Kleinkind, das allen Ernstes fürchtete, gar nicht zu existieren, wenn niemand es beachtete? Oder war er einfach im Schatten eines solch gnadenlosen Selbstmitleids und einer so extremen Ichbezogenheit aufgewachsen, daß er, als er endlich ein eigenes Heim hatte und seine große Chance bekam, sich seinerseits in hochgradiger Selbstsucht eingekapselt hatte? Was sollte Caspar tun? Ihn bedauern? Oder sich empören? In letzter Zeit war das Ganze mehr und mehr zum Vabanquespiel geworden, dachte er, als er beim Abbiegen von der vollen Autobahn in die wenig befahrene Straße nach Fellaham merkte, wie seine innere Spannung zunahm, anstatt nachzulassen.

Er machte eine Geste in Richtung des nächsten Wegweisers nach Little Furley und versuchte es noch einmal.

»Lilith! Ich weiß, was für eine schreckliche Aufregung das Ganze für Sie alle war...«

Nein. Er würde es nicht herausbringen. Die Worte würden ihm im Halse steckenbleiben. Nichts, was Barbara betraf, bedeutete Mrs. Collett etwas. Weder ihre Zukunft noch ihr Glück waren für sie von Belang. Caspar hatte in all den Jahren genug mitbekommen, um zu wissen, daß Mrs. Colletts Egoismus durch nichts zu erschüttern war. Folgte man ihrer Auffassung, kundgetan durch ihr dünnes, laues, ungläubiges Lächeln und ihre geringschätzigen Mir-könnt-ihr-nichts-vormachen-Blicke, dann hatte Gilly Angus nicht aus Liebe geheiratet, sondern nur, um ihre Mutter mit einem nicht gesellschaftsfähigen Nichtsnutz von Schwiegersohn zu ärgern. Tory und George waren nur deshalb wieder von London nach Fellaham gezogen, um sie bequemer als unbezahltes Kindermädchen für die Zwillinge ausnutzen zu können. Und William war allein zu dem Zweck mit Caspar zusammengezogen, damit sein armer Vater sich im Grab umdrehte. Die Borniertheit, mit der das Leben Mrs. Collett bedacht hatte, konnte man ihr ja noch verzeihen, überlegte Caspar. Aber es fiel schwer, ihr keinen Vorwurf daraus zu machen, daß sie Teile davon weitergegeben hatte. Und es war auch keinerlei Trost zu wissen, daß sie sich selbst mindestens ebenso unglücklich machte wie andere. Ihre lähmende Unfähigkeit, die Dinge aus einem anderen als ihrem eigenen Blickwinkel zu sehen, die William tragischerweise von ihr geerbt hatte, machte ihr nicht nur jedes beglückendere Gefühl wie beispielsweise Bewunderung oder Dankbarkeit unmöglich, sondern bewirkte auch, wann immer das Gewissen angesprochen war, Anfälle von Gedächtnisschwund, die ihre Umgebung zur Verzweiflung treiben konnten. Barbara hatte eine unerhörte Selbstbeherrschung an den Tag gelegt, als sich Mrs. Colletts wenige kurze Besuche bei Hector, der sich in seinem Kämmerchen dem Tod entgegenkeuchte, wie durch Zauberei in Barbaras monatelange Tag- und Nachtwachen verwandelten. William dagegen hatte erheblich mehr Mühe, den Mund zu halten, wenn seine Mutter, wann immer es ihr in den Kram paßte, aus der heißgeliebten getigerten Katze, die sie eines Tages nach einem Mißgeschick auf einem ihrer besten Teppiche kaltlächelnd zu einem finalen Tierarztbesuch verfrachtet hatte, »die arme kleine Bede, die leider gestorben ist« machte. Mrs. Collett, so fand Caspar, hatte ein erstaunliches Talent, Tatsachen sowohl zu manipulieren als auch zu erfinden. Der Satz »Aber nein, Schatz, das war ganz anders« war geradezu ihr Leitmotiv. Und so maßlos war ihr Zorn, wenn etwas, was sie sagte, angezweifelt wurde, daß keines ihrer Kinder ihr je die Stirn bot. Caspar konnte es verstehen. Er hatte miterlebt, wie selbst der behutsamste Versuch, sie zu korrigieren – egal worum es ging, es mochte noch so trivial und unbedeutend sein –, eine fast allergische Reaktion bei ihr auslöste. Es war, als fiele sie in eine Art psychischen anaphylaktischen Schock. Und nach einiger Zeit war Caspar wie die anderen zu der Auffassung gelangt, daß es die Aufregung nicht wert war, sich mit Mrs. Collett anzulegen (wobei ›Aufregung‹, soweit Caspar es überblickte, als jegliche Auswirkung ihres Gefühls, daß man ihr widersprach oder sich ihr gar entgegenstellte, definiert war). Seine Gründe, warum er es gar nicht erst versuchte, unterschieden sich nicht wesentlich von denen ihrer Kinder. Sie waren durch bittere Erfahrung zu dem Schluß gekommen, daß es nur wenig gab, was die Mühe und Demütigung lohnte, sie wieder versöhnen zu müssen. Und auch Caspar fragte sich oft: Hatte es einen Sinn? Die Antwort ließ nicht auf sich warten: Kaum, denn ihr unwiderstehlicher Drang, jedwede Möglichkeit friedlichen Miteinanders aufs Spiel zu setzen, nur um hundertprozentig im Recht zu sein, paarte sich zuverlässig mit der absoluten Unfähigkeit zu akzeptieren, daß sie jemals auch nur im entferntesten im Unrecht sein könnte.

So hatte Caspar Jahr um Jahr mit angesehen, wie alle sich taub stellten und so taten, als sei es ihnen gleichgültig, wenn Mrs. Collett die Vergangenheit ihrer Kinder zu ihrem eigenen Vorteil neu erfand. Vielleicht hatten sie recht, und die Wahrheit war die emotionalen Stürme nicht wert, die sie in permanenter Selbstverteidigung so unermüdlich um sich her entfesselte. Daß jemand wie Gillyflower fünfundneunzig Thesen an das Portal zu Wittenberg schlug oder entschlossen sprach: »Hier stehe ich, ich kann nicht anders«, war ohnehin schwer vorzustellen. Aber was war mit Tory? Sie setzte sich mit ihren Äußerungen über zu stark gespritzte Äpfel, Käfighaltung von Tieren oder Fahrplankürzungen bei den öffentlichen Verkehrsmitteln doch oft genug in die Nesseln. Wie kam es, daß auch sie wie ein Mädchen in einem französischen Lustspiel auf Zehenspitzen um ihre Mutter herumtänzelte und sich mit einer unangenehmen alten Schachtel abfand, die niemals ein »Bitte« oder ein »Danke« hervorbrachte, geschweige denn die wahren Herzweichmacher wie »Es tut mir leid«, »Du hattest recht« oder »Ich habe mich geirrt«?

Weil sie wußte, daß ihre Mutter nicht ganz bei Trost war, deshalb. Weil sie genau wie die anderen instinktiv wußte, daß die unendlich komplizierten Konstruktionen, mit deren Hilfe Mrs. Collett sich stets ins Recht setzte und unverrückbar darin blieb, wie ein Kartenhaus in sich zusammenfallen würden, wenn auch nur an einer Ecke der rauhe Wind unwiderlegbarer Berichtigung hineinwehen würde. Der Grund, warum die Frau schon auf den geringsten Einwand, den leisesten Widerspruch wie ein aufgescheuchtes Huhn reagierte, lag darin, daß etwas in ihr allen Ernstes fürchtete, der Himmel würde einstürzen, wenn sie im Unrecht wäre.

»Lilith! Was diese Hochzeit betrifft...«

Ach, es war hoffnungslos. Ihm war übel vor Angst. Seine Bauchmuskeln krampften sich zusammen, als das mächtige Tor vor ihm aufragte: das Tor zur Hölle. Rasch fuhr er rückwärts wieder auf den Weg hinaus, worin er durch Übung immer mehr Geschick entwickelt hatte, stieg aus und lungerte auf ein paar beruhigende Zigarettenzüge am Eingang des ›Rebhuhns‹ herum, bevor er sich imstande fühlte, zum Tor zurückzuschleichen und hineinzuspähen. Niemand zu Hause? Keine kleine Gestalt, die wie rasend auf eine wehrlose Kletterpflanze einhackte? Caspar seufzte und sah sich im Garten um. Wenn William nicht dabei war und ihm mit seinem unversiegbaren Quell von Heimweh und Erinnerung gehörig auf die Nerven ging, fand Caspar den Garten ganz schön. Ihm persönlich waren ordentlichere Gärten schon immer lieber gewesen. Vielleicht lag es daran, daß er mit einer festgefügten Backsteinwand vor Augen aufgewachsen war, aber es hatte durchaus etwas für sich, daß man von einem Rand des Rasens bis zum Gewächshaus und vom Geräteschuppen bis zu der von jeglichem Bewuchs entblößten Seitenmauer sehen konnte. Zugegeben, ein paar der blühenden Büsche sahen schon ein wenig eigenartig aus, so weit zurückgeschnitten, daß sie wie Kohlköpfe am Stiel wirkten. Ein Jammer auch, daß die Weigelie bis zum Strunk abgesäbelt war. Aber sei's drum. So war das Rasenmähen wenigstens im Nu erledigt. Nichts von dem pingeligen Herumschlängeln um kostbare blütenübersäte Stiele, dem Hochheben von langen, üppig sprießenden und ausufernden Trieben. Gelassen lehnte Caspar sich gegen den Torpfosten und verglich die kahle, öde Fläche vor ihm mit den Fotos, die William hin und wieder seiner Schatzkiste entnahm, um ein paar Stunden lang darüber Tränen zu vergießen. Gut, der Lorbeer war früher turmhoch gewesen, der Flieder hatte wahre Kaskaden gebildet, und die Beete waren von Blumen übergequollen. Na und? Na und, verdammt noch mal. Das einzige, was die grüne Pracht den kleinen Colletts, die in diesem Blätterwunderland aufwuchsen, eingebracht hatte, war, daß sie sie zu lebenslänglichen Gefangenen ihrer Mutter gemacht hatte. Solange sie die Möglichkeit gehabt hatte, mit erhobener Axt vor immer neuen reizvoll überwucherten Winkeln zu stehen, die sie einst geliebt hatten, war sie imstande gewesen, ihre Aufmerksamkeit zu erzwingen und ihren Gehorsam einzufordern. Wie ein Scharfrichter, der sein Schwert über dem Liebsten schwang, was sie besaßen, hatte sie sie in der Falle gehabt.

Warum gab sie dann ihre Macht plötzlich aus der Hand und überließ sie für dreißig Silberlinge den Nachbarn? War ihr nicht klar, was sie da tat? Möglicherweise doch. Möglicherweise war sie es müde geworden, Herrin in diesem seltsamen Haus zu sein, und hatte beschlossen, daß es an der Zeit sei, ein Ende zu machen, so kühl und überlegt, wie Caspar beschlossen hatte, mit ihr gemeinsame Sache zu machen.

Nun, er war ihr dankbar dafür. Er wäre der letzte gewesen, der ihr Knüppel zwischen die Beine warf. Er würde weder die Denkmalschutzbehörde einschalten noch die

Leute vom Denkmalrat zu einem Noteinsatz veranlassen, noch beim nächsten Denkmalpfleger um ein Gespräch nachsuchen. Wenn der Preis der Liebe ein Haufen römischer Relikte war, dann mußte es eben so sein. Weg damit, zusammen mit den kläglichen Überresten eines einst wunderschönen Gartens. Sobald das Ganze dem Erdboden gleichgemacht war, würde es keine Alpträume mehr geben, weder für Caspar noch für William. Ein paar Wochen mochten noch die Tränen fließen – eine heilsame Trauerzeit –, dann würde William endlich erwachsen werden. Er würde begreifen, daß er kein Heim mehr hatte, in das er jederzeit zurückkehren konnte. Kein ›Cold Domain‹ mehr, keine Domäne mehr, die ihm stets offenstand. Endlich würde er Caspar gehören, mit Leib und Seele.

Genau in diesem Augenblick entdeckte er sie doch noch, versteckt an einer der wenigen Stellen des Gartens, die noch nicht von allen Seiten einzusehen waren. Ihr Körper war angespannt, und sie rüttelte unter Aufbietung aller Kräfte am Stamm des letzten überlebenden Pflaumenbaums, wild entschlossen, die wenigen eigensinnigen, störrischen, hartnäckigen Blüten, die ihr noch Widerstand boten, herunterzuholen.

Im Nu hatte Caspar seine Zigarette ausgetreten und war vorwärts gestürzt. Diesmal kam es ihm gar nicht in den Sinn zu überlegen, was er sagen sollte. Mit aller Selbstverständlichkeit der absoluten Ehrlichkeit scholl seine Stimme durch den Garten: »Lilith! Bemühen Sie sich nicht! Lassen Sie mich das machen!«

11

»*Ungeladene Gäste*«

»... war natürlich alles furchtbar verletzend.«

»Natürlich«, beschwichtigte Caspar und nahm die blumengemusterte Porzellandose, die sie ihm reichte, obwohl er den Kaffee seit Jahren ohne Zucker trank.

»Ich habe ja«, sagte Mrs. Collett, »nur an Barbara gedacht. Nichts könnte mir mehr Freude machen, als sie im sicheren Hafen der Ehe zu wissen...«

Die unbestimmte Pause und der damit verbundene ferne Blick wurden so lange durchgehalten, bis Caspar merkte, daß er wieder an der Reihe war.

»Und endlich die Sorge um sie los zu sein.«

»Es war ja nicht unbedingt einfach mit ihr.«

»Bestimmt nicht.« Caspar kam allmählich in Fahrt. »Wenn ich mich recht erinnere, hat William einmal eine sehr schwierige Phase erwähnt – mit einem Burschen aus einer hiesigen Autowerkstatt...«

Mrs. Collett belohnte ihn mit einem höchst theatralischen Schaudern.

»Ganz zu schweigen von dem Skandal mit diesem Bernard!«

Caspar nickte mitfühlend, und sie fuhr in ihren Erklärungen fort.

»Ich hatte natürlich Angst. Niemand möchte, daß seine heißgeliebte Tochter zum dritten Mal vor aller Augen sitzengelassen wird.« Sie richtete einen kuhäugig-besorgten Blick auf Caspar. »Als sie die Neuigkeit verkündet hat, kannte ihn ja noch keiner von uns.«

»Richtig.«

»Es hätte ja auch Weiß-Gott-wer sein können.«

Sie beugte sich verschwörerisch vor und klopfte ihm aufs Knie, und Caspar erkannte schlagartig, was für einen Unterschied es ausmachte, wenn William nicht dabei war und sie an die Natur seiner sexuellen Vorlieben erinnerte. Sie kamen bestens miteinander aus, wie alte Freunde. Sie flirtete geradezu mit ihm.

»Als Frau muß man vorsichtig sein. Das gilt für jede Frau. Sie werden es nicht glauben, Caspar« – sie hielt inne, um das obligate selbsterniedrigende Auflachen ertönen zu lassen – »aber auch ich habe meine Bewunderer! Barbaras Problem ist, daß sie in diesen Dingen noch das reinste Kind ist. Sie vertraut jedem blind.«

»Sogar einem Ausländer.«

Es rutschte ihm so heraus, ohne daß er es wollte. War er zu weit gegangen?

Nein. Sie klopfte ihm erneut aufs Knie.

»Genau. Sogar einem Ausländer.«

Weiter so, sagte Caspar zu sich selbst. Mach weiter.

»Lilith«, begann er wieder und legte seine Hand auf ihre. »Ich habe diesen Miguel-Angel inzwischen ein paarmal getroffen, und ich glaube wirklich, er würde Ihnen gefallen. Ein sehr angenehmer Mensch, sowohl was sein Äußeres als auch was seine Manieren betrifft. Altmodisch geradezu. Und er ist reizend zu Barbara. Sie würden sie kaum wiedererkennen.«

Und er selbst ebensowenig. Er hätte auf der Straße an ihr vorbeigehen können, ohne sie zu erkennen. Sie löste keine unbewußten Assoziationen mit der alten Barbara mehr aus. Ihre Figur hatte sich verändert, ihr Watschelgang war verschwunden, sie kleidete sich völlig anders, und dann dieses hübsche lächelnde Gesicht –

»Sie strahlt geradezu.«

Jetzt war er mit Sicherheit zu weit gegangen. Mrs. Collett öffnete den hochmütig verzogenen Mund gerade lang genug, um in unverkennbar falschem Ton zu sagen: »Das freut mich zu hören.«

»Die Sache ist nur die«, fuhr Caspar eilig fort, »die Hochzeit kann nicht ohne Sie stattfinden. Darüber sind wir uns alle einig.«

»Ach ja?«

Erstaunlich, daß zwei kleine Worte so vor Hohn triefen konnten. Caspar schwieg einen Augenblick, in einer perversen Abart der Bewunderung versunken, und Mrs. Collett ergriff, da sie ihn gerade so schön vor sich hatte, die Gelegenheit, ihn in einem Punkt zu korrigieren.

»Victoria und Gillian sind sich mit mir einig, daß unter den gegebenen Umständen gar keine Rede davon sein kann, daß ich zu einer Hochzeit komme, bei der ich nicht willkommen bin, wie man mir ja deutlich genug zu verstehen gegeben hat.«

»Barbara hat einfach die Nerven verloren«, sagte Caspar. »Sie hat es nicht so gemeint, damals nicht und heute erst recht nicht.«

»Ich kann mir nicht vorstellen, daß meine beiden anderen Töchter das glauben.«

Caspar beugte sich vor.

»Wollen Sie damit sagen, daß Tory und Gilly auch nicht kommen?«

Mrs. Colletts Lächeln verriet ihm, daß sie ihm seine gespielte Überraschung ohne weiteres abnahm.

»Nun, sie fühlen sich natürlich hin- und hergerissen...«

Er hoffte, seine Stimme würde nach mühsam unterdrücktem und nicht nach falschem Kummer klingen.

»Und Barbara glaubt, sie hätte deshalb nichts von Tory gehört, weil sie noch nicht entschieden haben, ob sie für die Zwillinge einen Babysitter nehmen. Und Gilly weiß noch nicht, wie Angus' Schichten liegen, dachte sie.«

Die alte Scharteke! Man hörte sie förmlich vor Vergnügen schnurren.

»O nein, Caspar, es gibt durchaus noch andere Gründe, warum die beiden sich nicht gemeldet haben.«

»Du meine Güte! Das ist ja jammerschade! Und wir hatten alle gehofft, die Dinge würden sich nicht so zuspitzen.«

Mrs. Collett zupfte an einem Fädchen am Ärmel ihrer eleganten Wolljacke.

»Aber das macht doch nichts, Caspar. Barbaras Hochzeit wird ein wunderschöner Tag für alle werden. Den braucht sich keiner zu verderben, weil er sich um ein paar ungeladene Gäste Sorgen macht.«

»Aber Sie sind keine ungeladenen Gäste! Tory und Gillyflower haben ihre Einladungen schon bekommen, sie stehen bereits auf ihrem Kaminsims. Und ich bin gebeten worden, heute hierherzukommen, um Sie einzuladen.«

Die Stille, die auf diese Erklärung folgte, ließ das Mißverhältnis zwischen ihnen überdeutlich hervortreten. Mit der behutsamen Eindringlichkeit des Schwerbewaffneten gab Caspar ihr eine letzte Chance zu friedlicher Kapitulation.

»Bitte, Lilith, kommen Sie zur Hochzeit.«

»Das wird wohl nicht gehen, Caspar. Nicht unter den gegebenen Umständen.«

Caspar holte den kleinen blauen Mosaikstein aus der Tasche, den er zurückbehalten hatte. Er kippte ihn lässig von einer Hand in die andere.

»Jammerschade«, wiederholte er. »Wir sind uns nämlich alle darüber einig, daß es ohne Sie, Tory und Gillyflower nicht geht. Nicht um diesen Preis.«

Er warf den Mosaikstein ein paar Zentimeter in die Luft.

»Um welchen Preis?« fragte sie, ohne den Stein aus den Augen zu lassen.

»Nun seien Sie doch vernünftig«, sagte Caspar. »Man müßte ja ein Herz aus Stein haben.«

Er warf den kleinen Würfel erneut hoch, und ihre Augen zuckten mit ihm auf und nieder.

»– wenn einem bei einem so besonderen Anlaß Barbaras Glück nicht wichtiger wäre als etwas so Vages, Abstraktes wie Bürgerpflicht oder Verantwortung gegenüber der archäologischen Forschung.«

Ihre Blicke begegneten sich.

»Aber wenn das Ganze sowieso ein totaler Reinfall wird...«

Seufzend steckte er den Stein wieder in die eine Tasche und zog aus der anderen die Plastikhülle mit der Bekanntgabe des Bauantrages hervor, die er in weiser Voraussicht vom nachbarlichen Torpfosten entfernt hatte.

Sie starrte auf die ausgezackten Enden der offiziellen Klebestreifen, die er mit seiner Nagelschere mühsam durchgeschnitten hatte.

»Ich kann mir gar nicht vorstellen, daß das hier die zuständige Stelle ist«, sagte Caspar versonnen und strich das Papier auf seinem Knie glatt. »Bei einer so wichtigen Sache müßten es doch eher irgendwelche Ministerien sein.«

Er faltete das Blatt wieder zusammen, noch ordentlicher als zuvor.

»Na, egal. Es wird schon seine Richtigkeit haben.«

Sie sahen einander in die Augen, so tief und so lange, daß ein Außenstehender sie für ein Liebespaar hätte halten können. Dann murmelte Mrs. Collett: »Vielleicht, wenn ich mir's recht überlege...«

Caspar streckte die Hand aus, um die ihre voll Wärme zu tätscheln.

»Ich bin entzückt. Und Barbara wird begeistert sein.« Er nahm sein Jackett. »Ich gehe jetzt, damit Sie Tory und Gillyflower anrufen können, ja? Um zu hören, wie es inzwischen mit dem Babysitter steht und mit Angus' Schichten und so weiter.«

Sie nickte stumm ergeben und begann, die Kaffeetassen säuberlich auf das Tablett zu stapeln.

»Ich bin entzückt«, wiederholte Caspar. Er zerknüllte den Bauantrag. »Ich werfe das für Sie weg«, sagte er. »Sie werden ja wohl nicht wollen, daß der Wind es aus Ihrer Mülltonne weht und die Leute denken, Sie hätten es abgerissen.«

Als Sieger ließ er Großmut walten.

»Obwohl wahrscheinlich niemand von den Betroffenen überhaupt merkt, daß es verschwunden ist. Barbara jedenfalls hat es noch gar nicht gesehen.«

Sie blickte von dem klirrenden Porzellan auf.

»Wirklich nicht«, versicherte er.

Ihre Blicke begegneten sich ein letztes Mal. Dann polterte Caspar hinaus und warf noch ein paar Lügen über volle Straßen und zusätzliche Samstagsklinikdienste über die Schulter zurück. Behindert durch das schwere Tablett, das er ihr nicht abgenommen hatte, ließ sie ihn ziehen und hielt nur bei der Fensterbank im Flur noch einmal inne, um ihn zu beobachten, wie er die letzten Schritte bis zur Mitte des sonnenbeschienenen Rasens ging und dann, für einen Mann seines Alters ganz erstaunlich, ein perfektes, triumphierendes Abschiedsrad schlug.

12
Radschlagen. Gänseblümchen

Lilith Collett legte die Hand genau auf die Stelle, wo Caspars Fuß sich tief eingedrückt hatte, bevor Caspar hochgeschnellt war, um sein Rad zu schlagen, aber sie dachte dabei kaum an den Liebhaber ihres Sohnes. Sie dachte ans Radschlagen im allgemeinen. Der Garten war ideal dafür gewesen. Jedes Jahr war ein wahres Radschlagfieber ausgebrochen, das sie in der Erinnerung stets mit Gänseblümchen in Verbindung brachte. Anhand des Radschlagens konnte sie den Lebensweg aller Familienmitglieder nachzeichnen. Es mußte vierzig Jahre her sein, seit sie selbst – zuletzt hatte sie Mut dazu gebraucht – Räder geschlagen hatte. Auch Hector war – da sein Rücken immer schlimmer wurde – nur wenig länger und nur, wenn man ihn lange genug neckte, zu einem Versuch zu bewegen gewesen. Später hatte dann jedes der Kinder seine eigene, ganz persönliche Phase unbeholfener Stürze durchgemacht, gefolgt von perfekter Beherrschung der Übung, und danach dem allmählichen Rückfall ins Stümperhafte. Sie bezweifelte, daß eines von ihnen jetzt noch radschlagen konnte, geschweige denn, daß sie noch eine der kompletten schwindelnden Serien zustande brachten, die sie sich endlos hatte ansehen müssen. »Nicht weggehen, Mum! Schau mal! Schau mal, was ich kann!«

Seltsam, daß das Vergnügen eines Menschen so unlösbar mit dem Tyrannisieren eines anderen verknüpft sein konnte. Nicht einen Bruchteil all dessen hätte sie noch einmal durchmachen wollen. Es wurde Zeit für eine Veränderung. Natürlich würde es Leute geben, die sie egoistisch nannten. »Ein Jammer, daß Sie den schönen Garten gerade jetzt aufgeben, wo Ihre Enkelkinder allmählich groß genug sind, um ihn zu genießen!«

Zum Teufel mit ihnen! Solche Worte aus ihrem Munde hätte Hector natürlich nicht gern gehört. Eines der wenigen Dinge, die er wirklich verabscheute, war eine rüde Ausdrucksweise bei Frauen. Aber es gab keine anderen Worte, die stark genug gewesen wären. In den letzten Jahren war der Garten, einst eine Zufluchtsstätte, ein Ort, an den man sich zurückziehen konnte, um ein wenig frische Luft zu schnappen und allein zu sein – wenigstens die paar Augenblicke, bis man entdeckt wurde –, zu einer Quelle des Mißvergnügens geworden, einem Symbol des Kampfes und für jedes ihrer unentwegt fordernden Kinder zu einer Rechtfertigung für den Versuch, sie in Knechtschaft zu halten. Man konnte ja kaum eine Gießkanne zur Hand nehmen, ohne daß Tory ihr grünes Moralgetriebe in Gang setzte. »Ist das etwa Unkraut-Ex, was du da benutzt? Hast du nicht den Artikel gelesen, den ich dir neulich geschickt habe, über die hohe Konzentration an giftigen Rückständen bei diesem Mittel? Warum pflanzt du nicht einfach Kartoffeln, wenn du etwas für den Boden tun willst?« »Wie konntest du nur die schöne Wassertonne aus Holz wegtun! George hat doch gesagt, daß er die Löcher flickt, sobald er Zeit hat!« Mit Tory einen Rundgang durch den Garten zu machen war, wie wenn man mit einem Gewerbeaufsichtsbeamten eine Fabrik besichtigte. Immer noch besser allerdings, als mit Gillyflower herumzuschlendern. Gillyflower trieb sie zum Wahnsinn. »Ach, Mum! Weißt du noch, wie Tory und ich unter der Magnolie immer so schön Picknick gemacht haben? Was ist eigentlich aus dem Puppenteegeschirr geworden? Ist es noch im Keller? Es war aus hellblauem Blech –«

Lackiertes Blei wahrscheinlich, wie Tory, kritisch wie immer, sofort erklärt hatte, als Lilith die wenigen noch übrigen Teile in eine Schachtel gepackt und zu einem Pfadfinder-Flohmarkt gebracht hatte. William war Pfadfinder gewesen – als ob ihm das etwas genützt hätte! Es war ja wohl kaum ›rein in Gedanken, Worten und Taten‹ zu nennen, daß er mit Caspar zusammenlebte. Manchmal ertappte Lilith sich dabei, daß sie sich fragte, was ihr Sohn und Caspar im Bett eigentlich machten. Dann fiel ihr wieder ein, daß sie, nach dem, was sie gelesen hatte, vermutlich gar nichts in einem Bett machten. Und manches in den Broschüren, die Barbara nach Williams Coming-out (was für ein lächerliches Wort! So abgehoben! So absurd! Als ob sie nicht Bescheid gewußt hätte – seit Jahren schon) so überaus taktvoll im ganzen Haus hatte herumliegen lassen, fand sie nicht nur so abstoßend, daß ihr die Worte dafür fehlten, sondern sie glaubte auch, daß diese Schriften mit schuld an Hectors frühem Tod waren. Sie würde nie vergessen, wie sie eines Nachts aufgewacht war und den Platz neben sich leer gefunden hatte, wie sie sich, als sie das unterdrückte Weinen hörte, über den Flur ins Bad geschlichen hatte und wie er dort, die Schlafanzughose um die Knöchel, so jämmerlich gesessen und sich über den bunten

Fotoschnipseln, die ringsum auf den Fliesen lagen, die Seele aus dem Leib geschluchzt hatte. Sie hatte ihn sofort ins Bett zurückverfrachtet und ihm beruhigend zugeredet, bis er wieder eingeschlafen war. Sie selbst hatte dann hellwach dagelegen, eine Stunde oder länger in die anbrechende Morgendämmerung gestarrt und schließlich aufgegeben; die Stunden bis zum Frühstück hatte sie damit verbracht, die winzigen Papierschnipsel Stück für Stück von der Kehrichtschaufel zu picken und auf dem Küchentisch wie ein Puzzle wieder zusammenzusetzen, bis Williams Patchworkgesicht sie von Hectors Lieblingsschulfoto fröhlich anlächelte. Sie würde es nie aussprechen. Nein, sie würde es nie aussprechen. Aber daß William schwul wurde – und die Leute mochten über sie die Nase rümpfen, soviel sie wollten: Sie war noch immer überzeugt, daß es im Leben jedes Menschen einen freien Willen gab –, daß William schwul wurde, hatte für seinen Vater das Todesurteil bedeutet.

Und was hatte es William genützt? Wann sah man ihn noch jemals lächeln? Er erschien zu seinen arroganten Besuchen, mit diesem schaurigen, perversen Schleimer von Caspar im Schlepptau, und wenn man nur die Rosenschere hob, um einen zu schwachen Trieb abzuschneiden, ging er einem schon an die Kehle. »Wenn du so weitermachst, ist bald nichts mehr übrig!« Was war nur los mit ihren Kindern? Wie kam es, daß sie sich jeder Veränderung so hartnäckig widersetzten? Nicht eines von ihnen hätte hier aus freien Stücken irgend etwas umgestaltet. Man brauchte nur an das Theater zu denken, das sie gemacht hatten, als Lilith den Flur in einem etwas anderen Blauton gestrichen hatte!

An das Geschrei, als sie diese grauenhaften alten Übertöpfe weggeworfen hatte! Sie glaubten anscheinend, sie hätten Anspruch darauf, daß alles genauso blieb, wie es immer gewesen war. Als sie Barbara bat (sie war damals zweiunddreißig gewesen; nicht zweiundzwanzig, sondern zweiunddreißig), ihre restlichen Sachen in die Klinik mitzunehmen, wo sie immerhin seit Jahren arbeitete und ihr eigenes Zimmer hatte, da hatte sich Barbaras Gesicht verzogen, und irgendwie hatte sie es fertiggebracht, so auszusehen, als hätte sie eine Ohrfeige bekommen. Aber es war ja wohl nicht Liliths Schuld, wenn Barbara, obwohl sie seit zehn Jahren die größte Abteilung der Klinik unter sich hatte, noch immer nicht imstande war, auf etwas besserer Unterbringung mit ein wenig mehr Platz für ihre Sachen zu bestehen. Wieso hätte Lilith ihren Haushalt auf die Bedürfnisse der Fellaham-Kreisgesundheitsbehörde abstimmen sollen? Wenn sie ein paar nicht bis obenhin vollgestopfte Zimmer wollte, dann war das ihr gutes Recht. Es war schließlich ihr Haus. Warum sollte sie es hinnehmen, daß Williams auseinandergenommene Sportwagen in der Garage vor sich hin rosteten und die Schränke im ersten Stock von Barbaras dämlichen Teddybären und Gillys Lieblingspuzzlespielen schier überquollen? Sogar Victoria schien zu glauben, sie habe das Recht, den einzigen wirklich wetterfesten Gartenschuppen mit ihren Schachteln voll Malutensilien, ihren Tontrögen und ihren Staffeleien vollzustellen. »Nur bis George mit dem Anbau fertig ist.« Das hieß, bis zum Sankt-Nimmerleins-Tag! Glaubten sie, Liliths Leben hätte sich auf ewig nur um sie zu drehen? Dann konnten sie sich auf einen Schock gefaßt machen.

Einen notwendigen Schock. Lilith erinnerte sich noch, wie aufgewühlt sie gewesen war, als Mrs. Maxwell vor Jahren von dem Silber, das sie so diskret zu putzen fortfuhr, aufblickte und zu der jungen, von ihrer letzten Tracht Prügel noch in Tränen aufgelösten Mrs. Philimore von nebenan sagte: »Sie sollten diesen Mann verlassen. Ihre Mutter und Ihr Vater haben Sie bestimmt nicht deshalb bekommen und mühsam großgezogen, damit Sie Roderick Philimores Punchingball werden.« Die einfältige Harriet hatte mit diesen Worten wenig anzufangen gewußt. Eine Woche später kam sie erneut in Liliths Küche gestürzt, ausgiebig weinend und von frischen blauen Flecken übersät. Aber bei Lilith war die Bemerkung auf fruchtbaren Boden gefallen. Von diesem Tag an hatte der subversive kleine Gedanke Wurzeln geschlagen. Bin ich in die Welt gesetzt worden, um Hector Collett glücklich zu machen? Mitnichten. Und das böse kleine Gefühl war wie ein Krebsgeschwür gewachsen, hatte auf die Kinder übergegriffen, Schwieriges vollends unmöglich gemacht und ihr gesamtes Eheleben untergraben. Furchtbar, was Frauen für Fehler machten, wenn sie jeden noch so geringen kleinlichen Impuls mit absurden Angeboten weiterer Selbstaufopferung wiedergutzumachen versuchten! Das Problem war, daß niemand sich wirklich vorstellen konnte, wie unendlich lange, wie unendlich still und leise das Rad des Lebens sich drehte. Es war wie mit einer Entbindung. Könnte man die Hand ausstrecken und auf einen Knopf drücken, um das Ganze, sobald es unschön wird, zu stoppen, würden nur wenige Kinder das Licht der Welt erblicken. Und noch weniger würden es bis zum Erwachsenenalter schaffen, wenn man als Frau einfach »Halt!« rufen könnte, sobald man merkt, daß nichts Erfreulicheres nachkommt. So sah die Sache aus. Ein Leben lang für andere gerackert – und dann das Alter.

Es gab ja Frauen, denen das gefiel, vielleicht waren es gar nicht mal so wenige. Die Glücklichen! Für andere, solche wie sie, war es ein hartes Los, das gegen ihre Natur war, sie erstickte und ihr Gemüt verdüsterte. Und nichts konnte es ändern. Keine Veränderung der Umstände. Keine Willenskraft. In all den Jahren hatte sie vermutlich hunderttausendmal zu sich gesagt: »Nur mit der Ruhe, Lilith. Genieße deine Kinder und hege deinen Garten. Laß die Sorgen wie Wolken über dich hinwegziehen und lebe in Frieden.«

Und was hatte es gebracht? Nichts. Es lag ihr nicht. Es lag ihr so wenig, daß sie es nicht einen einzigen, einsamen Vormittag lang durchhielt. Keine Stunde, und schon nagte wieder der Gedanke an irgendeine Pflicht an ihr und erfüllte sie mit der heillosen Wut des Ressentiments. Wieso mußte sie unbedingt ans Telefon gehen, wenn es klingelte? Weil eines der Kinder im Krankenhaus liegen und nach ihr weinen konnte, deshalb. Oder die Katze hinauslassen, wenn sie an der Tür kratzte? Weil es weniger Arbeit macht, eine Tür zu öffnen, als später einen Teppich zu säubern. Oder dies tun? Oder jenes? Oder etwas anderes, das niemals endete?

Ingrimmig abgerissene Gänseblümchenköpfe flogen durch die Luft. Lilith merkte, wie sie auf ihre erdverschmierten, grasbefleckten Hände niederstarrte. Mein Gott! Wie viele Male täglich wanderten diese Hände unter den Wasserhahn? Mehr als genug, um Lady Macbeth in den Schatten zu stellen. In der heutigen Tretmühle der Geburtstage, der Weihnachts-, Silvester- und Osterfeste hätte diese ehrlose Hausfrau und Mutter gar nicht die Zeit gehabt, Duncan etwas Schlimmeres zu wünschen, als daß er ihr Haus verließ. »Und nächste Woche hat Banquo Geburtstag, Schatz. Und übernächste Woche Donalbain. Und ein paar von Macduffs Süßen sind bestimmt im August geboren. Muß ich ihnen allen etwas schenken? Oder soll ich ihnen einfach Karten schicken?«

Oder sie *umbringen.* Lilith grub die Finger tiefer in den Boden, bis sich die Erde schmerzhaft unter ihre Fingernägel schob, riß ein Löwenzahnbüschel heraus und schleuderte es in den nächsten Strauch. Nicht einmal wenn jemand starb, konnte man ihn von der Liste der Tyrannei streichen. Hector war seit zehn Jahren tot und begraben. Seit zehn Jahren! Aber noch immer stand Barbara in der ersten Märzwoche unerbittlich vor der Tür, mit dieser grauenhaften berufsmäßigen Mitleidsmiene übers ganze Gesicht und irgendeiner teuren Delikatesse unter dem Arm, und wollte dabeisein. Aber bei was? Hector war tot. Barbara mochte William am Telefon über den kühlen Empfang, das Fehlen der elementarsten menschlichen Dankbarkeit bei ihrer Mutter die Ohren volljammern, soviel sie wollte. Jawohl! Schon vor Jahren war Lilith klargeworden, warum nach diesen Besuchen bei beiden stundenlang das Telefon besetzt war. Doch wenn hier jemand egoistisch war, dann Barbara. Ja, Barbara! Wie die anderen Blutsauger, die Lilith zermürbten, setzte auch Barbara unbeirrbar alte Lebensgewohnheiten fort, in denen der zweite Tag im März Hectors Geburtstag war. Sie hatte sich geweigert, die neuen zu akzeptieren, nachdem er gestorben war – für immer fort war. Lilith hatte sich damit abgefunden. Wenn Barbara jedes Frühjahr das gleiche Spielchen spielen mußte, dann sollte sie es tun. Aber sie konnte niemanden damit täuschen, schon gar nicht die eigentliche Witwe. Denn eine nackte, harte Tatsache hatte Lilith in den letzten zehn Jahren begriffen: Wenn Hector, nachdem er das Beste in ihr verschlissen hatte, es nicht einmal geschafft hatte, am Leben zu bleiben, um ihr im Schlimmsten beizustehen, dann konnte sie nicht um ihn trauern. Nein. Nicht mehr.

Sie hatte ohnehin keine Zeit dazu, da die anderen ihr ja den ganzen Tag mit ihren Forderungen in den Ohren lagen. »Du warst seit Ewigkeiten nicht mehr hier.« »Komm doch mit mir und den Kindern ins Weihnachtsmärchen!« »Ich kann gar nicht glauben, daß du Fran nicht kennst. Sie ist seit Jahren meine beste Freundin.« Es wäre ja schön gewesen, wenn sie genügend Energie hätte aufbringen können, um sich für ihre neuen Wohnungen und Teppiche, ihre Kinder und Freunde zu interessieren. Doch sie war ausgebrannt. Sie war nur noch eine leere Hülse. Die übermenschliche Anstrengung, jede unmütterliche Reaktion zu unterdrücken, hatte sie ausgelaugt, bis nichts mehr übrig war. Ein Leben lang hatte sie achtgegeben, daß sie nicht allzu oft zu schroff wurde: »Verschwinde!« »Hör auf zu klammern!« »Das mußt du selber wissen.« »Kannst du nicht einmal ein Rad schlagen, ohne daß ich daneben stehe und dich bewundere?« »Laß mich in Ruhe, um Himmels willen!« »Geh weg!« Vielleicht irrte sie sich auch, und es war einfach die Anstrengung, dreißig Jahre lang einen Maulkorb zu tragen, die ihr alle Kraft geraubt und ihr nicht einmal genug Energie übriggelassen hatte, um die gebührende Show abzuziehen und in den höchsten Tönen die Fingerfarbenklecksereien ihrer Enkelkinder zu bewundern oder ihr Herumgestolper auf der Kindergartenbühne, mit Hasenohren aus Pappe und Liedern, in deren Text sie sich verhedderten.

Es war ein Trauerspiel, aber so war es nun einmal. Es gab nur wenige Menschen, deren Leben von Anfang bis Ende eine lustige Geschichte ergab. Wenigstens würde sie bald von hier fortziehen. Keines der Kinder wußte bis jetzt von der Anzahlung für den kompakten kleinen Bungalow ganz am Ende von Frosthole Close, und sie würden entsetzt sein, wenn sie ihn sahen. Sie konnte sie schon hören: »Und wo willst du das Klavier hinstellen?« »Du kannst doch Grannys wunderschöne alte Anrichte nicht verkaufen!« »Und was soll ich mit dem ganzen Zeug in der Garage machen?« Kein Wunder, daß sie vorhatte, es ihnen erst im letzten Moment zu sagen. Sie würden das übliche Theater machen, aber sie war entschlossen, die Sache durchzuziehen. Deshalb war sie auch so bestürzt gewesen, als sie von Barbaras Hochzeit erfuhr. Das Heim einer Familie nach vierzig Jahren aufzulösen war ein gewaltiges Unternehmen, und sie konnte es sich nicht leisten, ein drittes Mal Barbaras hysterische Enttäuschung und ihre Szenen mitanzusehen, wenn der Mann ihrer Träume plötzlich merkte, worauf er sich eingelassen hatte, und wohlweislich das Weite suchte. Doch auch wenn er erstaunlicherweise bei der Stange blieb, war eine Hochzeitsfeier in ›Cold

Domain‹ mit solchen Ungelegenheiten verbunden, daß sie gar nicht in Frage kam. Sie würden ständig aus und ein rennen, Geschenke abladen, Serviertische ausmessen, über Blumenschmuck debattieren. Früher oder später würden sie merken, was los war. Der Briefträger würde ihnen einen Umschlag mit dem Stempel des Grundbuchamtes in die Hand drücken, sie würden im Garten einem Landvermesser über den Weg laufen, oder ein Nachbar würde plaudern. Die ganze Prozedur würde Wochen dauern. Zuerst mußte sie die Baugenehmigung unter Dach und Fach haben. Dann mit dem Mann, der das ›Rebhuhn‹ übernehmen wollte, den Vertrag über den Grundstücksverkauf abschließen. Danach das Haus verkaufen. All das war nicht zu schaffen, wenn Barbara und Gillyflower ständig irgendwelchen Kindheitsschätzen nachweinten, die sie im Keller vermißten, wenn Tory sie beschimpfte, weil sie diesen Schritt überhaupt tat oder weil sie ihn völlig falsch tat, wenn William Caspar zum Rechtsanwalt hetzte, um sie aufzuhalten, oder – noch schlimmer – wenn er monatelang vergeblich versuchte, das nötige Kleingeld aufzutreiben, um ihr Haus und Garten abzukaufen. Es war nur vernünftig, daß sie beschlossen hatte, es ihnen erst hinterher zu sagen, wenn alles vorbei war und es kein Zurück mehr gab. Und wenn sie dann beleidigt waren und nicht mehr mit ihr redeten, um so besser. Dann hatte sie ihr Ziel – ein bißchen Ruhe und Frieden – schon halb erreicht. Sobald die vier mit ihren Tränen, ihren Erinnerungen und ihren kritischen Gartenkommentaren einmal nicht mehr ständig vor ihrer Tür stünden, würde sie die nötige Zeit finden, das letzte bißchen Energie, das ihr noch blieb, auf das letzte bißchen zu verwenden, das noch von ihr geblieben war.

Es sei denn, dieser Caspar trieb ein falsches Spiel mit ihr. Was führte dieser aalglatte Kerl im Schilde? Bestimmt hatte er vor, sie oder William übers Ohr zu hauen. Einen von beiden. Wahrscheinlich sie. Was würde es ihm bringen, William in den Rücken zu fallen? Sie bildete sich nicht ein, daß er seine Besuche in ›Cold Domain‹ sehr angenehm fand, aber sie waren wohl auch nicht so unerträglich, daß sie es gerechtfertigt hätten, wenn er ihr half, den Garten loszuwerden. Er war ein raffinierter Bursche, der seine linke Hand nicht wissen ließ, was die rechte tat. Als ihr dämmerte, daß er Barbara anbot, eine Hochzeit im ›Rebhuhn‹ zu finanzieren, hatte sie zunächst geglaubt, er wisse alles. Doch als er fort war und sie Zeit hatte nachzudenken, war sie zu dem Schluß gekommen, daß er sich aus purem Trotz einmischte und es einfach ein unglücklicher Zufall war, daß er sich für das ›Rebhuhn‹ entschieden hatte. Und jetzt, nachdem er hiergewesen war und klargestellt hatte, daß er ihre Pläne nicht nur kannte, sondern sie auch mit einem einzigen Anruf vereiteln konnte, wußte sie nicht, was sie davon halten sollte – außer natürlich, daß jetzt sowohl die Schuldgefühle als auch die Verantwortung auf wunderbare Weise halbiert waren.

Caspar und Lilith. Ein seltsamer Gedanke. Eine unheilige Allianz. Aber es konnte von Nutzen sein, wenn Caspars mysteriöse Absichten bestehen blieben. Sie brauchte sich keine Sorgen zu machen. Er konnte ihr sogar behilflich sein. Offenbar drängte er Barbara nicht, nach ›Cold Domain‹ zu kommen und ihren üblichen geräusch- und reuevollen Frieden zu schließen. Er hatte Lilith zu verstehen gegeben, daß ihr huldvolles Einverständnis, den Festlichkeiten beizuwohnen, genügen würde. Und er hatte es geschafft, William mehrere Wochen lang fernzuhalten. Bis zur entscheidenden Sitzung der Flächennutzungskommission, die zwei Tage vor Barbaras Hochzeit stattfinden sollte, waren es nur noch drei weitere Wochen. Barbara würde zu diesem Zeitpunkt alle Hände voll zu tun haben und die eisernen Tore häuslicher Pflichten gern hinter sich zuschlagen, gerade wenn ihre Mutter sie endlich aufstieß.

Lilith streckte sich genießerisch auf dem gänseblümchenübersäten Rasen aus und sah zum Himmel auf. Niemand machte es sich klar, aber man hatte auch in ihrem Alter noch Träume. Und ihr Traum würde bald in Erfüllung gehen. Ein kleines Häuschen (nicht enkelkinder sicher, zu beengt für Gäste), in dem sie endlich den beinharten Panzer abwerfen konnte, hinter dem das wenige, was von ihr übriggeblieben war, so mühsam Schutz gefunden hatte. Jetzt konnte sie freundlich sein. Jetzt konnte sie sanft, großzügig, liebevoll sein. Wäre sie nicht in die Falle gegangen und Mrs. Collett geworden, sie hätte ihr Leben lang Mrs. Wohlwollen sein können. Doch in drei Wochen würde ihr wahres Leben beginnen.

In drei Wochen...

Während Lilith zum Himmel aufsah, erfüllt vom bebenden Verlangen des Gefangenen kurz vor der Befreiung, wälzte sich über dem Wipfel der Platane eine riesige stahlgraue Wolke heran und verhüllte die Sonne.

13

Junge

Dieselbe Wolke zerbarst über Caspar, als er aus dem Kreisverkehr in die Autobahnauffahrt einschwenkte. Er benutzte diesen Umstand als Vorwand, um anzuhalten, als er den Jungen am Straßenrand stehen sah, obgleich er seit Jahr und Tag Anhalter mitnahm.

Und dieser hier war einfach umwerfend. Caspar spürte den Druck am Hosenschlitz, noch ehe ihre Blicke sich begegneten. Nichts von dem nervenaufreibenden Will-er-oder-will-er-nicht. Der Junge roch nach Sex und Unterwerfung. Der Junge gehörte ihm, noch ehe der durchweichte halbleere Rucksack auf dem Rücksitz gelandet war, noch ehe der Wagen den Seitenstreifen verlassen hatte, noch ehe der Sicherheitsgurt zugeschnappt war.

Caspar fuhr schnell und machte kaum den Mund auf, außer um hin und wieder durch den Bogen, den der Scheibenwischer durch den Regenschleier vor ihm zog, ein paar Worte über die entnervend vorsichtige Fahrweise der anderen Autofahrer zu brummen. Er wollte den Jungen nicht näher kennenlernen. Er wollte nicht wissen, welche Klippschule er besuchte, in welchen Fächern er sich auf seine Prüfungen vorbereitete, was er danach vorhatte. Der Junge fuhr mit ihm nach London, das genügte. Zuviel zu wissen würde alles verderben.

Und es war offensichtlich, daß der Junge begriff. Typen

wie Caspar mußten ihm schließlich oft genug begegnet sein, während er mit seinem fast leeren Rucksack und einer Haltung, die auch durch einen Wolkenbruch hindurch nicht mißzuverstehen war, an Autobahnen auf und ab schlenderte. Dennoch fragte Caspar ihn vorsichtshalber, wo in der Stadt er hinwolle, als sie sich dem ersten Komplex von Straßenüberführungen näherten, und beantwortete das unbestimmte Murmeln und vage Achselzucken des Jungen mit einem lässigen »Kommst du noch ein bißchen mit?«

Aber wohin? In die Wohnung nahm Caspar niemanden mehr mit. Trotz aller schönen Worte bei der Regelung des Zusammenlebens mit William hatten die wenigen Male, die er es versucht hatte, gezeigt, daß der Preis an Wutanfällen, den er dafür zu zahlen hatte, einfach zu hoch war. In jeder Hinsicht billiger war es, in dieses Hotel in der Seddon Street zu gehen, gleich hinter dem Krankenhaus.

Also fuhr er dorthin. Sauber, billig und ruhig – womit Caspar richtige Wände meinte statt dünner Trennwände oder Verbindungstüren – und keine Parkprobleme. Auf dem Weg nach oben warf der Junge kaum einen Blick um sich, was allerdings wohl eher auf Gleichgültigkeit als auf Nervosität zurückzuführen war. Schade, daß die wenigen Spielsachen, die Caspar hin und wieder gern benutzte, bei William in der Wohnung waren. Aber das machte nichts. Vielleicht kam ja aus dem Rucksack etwas Brauchbares zum Vorschein...

Der Nachmittag setzte selbst Caspar in Erstaunen. Es war eine Offenbarung – von dem kaum merklichen, gekonnt herausfordernden Zögern, bevor der Junge auf Caspars erstes »Auf die Knie, bitte« reagierte, bis hin zu der Vollendung, mit der er die hellen Augen verdrehte und seinen heftig bearbeiteten Körper durch alle unerbittlichen und schonungslosen Forderungen Caspars hindurch disziplinierte. Die geschmeidige Schönheit eines so jungen, noch im Wachstum begriffenen Körpers hatte stets etwas Verwirrendes. Eine noch größere Überraschung aber war es, welch intensive Lust ein dicker Ledergürtel, ein sinnreicher kleiner Schlüsselanhänger und ein Junge bereiten konnten, der den Mund nur aufmachte, um ihn so zu gebrauchen, wie es sich gehörte, oder um »Sir« zu sagen.

Danach war Caspar großzügig gestimmt. Während er nach seiner Brieftasche tastete, wies er mit einer Kopfbewegung auf den getippten Zettel an der Tür: »Das Zimmer ist am folgenden Tag vor 12.00 Uhr zu räumen.«

Verlegen schüttelte der Junge den Kopf.

»Lieber gleich.«

Er hätte fast »Lieber heim« gesagt, und Caspar wußte es. Seine Mutter würde sich wahrscheinlich schrecklich aufregen, wenn er um zehn noch nicht zu Hause war. Sie würde sich mit Alufolie zu schaffen machen, damit sein Essen im Rohr nicht völlig verbrutzelte, und dabei versuchen, nicht an das Unausdenkliche zu denken. Wie Mrs. Collett vor so vielen Jahren lag wohl auch diese Mutter wach, vor Angst erstarrt, während ihr Sohn die Autobahnen abfuhr, mit Fremden plauderte, mit ebensoviel Angst wie Hoffnung darauf wartete, daß sich die verräterische Hand auf seinen Schenkel legte. Hatte William zu seiner Zeit – und auf seine Weise – ebenso gute Dienste geleistet? Es war anzunehmen. Makelloses junges Fleisch war nun einmal makelloses junges Fleisch. Inzwischen würde zweifellos auch er ein ehrfürchtiges Beben spüren, wenn er die Hand auf diesen Körper legte.

Caspars großzügige Anwandlung vertiefte sich zu Dankbarkeit.

»Komm«, sagte er, »ich bring' dich zur Autobahn zurück.«

Der Junge zierte sich nicht im geringsten. Er nickte ein Danke, nahm seine Jacke von der Stuhllehne und öffnete die Tür. Caspar steckte verstohlen die übrigen Scheine in seine Brieftasche zurück, während er den herrlichen, hohen und festen Pobacken die Treppe hinab und um die Hausecke herum zu seinem Wagen folgte. Der Verkehr auf den Straßen war so fürchterlich wie erwartet, aber das störte ihn nicht. So hatte er mehr Zeit, sich eine Geschichte für William zurechtzulegen. Der Junge saß dankenswerterweise schweigend neben ihm und tat nichts Aufdringlicheres, als seine Rückenlehne versuchshalber vor- und zurückzustellen. Caspar fuhr gute zehn Meilen aus der Stadt hinaus, um ihn an einer Stelle abzusetzen, wo er die besten Chancen hatte, nach Hause gefahren zu werden. Dann drückte er ihm in plötzlicher Hochstimmung noch ein paar Scheine in die Hand.

»Kauf dir was Schönes.«

Der Junge grinste, fast als sähe er genau wie Caspar schon den Lastwagenfahrer vor sich, dem die bereits nachdunkelnden blauen Flecken, die bereits hervortretenden Striemen auf diesem kühlen Porzellanhintern am nächsten Tag solche Lust bereiten würden. Er schlug die Autotür so heftig zu, daß der zerknitterte Bauantrag, der beim Herumspielen mit der Rückenlehne zu Boden geglitten war, säuberlich in zwei Hälften zerteilt wurde.

Caspar drückte auf einen Knopf, um das Fenster herunterzulassen, und streckte die Hand aus. Unbeholfen beugte sich der Junge noch einmal herein und ergriff sie. Dann wandte er sich ebenso erleichtert wie verlegen ab, und Caspar fuhr rasch davon.

Bei den ersten Verkehrsampeln merkte er, daß die Leute sich nach ihm umdrehten und ihn anstarrten, und gleich darauf begriff er auch, weshalb. Das Fenster war noch immer weit geöffnet, und er sang aus voller Kehle.

»Liebe«, schmetterte er vergnügt, *»taucht alles in strahlenden Glanz...«*

Caspar schloß das Fenster, sang aber kräftig weiter.

III

I

Strahlender Glanz

Barbaras Schneiderin wurde allmählich ärgerlich.

»Nicht zu fassen! Ich muß es schon wieder enger machen!«

Barbara drehte vor lauter Glück eine Pirouette und landete in Miguel-Angels Armen.

»Aber wenn Sie nicht stillhalten, kann ich das nicht.«

Miguel-Angel führte Barbara zu der Schneiderin zurück, die beim Abstecken stirnrunzelnd und mißbilligend vor sich hin murmelte.

»Bis Freitag in einer Woche. Vorher schaff' ich's nicht.«

»Aber die Hochzeit ist doch schon einen Tag später!«

»Ich weiß.« Ein Blick auf Barbaras strahlendes Gesicht stimmte sie um. »Also gut, Donnerstag. Aber erst gegen Abend, nicht früher.«

»Und Sie vergessen auch nicht, die kleine blaue Perle in den Saum einzunähen?«

»Nein, nein, keine Sorge.«

Miguel-Angel drehte sich zur Wand, und die Schneiderin zog Barbara das Brautkleid vorsichtig über den Kopf. Nachdem er seine Musterung der Fotos anderer Bräute, anderer Orgien in Satin, Spitze, Samt und Chiffon beendet und Barbara genügend Zeit gelassen hatte, in ihren Rock zu steigen und ihre Bluse zuzuknöpfen, wandte er sich wieder um und begann leise zu pfeifen.

»Was ist denn das?«

Stets höflich, hörte er sofort auf zu pfeifen.

»Was?«

»Was du da pfeifst.«

Er zuckte nur die Schultern. Er hatte gar nicht gemerkt, daß er gepfiffen hatte. Die Schneiderin aber sagte, während sie das Kleid über den teuer aussehenden, gepolsterten Bügel hängte, mit sanftem Tadel zu Barbara: »Na, also wenn jemand das Lied kennen müßte, dann doch Sie.«

In einem so gebieterischen Ton, wie es einem Menschen ihres Naturells nur möglich war, sagte Barbara zu ihrem Liebsten »Pfeif es noch mal«, und zu der Schneiderin, die zur Freundin geworden war, »Und Sie singen den Text.«

Gehorsam fing Miguel-Angel noch einmal von vorne an. Die Schneiderin hatte eine schöne Stimme.

»Liebe«, sang sie, »taucht alles in strahlenden Glanz…«

Dann brachen alle in Gelächter aus, und Barbara sagte: »O Gott, ob mir das Glück wohl treu bleibt?«

2

In allem recht haben

Tory und Gillyflower streiften in Fellaham durch die Geschäfte und sahen sich Kleider an. Doch Tory hatte bereits beschlossen, wieder ihr Grünes anzuziehen und sich dazu einen schönen Hut zu leihen, und Gilly hatte es in ihrem ganzen Leben noch nicht geschafft, sich ein Kleid zu kaufen, wenn jemand dabei war. Sie ertrug es nicht, daß jemand wartend vor der Kabine stand, während sie etwas anprobierte, und sie war außerstande, sich das Kleid mit den richtigen Schuhen oder mit Strümpfen in einem anderen Farbton vorzustellen. So endete es jedesmal damit, daß sie nur über die vollgestopften Kleiderständer strich und die Stoffe bewunderte. »Schön, nicht?« »Das hier find' ich toll!«

Es war noch keine Stunde vergangen, da hielten sie sich bereits länger beim Geschirr auf als bei den Kleidern (Tory war auf der Suche nach einem Milchkännchen). Schließlich gab Gilly auf.

»Wollen wir mal kurz in die Lebensmittelabteilung? Vielleicht kann ich mir ja den Freitagseinkauf bei Tesco sparen.«

Tory war sich längst darüber im klaren, daß Gilly letzten Endes doch das geblümte Braune anziehen würde, fühlte sich aber verpflichtet, noch einmal an die Einkäufe für Barbaras Hochzeit zu erinnern.

»Mit den ganzen Lebensmitteltüten müssen wir dann aber gleich zum Auto.«

Gilly seufzte.

»Wenn's dir nichts ausmacht – mir auch nicht. Aber was ist mit deinem Hochzeitsgeschenk?«

Tory hatte bereits den Fuß auf der Treppe.

»Kein Problem. Ich dachte, ich schenke ihnen das Glockenspiel aus geschliffenem Glas, das wir von Georges Tante aus Dublin bekommen haben. Es ist noch originalverpackt.«

Gillys Miene hellte sich auf.

»Meinst du, ich kann die Daunendecke nehmen, die Angus bei der letzten Horridge-Tombola gewonnen hat?«

»Warum nicht? So etwas kann man immer gebrauchen.«

Zur Feier des gesparten Geldes legte Gilly zwei Packungen amerikanisches Eiscremedessert in ihren Einkaufswagen. Wozu auf die schlanke Linie achten, wenn sie das Braune anzog?

»Komisch«, wandte sie sich an Tory, »irgend jemand bei Horridge hat Angus erzählt, Mutters Haus stünde zum Verkauf.«

Tory hob einen Karton mit acht kurz vor dem Verfallsdatum stehenden Bechern Bananenjoghurt aus dem Regal mit den reduzierten Waren. Nicht daß jemand in der Familie besonders scharf auf Speisen mit Bananengeschmack gewesen wäre, aber der Preisunterschied war doch beträchtlich.

»Die Leute bringen auch alles durcheinander«, erklärte sie. »Das ›Rebhuhn‹ steht zum Verkauf. Es ist schon eine ganze Weile in Schwierigkeiten, und jetzt geht es an irgendein ausländisches Unternehmen.«

»Geschieht ihnen recht«, sagte Gilly verächtlich. »Die Preise sind ja wirklich unverschämt!«

Tory blickte noch einmal über die Schulter zurück.

»Zu dumm, daß man Joghurt nicht einfrieren kann...«

»Trotzdem ist es komisch«, meinte Gillyflower. »Die ganze Zeit hört man so seltsame Sachen. Ich hab' Mutter nichts davon gesagt, sonst regt sie sich nur auf. Aber als Angus gestern abend nach Hause kam, hat er erzählt, daß einer aus dem Büro einen Bauantrag für einen Teil des Gartens gesehen hat.«

»So was Ähnliches habe ich auch gehört«, sagte Tory. »Aber da ging es um Häuser im Chaletstil auf dem Grundstück nebenan.«

Noch immer überaus erleichtert, daß Barbaras Hochzeit sie nichts kosten würde, nahm Gilly statt der üblichen Koteletts eine Lammschulter.

»Können wir schnell noch mal zum Gemüse?«

Tory vollführte mit ihrem Einkaufswagen ein geschicktes Wendemanöver.

»Den meisten Leuten rutscht doch das Gehirn in die Socken, wenn sie die Lokalzeitung überhaupt nur in die Hand nehmen«, sagte sie zu ihrer Schwester. »Wahrscheinlich braucht das ›Rebhuhn‹ für den Besitzerwechsel eine Genehmigung. Schließlich ist es ein Hotel, da muß bestimmt überprüft werden, ob es nicht von der Mafia oder von einem bekannten Bordellbesitzer oder von irgendwelchen Berufsspekulanten aufgekauft wird. Zwei Zeilen über die ganze Sache im *Fellaham Courier*, und schon geht der Klatsch los. Die Leute haben doch alle Stroh im Kopf.«

Sie war es so gewöhnt, in allem recht zu haben, daß sie gar nicht auf die Idee kam, es könnte diesmal anders sein.

3
»Tragen Sie links oder rechts?«

»Wie bitte?«

William zwang sich, in das Gesicht zu sehen, das zu ihm aufstrahlte.

»Ob Sie links oder rechts tragen, Sir.«

O Gott, natürlich.

»Links ... Ja, links.«

»Sehr wohl, Sir.«

Der junge Mann beugte sich geschäftig über sein Maßband, und William versuchte, den Schwall von Ärger und Verlegenheit zu unterdrücken, der in ihm hochstieg. Er brauchte keinen neuen Anzug. Und wenn, weshalb mußte es dann unbedingt dieses steife Etablissement sein, in dem Caspar seine Sachen schneidern ließ? Etwas Schönes, Teures von der Stange hatte es bisher doch auch immer getan. Wollte Caspar damit etwas Bestimmtes sagen? Dein Körper hat bessere Tage gesehen. Du solltest doch mal zum Schneider gehen.

Das reimte sich auch noch! Das verächtliche Schnauben, mit dem William seine eigenen verzweifelten Versuche, sich abzulenken, quittierte, entnervte den Schneidergehilfen.

»Sir?«

»Nichts.«

Und es war wirklich nichts. Schließlich konnte Caspar

nichts dafür, daß dieser junge Mann, der da zu seinen Füßen kauerte, Vetter Dougies Haar hatte, diese leuchtendrote Mähne, die ihn schon als Baby fasziniert hatte. »Du hast immer zwischen den Stäben deines Gitterbettchens durchgelangt und ihn am Haar gepackt.« »Einmal hast du ihm, als er schlief, ein ganzes Büschel ausgerissen.« Es gab so viele Geschichten darüber. Die einzige aber, an die William sich erinnerte, wurde von niemandem erzählt. Denn niemand ahnte, daß William sich, als man ihn zu dem Krippenspiel mitnahm, wo Dougie seinen scharlachroten Umhang schwang, in ihn verliebt hatte – eine mächtige Leidenschaft, die bis zu jenem Tag anhielt, den zu vergessen er Jahre gebraucht hatte.

»Nur noch mal kurz kontrollieren, Sir, um ganz sicherzugehen.«

Gott sei Dank lag der Mann jetzt nicht mehr auf Knien vor ihm. Gehorsam hob William die Arme, und plötzlich drehte sich wieder alles um ihn her wie damals.

Mit einer Balgerei hatte es angefangen, einem Spiel, bei dem Dougie sich wieder und wieder aus dem Schutz der Lorbeerbüsche auf Williams kleinen Garten warf, um sich darin zu wälzen und seine Gänseblümchen, Malven und Löwenmäulchen zu zermalmen, während William ihn verzweifelt abzudrängen versuchte. Es wurde zum Ritual, bis sich eines Tages Dougies Gier und Williams erdbeerzüchterisches Geschick zu einem dauerhaften Frieden verbanden. Dauerhaft hieß, bis zu jenem Sommer, in dem Dougie, ein Meister neuer Spiele, von neuem mit der Balgerei begann, jetzt aber anders und zwischen den Lorbeerbüschen statt in Williams Garten.

Was war an Dougie so Besonderes gewesen? Noch jetzt, nach so vielen Jahren, war es William ein Rätsel, wie ein schwingender Umhang aus billigem Musselin ihn so zum Sklaven seines Vetters hatte machen können. Es war einfach Pech, daß ein paar barsche Befehle eines Grundschul-Herodes so stark und so erregend durch die Jahre widerhallten, daß William, selbst als er seine Mutter näher kommen hörte, schon durch den bloßen Druck von Dougies Hand auf seinem Kopf gehorsam bei der Sache blieb.

Hatte sie sie gesehen? Sie war so ungestüm durch die Lorbeerbüsche gestürmt, daß versteckte Regentropfen nach allen Seiten stoben. Höchstwahrscheinlich war sie der Nase nach gegangen. Vermutlich hatten sie geradezu nach Sex gerochen. Sie war schließlich nicht dumm.

Aber sie hatten Glück gehabt. Dougie war fertig. Sogar sein Reißverschluß war wieder hochgezogen. Und niemand konnte zwei Jungen dafür bestrafen, daß sie mit hochroten Köpfen dastanden. Für Williams Mutter mußte es so aussehen, als hätten sie sich nur wie üblich gebalgt.

Aber sie wußte es. Sie wußte es genau. Nur so waren der Ausdruck ihrer Augen und das Entsetzen, das ihn packte, zu erklären. Er war rückwärts gestolpert, in die kostbarste Fuchsie seiner neuen Sammlung, die ›Abbé Farges‹, hatte deren Stiele abgebrochen und die makellosen roten Blütenglocken samt und sonders nach einer Seite niedergewalzt.

»Wie das hier aussieht! Du hast mir doch versprochen, du kümmerst dich allein um diesen Teil des Gartens!«

Dougie verdrückte sich, und William konnte es ihm

nicht verdenken. Er aber mußte bleiben. Schrecken und Selbstekel trieben ihm Tränen in die Augen, als sie in voller Absicht die wunderschönen losen Triebe einer Pflanze aus den Lorbeerbüschen riß, die sein besonderer Stolz und seine Freude war: *Tropaeolum speciosum*, die üppige Kapuzinerkresse, die er mit so viel Mühe aus Samen gezogen hatte.

»So. Jetzt sieht es hier schon ordentlicher aus.«

Nie wieder hatte William im Garten Sex gehabt. Oder für jemanden mit feuerrotem Haar geschwärmt.

Der junge Mann ließ das Maßband in die Hülle zurückschnellen.

»Das dürfte dann wohl alles sein, Sir.«

William blickte unverwandt geradeaus.

Stimmt genau, Junge, dachte er. Das ist in der Tat alles. Jedenfalls für dich.

4
Weißer Anzug

Mit einem angewiderten Blick gab Miguel-Angel Barbara den Brief zurück. Barbara las ihn noch einmal.

»Macht mir die Freude«, hatte Caspar geschrieben. Dann folgten eine Wegbeschreibung zu seinem Schneider und die Versicherung, daß der Anzug auch so spät noch rechtzeitig fertig werden würde.

»Ich hab' doch einen Anzug«, sagte Miguel-Angel störrisch.

»Aber er meint einen weißen Anzug. Er möchte dich in Weiß sehen.«

Der angewiderte verstärkte sich zu einem finsteren Blick.

»Ich hab' auch einen weißen Anzug.«

Barbara gab sich Mühe, nicht ungläubig dreinzuschauen, doch Miguel-Angel merkte es.

»Zu Hause«, beharrte er. »Im Schrank.«

»Ob deine Eltern den mitbringen könnten?«

Miguel-Angel zuckte die Schultern.

»Er hat doch so viel für uns getan.« Barbara war verunsichert. Von Anfang an hatte Miguel-Angel auf Caspars Aktivitäten mit einer Distanziertheit reagiert, wie man sie eher einem Finanzmakler als einem Wohltäter entgegenbrachte. Und seine Anspielung darauf, daß Caspar die Rechnung bezahlte – »etwas Geliehenes« –, hatte die beiden noch mehr voneinander entfernt. Die »Freude« aber, die er Caspar mit dem Anzug machen sollte, hatte offensichtlich einen wunden Punkt berührt.

Und nicht nur bei ihm. Panik befiel Barbara, als ihr zum zweiten Mal an diesem Tag klar wurde, wie sehr sie ins Ungewisse hinein heiratete. Der erste, der sie nervös gemacht hatte, war Broadbent. Wenige Stunden zuvor hatte sie wieder an demselben Schreibtisch gesessen, an dem Caspar seine Hände vor ihr zu einem Turm geformt hatte, und Broadbent hatte ihr einen längeren Vortrag über abnehmende Fruchtbarkeit und erratische Ovulationszeichen gehalten, bevor er sie aufforderte, ihren Rock auszuziehen und auf den Untersuchungsstuhl zu hüpfen.

»Hüpfen Sie rauf.« Alberne Ausdrucksweise. Barbara aber hatte strahlend dagelegen, denn es war praktisch das erste Mal gewesen, daß sie hinaufgelangt war, ohne den Schemel zu Hilfe zu nehmen. Und nicht nur das: Sie hatte auch auf die Papierunterlage gepaßt, ohne links und rechts darüber hinauszuquellen. Sie war so freudig erregt gewesen, daß die Helferin sie mehrmals hatte auffordern müssen, ein Stückchen höherzurücken, so daß ihr Kopf auf dem Kissen lag.

Und glücklicherweise hatte Broadbent in diesen wenigen Augenblicken Caspars Notiz noch einmal durchgelesen. Es war ein anderer Mensch, der zu ihr trat, um sie zu untersuchen. »Vertrauenssache« hatte Caspar geschrieben, und wenn es eines gab, dessen Broadbent sich seit Beginn seiner Karriere rühmen konnte, so war es seine Fähigkeit, unnötige Sorgen zu zerstreuen. Beruhigende Worte entströmten seinen Lippen. »Nichts Auffälliges zu sehen.«

»Alles in bester Butter.« »Keinerlei Grund zur Sorge.« »Ganz wunderbar.«

»Ich wüßte wirklich nicht, weshalb Sie mehr Probleme haben sollten als jede andere Frau in Ihrem Alter«, versicherte er ihr schließlich und drückte ihr eines der kleinen rosafarbenen Klinikthermometer zum Messen der Basaltemperatur als Geschenk in die Hand. »Probieren Sie's mal ein paar Monate. Achten Sie ein bißchen auf das Timing, und es gibt keinen Grund, warum jemand, der so fit ist wie Sie, nicht ohne unsere Hilfe ans Ziel kommen sollte.«

Doch dann brach sich trotz Caspars Mahnungen der Fachmann in ihm wieder Bahn.

»Es sei denn, auf der anderen Seite liegt ein Problem vor…«

»Auf der anderen Seite?«

Es dauerte ein paar Augenblicke, bis sie begriff, daß er Miguel-Angel meinte. Die nebulöse Sprachfigur war deshalb ins Spiel gebracht worden, weil Broadbent nicht wußte, wie Barbaras Verlobter hieß, geschweige denn, ob dieser Verlobte in seinem Erwachsenendasein fruchtbar Kind auf Kind gezeugt hatte. Und man mußte gerechterweise sagen, daß auch Barbara es nicht wußte. Wenn sie auf seine Vergangenheit zu sprechen kamen, lenkte Miguel-Angel das Gespräch stets prompt und geschickt auf seine frühe Kindheit. Sie wußte eine Menge über die heißen, töpfeklappernden Küchen seiner Kinderzeit, die staubigen, markisenüberschatteten Gassen und die rauhen Spiele, an denen ganze Scharen von Kindern in einem Labyrinth von Straßen teilgenommen hatten. Sie wußte wenig über seine Grundschule, noch weniger über die darauffolgende Schule und so gut wie gar nichts über sein Leben danach. Er hatte ihr keine Fotos gezeigt, auch nicht nach ihren wochenlangen Anspielungen. Selbst die Briefe, die er auf sein Fensterbrett warf, verschwanden nach ein oder zwei Tagen. Er war ein Mann voller Geheimnisse, der sie in seinem Zimmer nie allein ließ. Einmal, ein einziges Mal, hatte sie, als er in einer dringenden Angelegenheit nach unten gerufen wurde, die oberste Schublade seiner Kommode aufgezogen. Doch da hatte ihr Herz so heftig geklopft, daß es ihre Brust zu sprengen drohte, und sie hatte die Schublade schnell wieder zugemacht. Sie mußte ihm vertrauen. Kleine Geheimnisse mußte sie einfach ignorieren. Zum Beispiel, als sie eines Tages ihr Auto auf Schrittempo abgebremst und geglaubt hatte, sie träume, weil sie ihn in einer Telefonzelle im Nachbarort Münze auf Münze einwerfen sah, als spielte Geld für ihn keine Rolle. Oder als er ihr eines Abends seinen Bademantel um die frierenden Schultern gelegt hatte und sie hätte schwören können, sie hätte ein leises Ticken gehört und durch den dünnen Stoff hindurch die glatte Wölbung einer Taschenuhr gefühlt. Er hatte sie mit irgendeinem Scherz abgelenkt, in die Tasche gefaßt und den Inhalt herausgenommen. Einmal hatte sie eng mit Zahlen beschriebene Blätter unter seinem Bett liegen sehen, und ein andermal war er ans Telefon gerufen worden, und das Maschinengewehrfeuer seines heimatlichen Spanisch war von unten herauf an ihr Ohr gedrungen. »Hoffentlich keine Probleme zu Hause?« »Nein, nein, alles in bester Butter.«

Warum hatte nichts von alledem sie beunruhigt? Es ergab keinen Zusammenhang. Es paßte nicht. Und sie selbst hätte jeder Freundin oder Patientin davon abgeraten, sich an der Seite eines Ehemannes mit unbekannter Vergangenheit in eine unbekannte Zukunft zu stürzen. Sie spürte instinktiv, daß Pfarrer O'Hare insgeheim und vergeblich hoffte, sie möge am Ende ihres Brautunterrichts einsehen, daß es ein Sprung ins Dunkle war, Miguel-Angel zu heiraten. Aber es kümmerte sie nicht. Warum nur?

Weil sein Denken geradlinig war. Anders als Andrew Taylor und auch Bernard, der Angeber, sprach er entweder die Wahrheit, oder er schwieg. Alles, was er sagte, war glaubwürdig. Sie versuchte sich zu sagen, daß sie möglicherweise zum dritten Mal in ihrem Leben auf dem besten Wege war, sich bis auf die Knochen zu blamieren. Vielleicht warteten in Santiago de Compostela eine Frau und sechs Kinder auf ihn. Vielleicht war er in Waffenschiebereien verwickelt oder griff geschickt in die Kasse. Aber sie konnte es nicht glauben. Seine absolute Ehrlichkeit tat sich in seinen guten Händen und seinen sanften Fingerspitzen kund, in seinen forschenden Küssen und sogar in der Selbstironie seines frustrierten Stöhnens. Man mochte sie ruhig für verrückt erklären: Sie glaubte felsenfest an ihn. Und wenn man sie fragte, wie sie auch nur daran denken konnte, den Rest ihres Lebens einem Mann zu schenken, von dem sie so wenig wußte, so ließ die Antwort nicht auf sich warten: Weil er mir genau das gleiche schenkt.

Nach einem kurzen Schmollen am Fenster drehte er sich wieder zu ihr um.

»Was flüsterst du denn da?«

Er hatte sie dabei ertappt, wie sie ein Rätsel aus einem

einst geliebten Märchenbuch vor sich hin murmelte, das vor Jahren auf einen Flohmarkt gewandert war.

Sie errötete und wollte nicht antworten. Er griff nach ihrer Hand und drückte sie.

»Sag's mir.«

Sein Griff war sehr viel härter als erwartet.

»›Was ist der wahre Preis der Liebe?‹« ächzte sie.

Sofort ließ er ihre Hand wieder los.

»Das ist nicht schwer«, erwiderte er gleichmütig. »Der wahre Preis der Liebe kann nur Liebe sein.«

Ja. Caspar hatte recht, wie immer. Er war ein Prinz. Und er mußte in Weiß heiraten.

Tränen standen ihr in den Augen, als sie ihn bat: »Sag ihnen, sie sollen den Anzug mitbringen. Zieh ihn mir zuliebe an.«

5
An Barbaras Hochzeitsmorgen…

An Barbaras Hochzeitsmorgen erwachte Mrs. Collett vom Gezänk der Schwalben unter dem Dachvorsprung. Ihr erster Gedanke war: ein Geschenk! Ich habe kein Geschenk für sie! Sie legte sich in die Kissen zurück und ging in Gedanken den Inhalt ihrer Schränke und Regale durch. In dem Verschlag unter der Treppe stand ein Karton mit hübschen Teetassen, der aber nicht mehr fest verschlossen war. Das ging nicht. Dann war da noch die Perlenkette, die Hector ihr zu ihrem letzten Hochzeitstag geschenkt hatte. Aber so wie sie Barbara kannte, würde sie sich daran erinnern. Und ohnehin waren Perlen ein zu persönliches Geschenk. Konnte sie ihnen eine Pflanze schenken? Einen schönen Terrakottatopf aussuchen, ihn sauberschrubben und irgend etwas, was hübsch aussah, mit Bandern dekorieren?

Da kam ihr eine Idee. Natürlich! Die Kaffeemaschine! Sie stand seit Jahren, noch unausgepackt, in einem Regal im Keller. Das ideale Geschenk für eine Hochzeit, und wenn sie nicht bald einen Abnehmer dafür fände, würden die Gummidichtungen vom Alter spröde werden. Hatte der Stecker runde oder eckige Kontakte? Sie mußte nachsehen und ihn notfalls austauschen.

Beschwingt schlüpfte sie in ihre Pantoffeln und tappte die Treppe hinunter. Kaum begann sie sich mit dem Riegel an der Kellertür abzumühen, fingen die Katzen kläglich zu miauen an, weil sie es kaum erwarten konnten, nach unten zu gelangen. Lilith war vorsichtiger als sie, nahm die unregelmäßigen Stufen langsam und verwünschte die trübe Glühbirne, die sie an diesem dunklen Ort ›aufbrauchen‹ wollte.

Doch da war die Maschine schon. Genau an der Stelle, wo sie sie vermutet hatte. Der Karton hatte mit der Rückseite an der Wand gestanden und war dort ein wenig verfärbt, aber das ließ sich bestimmt verdecken. Er fühlte sich schön schwer an, als sie ihn herausnahm. Ein mehr als passendes Geschenk. Allerdings hatte sie Kaffeemaschinen dieses Typs schon länger nicht mehr in Gebrauch gesehen. Die meisten Leute benutzten heutzutage Filter oder diese zerbrechlichen Glasgefäße, in denen man einen stählernen Stöpsel nach unten drückte. Oder auch diese albernen extravaganten Cappuccinomaschinen, die sie letzte Weihnachten bei Forrester's im Untergeschoß gesehen hatte.

Aber was wollte sie mehr? Sie würde die Maschine schön einpacken und mit einem Geschenkanhänger versehen, und niemand, am allerwenigsten Barbara, würde merken, daß sie nicht mehr nagelneu war.

Es war auf alle Fälle ein sehr nützliches Geschenk. Deshalb hatte sie es auch so lange aufgehoben. Sie hatte immer gewußt, daß sie es eines Tages noch gut würde gebrauchen können.

6
Aufgedonnert

Gilly stand, nur in der Unterwäsche, vor dem Schlafzimmerspiegel. An einem Kleiderbügel in ihrer Linken hing das geblümte braune Trägerkleid, das sie seit Jahren besaß, an einem anderen in ihrer Rechten das aufreizende, teure Etuikleid, das sie sich von Angus' Schwester geliehen hatte.

»Ich würde lieber auf Nummer Sicher gehen und das Braune anziehen, Schatz.«

Sie hörte es so deutlich, als stünde ihre Mutter neben ihr. Erinnerungen fluteten heran. Der Augenblick, als sie mit mühsam aufgetürmtem Haar in die Küche getreten und von stürmischem Gelächter empfangen worden war. »O, Miss Makkaroni! Die große Dame!« Das Foto, das sie in einem Anfall von Optimismus zum Hochzeitstag ihrer Eltern hatte vergrößern lassen. Ein Schnappschuß, den eine Schulfreundin von ihr gemacht hatte – in die Sonne lachend, den Kopf zurückgeworfen, gar nicht sie selbst, sondern gelöst und blühend; eine Tochter, auf die ein Elternpaar hätte stolz sein können. »O Gott! Da sieht man ja nichts als Zähne und Haare!« (Und dann, nachdem sie das gesagt hatte, hatte sie es oben im Flur aufgehängt, so daß Gilly jedesmal, wenn sie daran vorbeiging –)

Jetzt aber war die Erinnerung, nach rascher Fahrt über die von der Meisterin der Instandhaltung, der Demütigung, wohlgeölten Geleise, endlich ans Ziel gelangt. Aufgedonnert. Rumms! – da kam sie schon, die Ladung nassen Sandes, die Gilly so hart traf, daß sie sich auf den Bettüberwurf setzen mußte. Aufgedonnert. Sie konnte nichts tun als einfach dasitzen, bis die entsetzliche Erinnerung vorbeigezogen war. Sie war siebzehn gewesen. Noch Schülerin und schon in Leidenschaft entbrannt für Richard Clayton! Heiße Träume, weiche Knie und ein wildes Pochen gegen die Rippen, wann immer das Telefon klingelte. Stunden hatte sie mit ihrem Haar, ihrem Make-up, ihren Kleidern herumgefuhrwerkt. Sie sah sich noch neben Tory am Tisch sitzen, die Ellenbogen fest in ausgepreßte Zitronenhälften gedrückt. Was für eine verrückte Idee! Als wären die Ellenbogen einer Siebzehnjährigen nicht ohnehin vollkommen!

So dachte Richard jedenfalls; sie war sich dessen sicher. Nur einmal wankte ihr Vertrauen, als er sie zwischen den steinernen Säulen hindurchschob, in deren Schatten die monumentale Tür des Gebäudes lag, das er als sein Zuhause bezeichnete (obgleich neben dem Gartentor ein Schild mit Öffnungszeiten und Eintrittspreisen hing). Er hatte sie durch Flure geführt, die so lang waren wie Schulkorridore, hatte sie stolz jedem, der ihnen begegnete, vorgestellt – wären nicht die seltsamen Fragen gewesen, wo der Tee serviert werde oder wo ein Kaminfeuer brenne, sie hätte alle für Familienmitglieder gehalten –, bis sie plötzlich in dem riesigen Wohnzimmer standen. Die Decke so hoch, daß man einen Ruf hinaufschicken und auf das Echo hätte warten können. Vorhänge, so schwer und üppig, daß man sie vermutlich über Jahre hängen lassen oder zur Reinigung nach London schicken mußte. Möbel, die die Gesellschaft, in der sie sich befanden, auch benötigten. (Jedes Stück hätte, einzeln in ein anderes Haus verpflanzt, ein tausendfaches, ermüdendes »Sieh doch nur! Das ist ja herrlich! Wo habt ihr das denn her? Wie habt ihr es bloß durch die Tür gekriegt?« hervorgerufen.)

Und dann schritt Richards Mutter mit ausgestreckten Armen über den Teppich auf sie zu. Aus einer Parfümwolke lösten sich eine flüchtige Umarmung und ein kehliges Lachen. »Das ist also deine angebetete Gillyflower!« Gilly erinnerte sich an Toast – etwas altbacken –, Tee – viel zu schwach – und daran, daß sie sittsam auf einem perlenbestickten Schemel gesessen und scheinbar interessiert einen Kaminschirm in Form eines bemalten Fächers betrachtet hatte, während das Familiengespräch sie umschwirrte. »Nein, Richard, Schatz, nicht lachen! Die arme Nana kann sich jetzt nicht mehr aus der Affäre ziehen. Es ist schließlich nicht irgendeine Party. Es ist gewissermaßen ein Befehl. Sie muß hin, auch wenn sie vor Müdigkeit umfällt. Wenn sie jetzt also auftaucht, sag ihr um Himmels willen, wie phantastisch sie aussieht, oder ich schick' deine heißgeliebte Gillyflower nach Hause und dich ins Bett!«

Waren es zwei Minuten gewesen oder zwanzig? Sie entsann sich, daß sie von der Schule erzählt hatte, obwohl Mrs. Claytons erschreckter Gesichtsausdruck, als Gilly ihre Fächer aufzuzählen begann, sie warnend darauf hinwies, daß Schularbeiten und Prüfungen in diesem Haus nicht viel galten. Sie wußte noch, daß man gerade über Hyazinthen plauderte – geliebt? gehaßt? verachtet? –, als mit einem plötzlichen Rütteln am Türknauf und einem

Luftzug um ihre Knöchel der Augenblick kam, der sich mit beißender Scham in ihr Gedächtnis eingebrannt hatte.

In einer Glorie von Blau trat Richards Urgroßmutter in die Tür. Das Kleid war bodenlang. Juwelen fingen das Licht ein, und in ihrem Haar glitzerten Steine. Waren es Diamanten? Echte Diamanten?

»Komm rein, komm rein!« rief Richards Mutter spaßhaft barsch. »Wie sollen wir dich auf die Entfernung gebührend bewundern?«

Würde Gilly in alle Ewigkeit vor sich sehen, wie die zerbrechliche alte Dame über die endlose Fläche des Teppichs auf sie zukam? Die Kluft zwischen Richards Urgroßmutter und ihr hätte, was Alter und Aussehen anbelangte, nicht größer sein können, und doch kam Gillyflower plötzlich der Gedanke, daß sie auf genau die gleiche Art durch das Kirchenschiff auf ihren feierlich wartenden Richard zuschreiten wollte – ja, mit genau der gleichen hinreißenden Mischung aus natürlicher Würde und ängstlicher Unsicherheit! Nichts anderes würde gut genug sein.

Mrs. Clayton ergriff als erste das Wort. »Das hast du ja fabelhaft hingekriegt, Nana! Du siehst traumhaft aus!« Dann war Richard an der Reihe. »Nan, du wirst den ganzen Abend durch gebrochene Herzen waten!« Am deutlichsten aber schallte Gillys vollmundiger, herzlicher Ausruf an die Adresse dieser zarten Fremden, die ihr den Weg gewiesen hatte, durch den Raum.

»Mein Gott, sind Sie aufgedonnert! Toll!«

Das Schweigen! Die Erschütterung der Luft! Die schiere profane Schadenfreude in den harten ölgemalten Augen all der Claytons ringsum an den Wänden. Noch ehe das Echo um die Gesimse verklungen war, hatte sie die Wahrheit schon erraten. Alle starrten sie an, sogar ihr heißgeliebter Richard. Und mit Recht! Wie war es möglich, daß sie ein solches Wort, ein so häßliches Wort, so oft gehört und sich nie klargemacht hatte, was es bedeutete? Wie hatte sie – nicht nur als lebensfrohes, unbeschwertes Kind, sondern auch noch als zögernde, zweifelnde Jugendliche – einfach davon ausgehen können, daß es ein Kompliment, ein Lob war, was sie hörte, wenn sie sich in einer neuen Partyaufmachung voll Stolz vor ihrer Mutter drehte?

Der Moment ging vorüber – sie nahm es zumindest an. Das Blut pochte in ihren Ohren und hinter ihren Augen. Unfein nach Atem ringend, suchte sie aufrecht stehen zu bleiben – keinen Klagelaut von sich zu geben, nicht aufzuheulen, ihre Verzweiflung nicht hinauszuschreien. Sie hörte kaum, wie sie unendlich kühl entlassen wurde. »Richard, Schatz, du bringst Gilly nach Hause, und ich begleite Nana.«

Das war das Ende. Das Ende einer Romanze. Das Ende einer Geschichte. Zweimal hatte sie angerufen und Erklärungen abgegeben, und Mrs. Clayton war die Güte selbst gewesen, hatte gesagt, sie verstehe sie vollkommen, es sei alles in Ordnung und Gilly solle nicht mehr daran denken. Doch Richard hatte nichts mehr von sich hören lassen. Und nach etwa einer Woche hatte Tory ihr erzählt, er sei mit einer anderen gesehen worden. Kein halbes Jahr danach, noch immer leidend, noch immer ohne einen Sinn zu sehen, hatte sie Angus geheiratet, nur weil er sie darum gebeten hatte.

Doch Angus war kein Exorzist. Sie hatte ihre Geister selbst austreiben müssen, über Jahre, hatte sich unempfindlich machen müssen gegen Donnerschläge, gegen den kleinen Richard von nebenan und gegen Mr. Clayton, den Milchmann. Die Anfälle wurden immer seltener. Und mit der Zeit gelang es ihr sogar, an die Lüge zu glauben, die ihr damals keine Sekunde lang ein Trost gewesen war: »Du lieber Himmel! Das wär' wahrscheinlich sowieso passiert.«

Geblieben war nur jener letzte, unwandelbare, unstillbare Schmerz. Was war das für eine Mutter, die ihr Kind, wenn es in seiner strahlendsten Erscheinung vor ihr stand, so unfehlbar mit Hohn bedachte, daß es ihre Worte als Beifall mißverstand? Und was für eine Kindheit war das, in der Lob so ungewohnt war, daß man nicht einmal wußte, mit welchen Worten man es weitergeben sollte?

Gilly hob den Kleiderbügel in ihrer Rechten. Das Etuikleid mit der schicken kleinen Jacke schimmerte kostbar in der stillen Luft. Sie hob den Bügel in ihrer Linken.

Vielleicht ging sie doch besser auf Nummer Sicher und zog das Braune an.

7
Ach, verdammt!

»Ach, verdammt!« Tory verschluckte die Worte gerade noch, und dennoch schienen sie in dem winzigen Auto widerzuhallen, als es stotternd und ruckend vollends zum Stehen kam. Auch Mrs. Collett sagte nichts, aber ihr Schweigen war irgendwie inhaltsreicher und drückte Kritik an dem abwesenden George ebenso aus wie Verachtung für Torys Wahl ihres Familienautos und eine mißmutige Genugtuung über das Eintreffen einer Unglücksprophezeiung. Und Gilly drückte sich, wie Tory im Rückspiegel sah, bereits chamäleonhaft in die billigen Polster. Also war es wieder einmal an ihr, Tory, die Dinge in die Hand zu nehmen. Sie stieg aus und mußte an sich halten, um nicht mit der Faust gegen die Karosserie zu schlagen. Was hatte das verfluchte Ding denn jetzt schon wieder? Sie versuchte sich zu entsinnen, was sie vor Jahren in einem Pannenkurs aufgeschnappt hatte (wahrscheinlich hatte sie den Kurs nur gemacht, um George etwas zu beweisen, denn sie erinnerte sich praktisch an nichts mehr). Verschmutzter Luftfilter? Blockierte Vergaserklappe? Leerer Tank? Um Himmels willen! Nicht einmal George würde es wagen, ihr am Tag von Barbaras Hochzeit so etwas anzutun.

Es hatte jedenfalls keinen Sinn, unter der Motorhaube herumzustöbern, soviel war klar. Alles, was dabei herauskommen würde, wären Ölflecken auf ihrem besten grünen Kleid oder, schlimmer noch, auf dem geliehenen Hut. Es half nichts. Sie mußte Andrew Taylor in der Esso-Tankstelle anrufen. Nur ein Mensch, den ihre Familie gewissermaßen psychisch in der Hand hatte, war dazu zu bewegen, ihnen an einem Samstagvormittag aus der Patsche zu helfen.

Ein matschiger Weg führte von der Kurve, in der das Auto liegengeblieben war, zu dem einzigen Haus weit und breit. O Gott! Ihre Wildlederschuhe! Tory zog sie aus und schlüpfte dann unter Mißachtung der eisigen Kommentarlosigkeit ihrer Mutter und der Panik in Gillys Blick auch aus ihrer Strumpfhose. Noch immer hatte keine von den dreien ein Wort gesprochen, und Tory machte sich zwischen weiten, flachen Feldern über das gleichmäßige Muster tief eingedrückter Traktorspuren hinweg barfuß auf den Weg.

Da hatte sie eine Vision. Es war unbeschreiblich. Die schon fast hart gewordenen Riffelwellen preßten sich gegen ihre weichen Fußsohlen, und plötzlich war sie wieder dort, in Tadley Beach. Sie wateten durchs Wasser, und sie sollte auf Gilly aufpassen. Sie durften bis zur Eisfahne, nicht weiter, und dann wieder zurück, aber nur bis zur Damentoilette, in der Mutter rasch ihren Badeanzug ausziehen wollte, der ihr so naß am Leib klebte, daß sie zu erfrieren glaubte.

Da verschwand Gilly. Eben noch war die Welt ihren gebührenden Gang gegangen, mit Sonnenlicht, das auf den Wogen glitzerte, mit kühlen, harten Sandwellen unter den Füßen und eiskalt umspülten Knöcheln. Und im nächsten Augenblick war Gilly weg. Sofort wich alle Farbe aus der

Welt. In einer seltsamen Parodie des Erblindens legte sich ein krankhaft bleiches Licht über alle Dinge und machte das Sehen schwer. Die Möwe in der Luft stieß einen letzten herzzerreißenden Schrei aus, und plötzlich stand die Zeit still. Tory war allein: allein auf ihrem Stück Strand; allein auf der Welt; allein im kalten Universum.

Die Finger packten ihren Arm wie Klauen.

»Wo ist deine Schwester? Wo ist sie?«

Tory rang verzweifelt nach Atem und Begreifen.

»Sie ist –«

»Sag schon!«

»Sie ist –«

Und da war sie. In einer vergnügten Lawine wirbelnder Steine kam Gilly den Abhang hinter ihnen heruntergerutscht, und die Welt war wieder in Ordnung.

»Da!« schrie Tory. Und im Überschwang ihrer Erlösung verlor sie vollends den Kopf. »Ich hab' die ganze Zeit gewußt, wo sie war. Ich hab' nur Spaß gemacht.«

Die Ohrfeige schleuderte sie zu Boden, so daß das Wasser zwischen den Sandwellen aufspritzte. Der Schreck währte nur Sekunden, aber wie lang waren die Tage, die darauf folgten! Die erbarmungslose Weigerung ihrer Mutter, zu lächeln, zu sprechen, Antworten irgendwelcher Art zu geben. Die eiskalte Schulter. Mahlzeiten, Begegnungen auf der Treppe, Begegnungen im Garten. Und nicht ein einziges Wort. Nur das mechanische Rucken der Wange nach links oder rechts, wann immer Tory in ihre Nähe kam. Links. Rechts. Links. Rechts. Die Eiszeit dauerte so lange, daß Tory sogar lernte, ihr Herzklopfen zu bezwingen. Sie machte ein Glücksspiel daraus. Links? Oder rechts? Nach welcher Seite würde der Kopf sich drehen? Drei Treffer hintereinander würden vielleicht Vergebung bringen.

Ein frommer Wunsch.

Links, rechts. Wenigstens hatte das Bauernhaus Telefon. Links, rechts. Nur noch ein kurzes Stück. Wenn Andrew an diesem Vormittag Dienst hatte, wenn er sofort kam, wenn es etwas Harmloses war, das er an Ort und Stelle reparieren konnte, dann würden sie es vielleicht noch schaffen, in die Kapelle zu schlüpfen, bevor die Trauung vorüber war. Dafür konnten sie später als erste bei dem Empfang sein, denn Barbaras Transporter würden sich bestimmt verfahren. Links, rechts. Eine Frau stand in der Tür und sah ihr entgegen. Links, rechts. Links, rechts.

»Entschuldigung, dürfte ich bei Ihnen kurz telefonieren? Mein Wagen ist liegengeblieben.«

8

Der Ring an ihrem Finger

Nach der Trauung verfuhren sich die Transporter prompt, wie immer. *Gleich hinter der Grünanlage RECHTS abbiegen* stand in riesigen Lettern in der Wegbeschreibung, die Barbara der Landkarte beigelegt hatte. Doch Bunster und Dido diskutierten so angeregt über die Frage, ob der Pfarrer zu wenig Verständnis für die Rampen gezeigt hatte, daß sie ihren Fehler erst bemerkten, als es zu spät war. Da waren sie bereits auf der Autobahnauffahrt und mußten bis Rippley weiterfahren, ehe sie umkehren konnten.

Howard und Ellie machten es besser. Sie waren immerhin bis Great Furley gekommen, als Ellie mit solchem Nachdruck »Hier entlang, Howard!« rief, daß er in eine Seitenstraße einbog, die in so schlechtem Zustand war, daß sie nur zu einem Bauernhof führen konnte, was sie auch tat.

Die Patienten waren die Ruhe selbst. Nur die Rollstuhlfahrer vorne konnten etwas sehen. Die vier, die hinten saßen, plauderten miteinander. »Macht nichts.« »Werden's schon finden.« »So hat Barbara mehr Zeit, alles auf die Reihe zu kriegen.« »Netter Mann, den sie da geheiratet hat!«

Denn Miguel-Angel hatte mit ihnen umzugehen gewußt. Auf Barbaras Rat hin war er zeitig an der Kapelle eingetroffen, hatte die Runde gemacht und Hände geschüttelt, Schultern geklopft und mit jedem ein paar Worte gewechselt. »Charmant wie die Prinzessin«, hatten sie – erfahrende Wohlwollensempfänger, die sie waren – übereinstimmend geurteilt und ihre Rollstühle so ruhig gehalten, wie sie nur konnten, während er und Barbara den Bund fürs Leben schlossen. *»Mit diesem Ring will ich dich heimführen; mit meinem Leib will ich dich ehren; mit all meiner weltlichen Habe will ich dich bedenken.«*

»Ganz schön altmodisch«, beschwerte sich Ellie, aber alle verachteten sie dafür und meinten, sie sei nur eifersüchtig. Phil, den sie sich vor vier Wochen endlich geangelt hatte, konnte es nicht im entferntesten mit dem herrlichen Miguel-Angel aufnehmen, wie er da wartend am Altar stand, ganz in Weiß und mit einer Würde, daß viele wie hypnotisiert waren und ihr übliches Gehampel und Gestrampel ganz vergaßen. Während der Zeremonie war es nahezu still in der Kapelle. Und als er endlich mit seiner geliebten Barbara verheiratet war, hatte Miguel-Angel sich mit einem solch triumphierenden Blick umgedreht, daß sie sich fast ermächtigt fühlten, ihren aufgestauten Gefühlen hustend, zuckend und zitternd freien Lauf zu lassen.

Drei Reihen weiter hinten saß, stand und kniete mit gleichmäßig grimmigem Gesicht der Mann, der Barbaras Bruder zur Kapelle gefahren hatte. Die Bankreihen dazwischen, für Barbaras Mutter, ihre Schwestern und deren Familien reserviert, blieben während der ganzen Zeremonie leer. Doch als der Bräutigam sich nach der anderen Seite wandte, wo seine Mutter und sein Vater saßen, waren ihm keinerlei Ärger oder Kummer anzumerken. Und Barbara auch nicht.

»Endlich gehörst du mir«, sagte er leise, als er sie zwischen Rollstühlen und lächelnden, grüßenden Gesichtern hindurch zum Ausgang führte.

»Ja«, erwiderte sie dankbar.

Sie war bereits an der Tür, als ihre Mutter und ihre Schwestern die Stufen heraufgehastet kamen.

»Sind wir zu spät dran? Ach Gott, Schatz, und ich dachte, ihr könntet noch ein bißchen warten.«

Miguel-Angel trat vor und zog die schwere, goldene Taschenuhr aus seiner Brusttasche.

»Zwei Uhr«, sagte er und schüttelte mit gespieltem Bedauern den Kopf. »Um drei sind die nächsten dran.«

Das war eindeutig falsch (der Pfarrer hatte sich auf eine Zigarette zu Caspar und den Helfern gesellt), doch Mrs. Collett widersprach nicht. Sie küßte die Braut, gab Miguel-Angels Eltern die Hand und ließ sich so ausgiebig über die Unzuverlässigkeit französischer Kleinwagen aus, wie es gerade noch anging, ohne Tory zu kränken, die in Hörweite stand und schon verlegen genug war.

»Gut, daß wir uns keine neuen Kleider gekauft haben«, versuchte Gilly ihre Schwester zu trösten.

Tory sah sich unter den anderen Gästen um. »Ich bin viel zu fein angezogen.« Die Rollstuhlfahrer, fand sie, waren ja noch zu entschuldigen. Kleider zu kaufen war auch so schon schwierig genug. Aber die Helfer hätten sich ruhig etwas mehr anstrengen können. Bunster und Dido sahen unmöglich aus. Phils Jeans waren mit Flicken besetzt, und Ellie wirkte sogar etwas schmuddelig. Nur der neue Finanzbuchhalter – wie hieß er noch? Howard? – hatte sich dazu verstiegen, einen Anzug anzuziehen.

Und alle rauchten.

»Wer fährt bei mir im großen Transporter mit?« wandte sich Bunster an die Allgemeinheit. »Je eher wir da sind, desto eher wird der Champagner aufgemacht.«

Einige von Barbaras Lieblingen rollten näher an die Rampe.

»Wir können zwei mitnehmen«, erklärte Barbara. »Aber nur, wenn sich die Rollstühle richtig zusammenklappen lassen. Geflickte passen nicht rein.«

Nur zwei erfüllten die Bedingungen. Barbara und Miguel-Angel nahmen sie mit, und Caspar, der einen sehr viel größeren Kofferraum besaß, lud zwei von den geflickten Rollstühlen und ihre Besitzer ein.

»Alle anderen fahren bei Ellie und mir mit«, ordnete Howard an. Er wandte sich an Barbara und Miguel-Angel. »Sollen wir einfach hinter euch herfahren?«

»Ich hab' eine Karte dabei.« Zur Überraschung ihres frischgebackenen Ehemannes zog sie sie aus ihrem BH hervor. »Denkt dran, daß ihr gleich hinter der Grünanlage rechts abbiegen müßt. Wenn ihr die Abzweigung verpaßt, landet ihr auf der Autobahnauffahrt und müßt bis Rippley weiter.«

»Okay«, sagte Howard.

Miguel-Angel sprach klapperschlangenschnell mit seinem Vater.

»Wie war das?« fragte Barbara.

Mr. Lopez de Rego antwortete ebenso klapperschlangenschnell.

»Ich verstehe kein Wort.«

»Er fährt hinter uns her.«

Miguel-Angel nahm Barbara an der Hand und drehte sie zu sich herum. Er faßte ihr Kinn und sah ihr in die Augen.

»Paß auf, daß du meine Eltern nicht verlierst«, sagte er. »Fahr ganz langsam.«

Der Ring an ihrem Finger fühlte sich am Lenkrad fremd an. Sie konnte sich nicht konzentrieren vor lauter Glück. Die ganze Fahrt über mußte Miguel-Angel sie auffordern, den Blinker zu betätigen.

9
Die Sonnenplätze ergattern

William konnte nicht anders. Er hatte nun einmal ein weiches Herz, und es rührte ihn an, wie Caspar mit ihren beiden unverhofften Mitfahrern umging.

»Sind Sie schon lange in der Klinik?« hatte er gleich zu Anfang gefragt, noch ehe sie sich in den Verkehr eingefädelt hatten, der am Fellaham Hospital vorbeifloß. Der junge Mann, den Bunster und Dido auf die Rückbank gehoben hatten, wirkte, um die Wahrheit zu sagen, so geschwächt und verwirrt, daß William sich nicht weiter wunderte, als von dem Platz unmittelbar hinter ihm keine Antwort kam. Der andere aber, derjenige, der so entsetzlich zuckte, war sichtlich darauf erpicht, eine gute Figur zu machen. Er antwortete für beide, und William hörte sprachlos, aber zutiefst beeindruckt zu, wie Caspar das Gespräch leicht und unmerklich von oberflächlichem Geplauder über die neuen Gebäude und ihre Ausstattung über eine allgemeine Betrachtung spezifischer Behandlungsmethoden auf sehr persönliche Einzelheiten der Krankheitsgeschichte beider Mitfahrer lenkte. So plätscherte die Unterhaltung, während sie über laubbeschattete, sonnengefleckte Wege fuhren, mühelos dahin. Und als Caspar den Wagen behutsamer als sonst vor dem ›Rebhuhn‹ zum Stehen brachte, fühlte sich William fast wohl.

Doch dann kehrten seine Befürchtungen zurück. Denn

Caspar, vertraut mit zeitsparenden Nebenstraßen, hatte Barbara überholt. Was sollten sie jetzt tun?

Wieder erwies sich Caspar als Herr der Lage. Er stieg aus und hob die Rollstühle aus dem Kofferraum.

»Welcher ist Ihrer?« fragte er den Gesprächigen, zu Williams Überraschung, denn es wäre ihm nie in den Sinn gekommen, daß ein Rollstuhl ein ebenso persönliches Ausstattungsstück sein könnte wie eine Hose oder eine Brille.

Der Gefragte wies grimassierend auf das ramponiertere der beiden Vehikel.

Caspar rollte es heran, ließ die Bremse einrasten und beeindruckte William damit von neuem.

»Kann mir jemand helfen?«

Noch ehe William merkte, daß Caspar gar nicht ihn gemeint hatte, war er mit einem Sprung zur Stelle. Um seine Verlegenheit zu verbergen, schob er, als hätte er es von vornherein beabsichtigt, den Beifahrersitz nach hinten, entfernte einen Papierfetzen in einer Plastikhülle, der eine der Führungsschienen blockierte, und verstaute ihn in seiner Tasche. Als er aufblickte, sah er, daß der Gesprächige noch heftiger mit dem Kopf wackelte als zuvor.

»Schwung und kippen, so machen wir das immer.«

Für William war das eine Fremdsprache, doch Caspar schien zu verstehen. Er schob die Hände unter die erbarmungswürdig atrophierten, zitternden Knie und schwang den Mann herum, bis seine Beine über dem Kies baumelten. Dann zog er den Rollstuhl näher heran, wobei er sorgfältig darauf achtete, ihn so zu stellen, daß er, auch wenn sein Besitzer sehr abrupt darin landete, nicht nach hinten kippen und den Lack zerkratzen konnte.

Er beugte sich mit ausgestreckten Armen vor, als wollte er ein großes Kind umarmen.

»Fertig, Bob? Ich zähl' bis drei.«

Als Caspar ihn aufnahm, fiel Bob ihm bleischwer in die Arme. Er schwenkte ihn beherzt auf die verdrehten Füße und kippte ihn in seinen Rollstuhl.

»Hoffentlich hält Ihr Rücken das aus«, murmelte Bob in einem Ton, der selbst für den unerfahrenen William keinen Zweifel daran ließ, daß er mit dieser Bemerkung nur das Unbehagen über seine Deformierung verbergen wollte.

»Aber sicher, keine Sorge«, sagte Caspar – zweifellos die Standardantwort. Er beugte sich hinab, ergriff Bobs baumelnde Füße und stellte sie auf die Metalleiste, was William zu seinem Kummer klarmachte, daß er selbst in diesem Fall die Bremse gelöst hätte, frohgemut losgeschoben wäre und Bob über seine eigenen Füße gerollt hätte.

Beschämt sagte er zu Caspar: »Ich nehm' den anderen, ja?« und merkte im selben Augenblick, daß er ins Fettnäpfchen getreten war. Auch der andere hatte einen Namen, und während der Fahrt hatten sowohl Bob als auch Caspar ihn ausgesprochen.

Caspar tat so, als hätte William den Rollstuhl gemeint.

»Ja«, sagte er, »klapp die Bremse runter.« Dann wandte er sich an das verkrümmte Knochenbündel, das noch zusammengesunken auf der Rückbank saß: »Fertig, Otto?« Ohne die Antwort abzuwarten, nahm er ihn auf die Arme und schwang ihn herum. William eilte mit dem Rollstuhl herbei, und Caspar setzte Otto hinein. Dieses Mal wurden keine Höflichkeiten ausgetauscht. Ottos Kopf kippte zur

Seite. Caspar richtete ihn wieder auf, zog einen Kopfschutz heraus, den William gar nicht bemerkt hatte, und schnallte die beiden Riemen fest zu.

»Richtig so?« fragte er den völlig teilnahmslosen Otto.

William erwartete, daß Bob für seinen Gefährten antworten würde, erkannte dann aber, daß es hier eine Etikette gab, die ihm bislang entgangen war. Bob schwieg, und nach einigen Sekunden gelang es Otto, sich so weit zu straffen, daß er mit einigen der noch funktionierenden Muskeln in seinem aufgedunsenen Gesicht eine zustimmende Geste andeuten konnte.

Erst dann ergriff Bob das Wort.

»Er hat auch ein Kissen.«

Caspar fand es ganz hinten im Kofferraum.

»Das kommt in seinen Rücken.«

Caspar tat wie geheißen.

»Gut so?« fragte er und schloß das Auto ab. »Alles klar? Wer ist dafür, daß wir uns im Garten die Sonnenplätze ergattern, bevor die anderen kommen?«

Caspar und William schoben die Rollstühle an den riesigen Backsteinstapeln vorbei, die an der Seitenwand des ›Rebhuhns‹ sauber aufgeschichtet waren. Die Gartentür erwies sich als ein ernstes Hindernis, bis Caspar auf die Idee kam, mit dem Fuß gegen eine der Latten zu treten. Die Terrassenstufen waren viel zu steil, und der Gestalter des Kiesweges hätte es verdient gehabt, in Öl gesotten zu werden.

»Okay?« fragte Caspar William, als dieser ihn endlich eingeholt hatte.

»Okay«, keuchte William, obwohl er am liebsten auf

der Stelle ins Gras gesunken wäre. Eines aber war gestiegen: sein Respekt vor Caspar. Und zwar himmelhoch. Und auch vor seiner Schwester, die so etwas tagaus, tagein machte, und das seit vielen Jahren. Kein Zweifel: Sie war eine Heilige.

10

Flächennutzungsänderung

Tory und Gillyflower drückten sich im dunkelsten Winkel der Eingangshalle herum. Tory studierte die hübsch gerahmte Schankerlaubnis aus dem Jahre 1968, während Gillyflower sich umsah und die Schärpe ihres geblümten braunen Kleides ängstlich zu exotischen Knoten wand.

»Wollen wir in die Bar?«

»Weil wir da sicherer sind, meinst du?«

Gillyflower errötete.

»Du hast recht. Irgendwann müssen wir uns ja da draußen blicken lassen.«

»Wieso eigentlich?« fragte Tory mürrisch. »Mutter hat sich schließlich auch gedrückt.«

Das stimmte. Atemberaubend forsch-fröhlich hatte Mrs. Collett sich nach nebenan davongemacht – »Ich will mir nur rasch die Nase pudern und mein Geschenk holen, ihr Lieben« – und war nicht wieder aufgetaucht.

Gilly trat nahe zu ihrer Schwester, um ihr etwas ins Ohr zu flüstern.

»Der dicke kleine Mann da auf der Treppe schaut dauernd zu uns her.«

Sofort drehte Tory sich um. Sie tat es so auffällig und mit solchem Nachdruck, daß Señor Lopez de Rego kein schlechtes Gewissen dabei verspürte, als er sich freundlich in ihre Richtung verbeugte. Als versierter Hotelier und erst recht als Vater des Bräutigams fühlte er sich für diese beiden schmollenden Damen verantwortlich. Es war unhöflich von ihnen gewesen, zu spät zur Trauung zu erscheinen. Das hatte ihm mißfallen, und seine heißgeliebte Rosina war empört gewesen. Aber das Leben war zu kurz, um sich in einer Familie, mit der man unwiderruflich verbunden war, Feinde zu machen. So trat Señor Lopez de Rego auf die beiden Damen zu und gab ihnen die Hand.

»Sie müssen mir erlauben, Ihnen einen Drink zu besorgen. Heute trinken wir auf Ihre Schwester und meinen Sohn.«

Gillys Verblüffung stand ihr ins Gesicht geschrieben, und selbst Tory hielt den Atem an, als ihr klar wurde, wie knapp sie an einem unverzeihlichen Fauxpas vorbeigeschlittert war. Während Señor Lopez de Rego sie und ihre Schwester in den strahlenden Sonnenschein hinausbegleitete, fragte sie sich, wieso sie ihn nicht erkannt hatten. Immerhin war er piekfein angezogen, und jetzt fiel ihr auch wieder ein, daß seine Frau und er gerade Arm in Arm aus der Kapelle getreten waren, als ihr liegengebliebener Kleinwagen des Jahres dank Andrew Taylors genialem Eingreifen endlich durch das Kliniktor gekrochen war. Vielleicht lag es daran, daß Mr. Lopez de Rego, obwohl er wie Miguel-Angel ein Kavalier der alten Schule war und seine Worte ebenso sorgfältig wählte, nicht die leiseste Ähnlichkeit mit seinem Sohn hatte. Er war klein und rundlich, und sowohl sein sonnengegerbtes Gesicht, das sich ihnen jetzt zuwandte, als auch die abgearbeiteten Wurstfinger hatten etwas entschieden Ungeschliffenes an sich.

Nichts Ungeschliffenes dagegen, nicht das geringste,

hatte der Diamant an sich, der an seiner Krawattennadel blitzte.

»Danke vielmals«, sagte Tory, von seinen ausgezeichneten Manieren so eingeschüchtert, daß sie ihrerseits Manieren demonstrieren mußte.

»Ihr Englisch ist hervorragend«, erklärte Gilly, bereits kichernd, obwohl sie an ihrem sonnenfunkelnden Glas noch nicht einmal genippt hatte. »Wo haben Sie es denn gelernt?«

»Hier im Land«, erwiderte Señor Lopez de Rego stolz, »genau wie mein Sohn. Im Brown's. Im Rules. Im Ritz.«

»Im Ritz?«

Gilly war tief beeindruckt. Doch Mr. Lopez de Rego hatte sich bereits abgewandt, um seine Frau von einer kleinen Rollstuhlfahrergruppe wegzuführen und ins Gespräch zu ziehen.

»Rosina, darf ich bekannt machen?«

»Victoria«, sagte Tory.

»Gillian«, sagte Gillyflower. »Ist das nicht ein herrliches Wetter für eine Hochzeit?«

»Wo ist denn Ihre Mutter?« fragte Rosina, noch etwas frostig.

Da Tory niemals log, fiel Gillyflower dieser Part zu.

»Sie muß jeden Moment zurückkommen. Sie mußte nur rasch nach nebenan, um ein paar Kleinigkeiten zu erledigen.«

»Nach nebenan?«

Gilly beschloß, die Antwort Tory zu überlassen, deren Auskunft, daß ihre Mutter auf der anderen Seite der Mauer wohne, unerklärlicherweise zu einem ziemlich ausführlichen Gespräch über die genaue Beschaffenheit der Grenzen zwischen den beiden Grundstücken führte. Soweit Gilly verstand, war entweder Mr. Lopez de Regos Englisch nicht annähernd so gut, wie er glaubte, oder er war der merkwürdigen Meinung, daß die Mauer von keinerlei Bedeutung mehr sei. Da Tory grundsätzlich außerstande war, irgendein Argument aufzugeben, egal wie sinnlos oder schief es war, zog sich die Unterhaltung sehr viel länger hin, als Gilly ertragen konnte. Und da Rosina Lopez de Rego ihre Aufmerksamkeit ohnehin wieder ihrem vorherigen Gespräch zugewandt hatte, entschied Gilly, daß es keineswegs unhöflich sei, sich gleichfalls zu entfernen. Der Weg an Rosina vorbei war von Rollstühlen versperrt, doch Gilly glitt vorsichtig rückwärts zwischen der Magnolie und dem lila Schmetterlingsstrauch hindurch und gelangte so auf den Pfad, der zur Terrasse zurückführte.

Auf der obersten Stufe stand William.

»Wer ist denn der Mann da drüben?« fragte er seine Schwester, sobald sie in Hörweite kam.

»Welcher Mann?«

»Der mit den scheußlichen roten Haaren.«

Gillyflower spähte hinüber.

»Na, Dougie natürlich.«

»Hab' ich mir's doch gedacht! Was hat denn der hier zu suchen?«

»Wahrscheinlich hat Barbara ihn eingeladen.«

»Wieso denn das?«

Gillyflower starrte ihren Bruder an.

»Warum sollte sie ihn denn nicht einladen? Immerhin ist er unser Vetter!«

»Du lieber Himmel!« sagte William und verschwand wie der Blitz durch das nächste Loch in der Eibenhecke. Dahinter pinkelte ein Mann, der ihm irgendwie bekannt vorkam, diskret gegen den Winterjasmin. Als er seinen Reißverschluß hochzog und sich umdrehte, erkannte William Andrew Taylor von der Esso-Tankstelle.

»Was machst du denn hier?«

»Ich hab' mir Torys Wagen angesehen. Da gab's Probleme.«

»Wenn du dir nur nicht Barbara ansiehst«, sagte William streng. »Da hast du deine Chance vor vier Jahren verpaßt.«

»Du sagst es«, meinte Andrew wehmütig. Unwillkürlich folgte William seinem Blick. Im Schatten der mächtigen Platane stand Barbara, an die Rückseite einer steinernen Bank gelehnt, eine elegante cremefarbene Lilie, umringt von stolzen Patienten in Rollstühlen, Obern in voller, prächtiger Montur, Kollegen und Freunden, die fröhlich ihre Gläser hoben. William sah, wie Mrs. Lopez de Rego ihrer frischgebackenen Schwiegertochter in einer spontanen Geste der Zuneigung ihren weichen breitkrempigen weißen Sonnenhut aufsetzte, den Barbara reizvoll schräg zurechtrückte. Sie sah bezaubernd aus. Sie strahlte. Andrew unterbrach Williams Träumerei, als er unvermittelt fragte: »Wer sind denn die Typen da drüben?«

»Welche Typen?«

»Die da, an der Balustrade.«

Jetzt war es an William, über die Gästeschar hinwegzuspähen.

»Irgendwelche Freunde von Barbara.«

»Komische Freunde!« schnaubte Andrew Taylor, besann sich dann jedoch auf die besondere Natur der Hochzeitsgesellschaft. »Oh, tut mir leid, Will!«

William war so an Äußerungen dieser Art gewöhnt, daß er sie kaum noch zur Kenntnis nahm, nutzte aber die Gelegenheit, um sich aus dem Staub zu machen. Er schlenderte in Richtung Schuppen davon und dachte über die Liebe nach und über Barbara, dann über Caspar und über lilafarbene Rhododendren. Es gab hier links und rechts des Weges ein paar prachtvolle Kreuzungen, und obwohl Dougie Macphersons Anwesenheit an diesem besonderen Tag ihm wie ein böser Traum erschien, hob sich Williams Laune wieder. Was für ein feiner Kerl Caspar war! Die letzten Wochen hatten es bewiesen. Er hatte keine Kosten gescheut und Barbaras gesamte Hochzeit bezahlt, und er hatte William sogar diesen albernen neuen Anzug aufgenötigt, in dem er allerdings, wie er selbst zugeben mußte, blendend aussah. Keine Frage, der Mann hatte eine Belohnung verdient. Sollte William da nicht über die Mauer klettern und sich, während seine Mutter (die hartnäckige Partyschwänzerin) sich noch im Haus versteckt hielt, durch die unversperrte Tür hinein- und die Hintertreppe hinaufschleichen, um sich etwas aus der Tüte mit den Verkleidungssachen zu holen? Hectors alte Marineuniform vielleicht? Und dazu den blaßgelben seidengefütterten Dreispitz?

William setzte den Fuß auf einen Astknorren am mächtigen Stamm der Platane und zog sich hoch und über die Mauer. Auf der anderen Seite mußte er einen Moment lang um die Unversehrtheit seines neuen Anzugs bangen, doch dann stieß er sich mit einem kräftigen Ruck von der Mauer ab, wobei er sich allerdings die Finger aufschürfte. Und als er in seiner Hosentasche nach einem Papiertaschentuch kramte, um sich das Blut abzuwischen, stieß er auf den Papierfetzen, den er aus der Führungsschiene von Caspars Beifahrersitz entfernt hatte.

Doch auch ohne die Schutzhülle nützte er ihm nicht viel. William betupfte seine Finger damit, aber das Blut wurde nicht aufgesogen, sondern nur über eine maschinengeschriebene Zeile mit den Worten *Baugenehmigung für sieben Hotelneben-* verschmiert, und in der Zeile darunter über *-nd Anschrift des Grundeigentümers* bis *-th Co-*.

th Co?

Lilith Collett?

Als William aufblickte, sah er die Pflöcke. Wie Kobold-Telegrafenstangen, die aus der Hölle ragten, zogen sie sich durch den ganzen Garten. Noch während er vor Wut zu beben anfing, streifte ihn der Gedanke, daß niemand sie bemerkt hätte, wenn seine Mutter sich erbarmt und ein paar Pflanzen hätte weiterblühen lassen. Auf dieser öden Rasenfläche aber waren sie nicht zu übersehen. William schritt die Reihe entlang, ein zorniger Titan. Neben dem letzten Pfosten fand er unter dem rigoros zusammengestutzten Stumpf eines Strauches ein Papierknäuel, das der Landvermesser weggeworfen haben mußte. *Punkt 7: Flächennutzungsänderung – hinterer Gartenteil, Cold Domain, Little Furley,* unter der verräterischen Grundrißzeichnung mit Kugelschreiber: *genehmigt,* eine hingekritzelte Unterschrift – *W. D. Hamill, Gemeindeverwaltung* – und als Datum den vergangenen Mittwoch. William riß die offizielle Hiobsbotschaft in kleine Fetzen und warf sie weit fort, wie Blütenblätter im Sturm. Mutter und Caspar. Caspar und Mutter. Gemeinsamer Verrat. Doppelte Niedertracht. Blind vor Tränen taumelte er davon, instinktiv in die einzige Ecke des Gartens, wo eine verwundete Kreatur sich für ein paar kurze ungestutzte Sommerwochen im bergenden Grün pflanzenumrankter Abgeschiedenheit niederlegen und darauf warten konnte, daß der Kummer sie überwältigte und ihr das Herz brach.

Hier fand ihn Joshua mit seiner Gang.

»Ich hab' doch gesagt, da schluchzt jemand«, verkündete Joshua und bewies damit ungleich mehr Freude am Rechthaben als Sorge um das Elendsopfer.

»Ist er krank?« fragte Flora.

»Kranke weinen doch nicht«, erwiderte Frou-Frou. »Er ist nur durcheinander.«

»Durcheinander?« sagte Joshua. »Ein Mann weint nicht so, wenn er durcheinander ist.«

Der Junge, den sie auf der Fahrt nach Süden an der Umgehungsstraße mitgenommen hatten, wandte nur den Blick ab. Genauso hätte er an diesem Morgen weinen mögen, als der Lastwagenfahrer aus Bolton mit ihm fertig gewesen war. Deshalb war er so rührend dankbar gewesen, als das seltsame kleine Wohnmobil in den Rastplatz eingebogen war und die beiden langbeinigen westindischen Schönheiten die Arme aus dem Wagen gestreckt und ihn hineingezogen hatten.

»Jetzt gehörst du uns.«

»Und wenn du nicht brav bist, verfüttern wir dich an Joshua.«

Joshua, ganz auf den Verkehr konzentriert, hatte nur in

Richtung Rückspiegel gemurmelt: »Halten wir uns neuerdings Haustiere, oder was?«

Aber es war schön gewesen. Gehätschelt und geborgen, so wie zu Hause, nur ohne seine fürchterlichen Eltern. Und so hatte er, als sie ihn fragten: »Wir müssen an der nächsten Ausfahrt raus. Willst du da aussteigen?« nur den Kopf geschüttelt.

Flora hatte die Schultern gezuckt.

»Dann komm mit, wenn du willst.« Und nach vorn zu Joshua hatte sie gerufen: »Können wir ihn mitnehmen?«

»Warum nicht?« hatte Joshua über das Rattern des losen Sitzes hinweg zurückgerufen. »Mal sehen, ob mein Dad weiß, wer von uns beiden sein Sohn ist.«

Und jetzt war er hier. Mit ihnen zusammen, aber überflüssig. Und als Joshua die Geduld mit dem schluchzenden Leichnam verlor und ihn mit spitzem Fuß herumdrehte, so daß sein häßliches, verquollenes Gesicht zum Vorschein kam, war es der Junge, der als Wache zurückgelassen wurde, während die anderen davongingen, um Caspar auf ganz und gar althergebrachte, traditionelle Weise den Nachmittag zu verderben: mit der Bitte um medizinische Gratisratschläge auf einer Party.

Der Junge hielt sich wie jedermann für einen trostspendenden, verständnisvollen Vertrauten.

»Was ist denn los?«

William fuhr fort, entsetzlich zu schniefen.

»Was ist passiert?« beharrte der Junge. »Ist jemand gestorben?«

Damit kam er der Wahrheit so nahe, daß William es kaum über sich brachte, den Kopf zu schütteln.

»Haben Sie sich von jemandem getrennt?«

William schauderte hinter seinen Händen. Das war ein Schrecken, der ihm noch bevorstand.

»Hat Ihnen jemand weh getan?«

War es das Quentchen Gefühl in der Stimme des Jungen? (Die blauen Flecken auf seinem Hinterteil waren immerhin noch warm.) Jedenfalls erregte irgend etwas Williams aufgewühlte Aufmerksamkeit. Er schlug die Augen auf. Vor ihm stand das Traumbild der Schönheit, das Caspar auf der Autobahnauffahrt mit quietschenden Bremsen hatte anhalten lassen. William mußte nach Luft schnappen.

»Junge, Junge!«

Hinterher wußte keiner von beiden mehr, wer angefangen hatte. Vielleicht der Junge, der versuchsweise mit dem Finger über Williams Wange fuhr, wie um zu prüfen, ob die Tränen echt waren. Vielleicht auch William, der sich vorbeugte, die weiche Hand mit den arbeitsscheuen weißen Fingern ergriff und sie zu dringlicheren Tätigkeiten nötigte. Hierhin und dorthin wälzten sie sich, aus dem Dunkel der Lorbeerbüsche auf die sonnenbeschienenen Rabatten und wieder zurück, Enzian und Ehrenpreis und selbst die seltene Alpen-Pechnelke niederwalzend, die William von einem Urlaub aus Zypern mitgebracht hatte. Der Anblick der blauen Flecken des Jungen versetzte William in Raserei, und der Junge quietschte unter seinem Ansturm. Das bebende, zermalmende Getümmel ihrer Lust köpfte die Phlox, entwurzelte den Steinbrech. Lorbeerzweige splitterten und spießten weiches Fleisch auf, und der Geruch der zerdrückten Blätter bildete einen bitteren Wall um sie.

»Dreh dich um«, ächzte William. Und, wieder und wieder: »Jetzt.«

Doch schließlich hatte der Junge genug. Er schob seinen Angreifer von sich, drehte sich auf den Rücken, starrte in das dunkelglänzende Blätterdach hinauf und versuchte keuchend, seinen gesunden Menschenverstand wiederzufinden.

Und auch William überließ sich der Angst vor Entdeckung.

»Zieh dich an, um Himmels willen!«

Das mußte man ihm lassen, dachte William, er tat, was man ihm sagte. Er fing keine Debatten an. Und er lag so friedlich in Williams Armbeuge, daß Williams Dankbarkeit sehr bald von Mißtrauen verdrängt wurde. Ob dieser kleine Tramp das jeden Tag tat, ob er davon lebte?

Aber was spielte das für eine Rolle? Er hatte William höllisch aufgemöbelt. Und noch dazu im Garten, zum ersten Mal seit Dougie Macpherson. Zu schade, daß dieser feuerköpfige Widerling auf der anderen Seite der Mauer nichts davon wußte, daß sein Geist endlich und endgültig ausgetrieben worden war. (William gegen König Herodes: drei – oder vier? – zu null.) Aber er war wohl viel zu sehr damit beschäftigt, in seinem schmiedeeisernen Stuhl zu lümmeln und den von Caspar bezahlten Champagner hinunterzukippen, so schnell er sich die Flaschen ringsum nur schnappen konnte...

Doch Williams Unmut schlug keine Wurzeln. William empfand ihn nicht wirklich. Es erschien ihm nicht mehr wichtig.

Sanft löste er sich von dem Kopf, der auf seiner Schulter ruhte, stützte sich auf den Ellenbogen und sah sich um. Du lieber Himmel! Wie konnte man in weniger als zwanzig Minuten soviel Schaden anrichten! Aber Schwamm drüber. Wenigstens war es ihm gelungen, zusammen mit der Blumenrabatte auch die Erinnerung niederzuwalzen. Und der Junge schien zufrieden. Er schnarchte ganz munter vor sich hin. Gute Idee.

William legte sich wieder zurück und schloß die Augen. Sonnenflecken tanzten durch das Laub hindurch auf seinen Lidern, und als er die Hände spreizte, spürte er ein ungewohntes Kribbeln in den Fingern. Er hatte ganz vergessen, wie es sich anfühlte, völlig entspannt zu sein, die Glieder schwer ruhen und die müden Muskeln erschlaffen zu lassen. Seit vielen Monaten hatte er nicht mehr so gelegen. Seit sie das letzte Mal im Ausland waren und Caspar –

Caspar! Beim Gedanken an ihn straffte William sich und wartete darauf, daß Wut sich aufbauen, Erregung sprühen würde – was auch immer. Doch nichts geschah, und diesmal brachte er es auch nicht fertig, solche Gefühle künstlich zu erzeugen. Irgendwie schien das alles keine Rolle mehr zu spielen. Es war, als hätte der bevorstehende Untergang von ›Cold Domain‹ in seiner Seele eine gigantische Spülung betätigt. Seine Begeisterung für diesen Ort war fortgeströmt und hatte ihn entleert zurückgelassen, knochentrocken. Deutlich, als hätte er die Worte ausgesprochen, hörte er sich plötzlich denken: »Mein Gott, was soll's? Es ist doch nur ein Garten.«

Nur ein Garten. Das Rascheln der Blätter. Der Duft der Blumen. Die Kaskaden des Vogelgezwitschers. Und der

Schimmer der Luft auf seinem Gesicht. Nur ein Garten. Die Tränen rollten stetig über Williams Wangen, doch diesmal galten aller Kummer und alles Bedauern nur ihm selbst. Plötzlich erkannte er mit bitterer Klarheit, daß die Erde unter ihm während des größten Teils der letzten dreißig Jahre ebensogut von oben hätte auf ihn niederdrücken können, um ihn zu ersticken, ein häßlicher dunkler Schatten, der seiner Kindheit und Jugend allen Sonnenschein raubte. Sein ganzes verdammtes Leben lang hatte er sich um den Garten gesorgt. Was schnitt sie jetzt wieder ab? Was riß sie diese Woche heraus? Und jetzt war dieser Garten trotz allem verloren. Der riesige Bagger, so diskret hinter dem Vorratsraum des ›Rebhuhns‹ abgestellt, würde hier einfahren, wann immer es ihm beliebte. Ohne die Hochzeit hätte er sein Teufelswerk wahrscheinlich schon am Donnerstag begonnen, früh am Morgen. Ein Schlüsseldrehen, ein Dieselspucken, ein durchdringendes Dröhnen, und Jahre der Liebe, Hingabe und Sorge würden in seinem stählernen Schlund verschwinden.

Und dennoch spielte es keine Rolle mehr. William durchforschte jeden Winkel seiner Seele, doch alles Bedauern galt nur ihm selbst. Der Garten interessierte ihn nicht mehr. Jetzt nicht mehr. Jetzt, da er erkannte, daß er sein Leben vertan hatte. Wie jemand, der nach einem Opernbesuch in die Abendluft hinaustritt und die aufgepeitschten Leidenschaften plötzlich in sich zusammensinken, die aufgeheizten Emotionen abkühlen fühlt, blickte William zurück und sah sein ganzes Leben als das, was es war. Ein fürchterlicher Irrtum. Eine verlorene Sache. Zeitverschwendung. Was hatte Barbara gesagt? »Du und ich, wir können über alles, was mit ›Cold Domain‹ zu tun hat, stundenlang jammern. Das ist eine schlechte Angewohnheit, und es führt zu nichts. Wir sind keine Kinder mehr, und ich höre auf damit.«

William holte tief Atem.

»Okay«, sagte er streng und laut. »Ich höre auch auf damit.«

Der Junge neben ihm regte sich. Sein hübscher Kopf kam im Schlaf einer zerklüfteten Wurzel gefährlich nahe, und William bettete ihn wieder auf seinen schützenden Arm. Er konnte sich nicht erinnern, je ein Gefühl so tiefen Friedens verspürt zu haben, und fiel in einen traumlosen Schlaf, aus dem ihn nicht einmal Joshua und eines der Mädchen zu wecken vermochten, die ein paar Minuten später mit Cocktails beladen durchs Unterholz brachen.

Flora blickte auf die umschlungen schnarchenden Gestalten nieder.

»Sieh dir die beiden Unschuldsengel an«, sagte sie. »Wie süß!«

Joshua war nicht ganz ihrer Meinung. Er hatte, was den Jungen anbelangte, von Anfang an ein komisches Gefühl gehabt, weil er so angestrengt sowohl mit Flora als auch mit Frou-Frou flirtete. Und der andere konnte nach allem, was Joshua wußte, der spezielle Freund seines Vaters sein. Denn während Frou-Frou Caspar zu erklären versuchte, was vermutlich ganz normale Schwangerschaftsängste waren, hatte Caspars seltsamer Gesichtsausdruck Joshua verraten, daß sein Vater panische Angst davor hatte, – wie hieß der Bursche noch? William? – könnte plötzlich auf der Bildfläche erscheinen und sich vorstellen.

Er stieß die beiden Schläfer mit dem Fuß an, um sie aufzuwecken.

»Hier«, sagte er und reichte dem Jungen eines der mitgebrachten Gläser, »wach auf und trink mit uns!«

Dem anderen bot er den seltsam aussehenden Cocktail an, den der gutaussehende Spanier ihm gegeben hatte.

»Bist du William?« fragte er argwöhnisch.

William setzte sich auf.

»Ist das ein Moosewood Tailwagger?« Dankbar griff er nach dem Glas. »Hat Caspar gesagt, du sollst mich holen?«

»Nein«, erwiderte Joshua säuerlich, »Caspar ist beschäftigt.«

Jetzt wurde William argwöhnisch.

»Wir gehen wohl besser zurück.«

Flora konnte es kaum erwarten.

»Sah nach einer ziemlich guten Party aus«, sagte sie sehnsüchtig. »Sie veranstalten gerade Rollstuhlrennen auf dem Rasen.«

Von seinem Moosewood Tailwagger gestärkt, sprang William auf.

»Seid ihr Freunde von Barbara?« wandte er sich höflich an die drei.

»Nein«, erwiderte Joshua, »ein Typ namens Broadfoot hat uns hergeschickt.«

»Broadhurst«, verbesserte William.

»Broadbent«, sagte Flora.

Sie streckte die Hand aus und zog den benommenen Jungen hoch, und zu viert gingen sie durch den Garten zurück, an der Pfostenreihe entlang zu der riesigen Platane, wo William den anderen zeigte, welche Vertiefungen in der Mauer die beste Kletterhilfe boten.

Flora stieg als erste hinüber. Dann der Junge.

»Du bist Joshua, stimmt's?« fragte William, die Gelegenheit nutzend, während sie – direkt im Blickfeld der erschrockenen Mrs. Collett – darauf warteten, daß sie an der Reihe waren. »Wie geht's?«

Joshua konnte die dargebotene Hand schlecht ignorieren, was aber nicht hieß, daß er übermäßig höflich sein mußte.

»Ich bin froh, wenn alles vorbei ist«, sagte er grimmig.

11

Seifendosen

Im Schlafzimmer zog Mrs. Collett den Vorhang wieder zurecht. Sie war froh, wenn alles vorbei war. Es machte sie nervös, daß ihr Sohn in ihrem Garten einem Fremden die Hand gab. Waren die beiden aus dem Gebüsch gekommen? Und was in aller Welt hatten sie dort getan? Sie mußten sich doch vorher miteinander bekannt gemacht haben...

Halt! ermahnte sie sich streng. Halt! Nicht daran denken. Einfach weitermachen.

Sie drehte sich zu dem Wirrwarr von Seifendosen um, der auf ihrem Bett lag. Das Ganze konnte mit den anderen Sachen in den Oxfam-Laden. In ihrem Bungalow war kein Platz für Seifenschachteln und blödsinnige Frotteegarnituren. Sie würde alles weggeben. Was sollte sie mit all dem Kram? Wozu hatte sie ihn überhaupt die ganzen Jahre aufgehoben? Barbara konnte ja kommen und sich etwas aussuchen, der Rest kam weg. Nur weg damit. Sie mußte es Barbara gleich sagen, sonst verschwand das glückliche Paar womöglich, und bis die Flitterwochen vorbei waren, konnte es zu spät sein. Dann war sie vielleicht schon fort, in Sicherheit, in ihrem kleinen Bungalow, wo niemand ihr etwas anhaben konnte. Das Haus war bereits inseriert, und der erste ernsthafte Interessent (ein Ausländer natürlich) legte anscheinend großen Wert darauf, daß es »ab sofort frei« war. Aber das war nur gut so. Keine Zeit, sich groß Gedanken zu machen. Sie würde mitnehmen, was ihr gefiel, und alles übrige kam weg.

Sie nahm eine Geschenkpackung mit einer Badezimmergarnitur und ging zur Tür. Die verdammte Kaffeemaschine konnte sie Barbara später noch geben. Sie war zu schwer. Hätten ihre Nichtsnutze von Schwiegersöhnen sich herbequemt, hätte sie einen von ihnen bitten können, die Maschine zu holen. Aber Angus und George hatten wie üblich Ausflüchte gemacht. Sie erinnerte sich kaum noch, wie die beiden aussahen. Seltsam, nicht wahr, daß eine Frau ein ganzes Leben brauchte, um sich die Tricks anzueignen, die ein Mann von Natur aus beherrschte.

Sie würde die Tür nicht verriegeln. Wer wollte, konnte ja hineinspazieren und sich nehmen, was ihm gefiel. Dann hatte sie weniger Arbeit.

Lilith eilte so rasch aus dem Haus, als hätte sie Flügel. Mit der Schachtel unter dem Arm lief sie nach nebenan und nahm huldvoll einen Cocktail von einem jungen Mann in einem Rollstuhl entgegen, dessen seltsam steife Art, sein Glas zu halten, sie fälschlich hatte glauben lassen, er biete es ihr an. Dann machte sie sich zu ihrem allerersten Rundgang durch das ›Rebhuhn‹ auf, um Barbara und Miguel-Angel zu suchen.

12

Wünsche werden wahr

Miguel-Angel lehnte sich gegen die Tür und versperrte Barbara den Weg nach draußen.

»Wirklich«, beharrte sie und versuchte ihn streng anzusehen, »wir sollten uns nicht einfach so davonstehlen. Wir müssen noch mal zurück, nur für ein Weilchen.« Benebelt vom Champagner, brachte sie ein Argument vor, das sie offensichtlich für genial hielt. »Sonst finden uns deine Eltern unhöflich.«

Er grinste. (Er hatte sehr viel mehr getrunken als sie.)

»Meine Eltern schulden mir sechs Monate, und nicht nur eine halbe Stunde.«

Barbara hatte nur den letzten Teil des Satzes mitbekommen.

»Eine halbe Stunde!« Sie war schockiert. Dann kicherte sie wieder. »Die anderen werden denken, wir –«

Sie wußte nicht, wie sie es ausdrücken sollte.

»Ja?«

Sie wußte noch immer nicht, wie sie es ausdrücken sollte. Sie wollte sich gerade auf das Bett setzen, um darüber nachzudenken, als sie merkte, daß er nicht, wie erwartet, einladend auf die Tagesdecke klopfte. Statt dessen schleifte er das ganze Bett über die nackten Dielen.

»Das Türschloß ist kaputt«, erklärte er zwischen den Zähnen.

»Das gibt aber schlimme Kratzer auf dem Boden!«

Es schien ihn nicht zu kümmern. Sie fragte sich, ob er so betrunken war, daß es ihm gleichgültig war, wenn er seine Arbeit verlor. Die neuen Besitzer des ›Rebhuhns‹ würden zwar ein Auge zudrücken – ihr ausländischer Aushilfsbarkeeper heiratete schließlich nicht jeden Tag –, aber trotzdem: Die Kratzer auf den Dielen sahen übel aus. Es war ein billiges Metallbett.

Als es fest gegen die Tür gerückt stand, wandte Miguel-Angel seine Aufmerksamkeit dem unordentlichen Stapel glänzender, bändergeschmückter Schachteln zu, die wenige Minuten zuvor heraufgebracht worden waren, nachdem Señor Lopez de Rego, höchst angetan vom ersten einer ganzen Reihe Moosewood Tailwaggers, plötzlich beschlossen hatte, den Geschenktisch auf der Veranda freizuräumen, um Platz für eine beschleunigte Cocktailherstellung zu schaffen. Miguel-Angel betrachtete den Geschenkeberg eine Weile, griff dann nach der größten Schachtel und schüttelte sie.

»Ha!«

In Barbaras Kopf drehte sich alles, doch sie versuchte, vernünftig zu sein.

»Lies erst das Schild.«

Miguel-Angel riß die kleine, von Hochzeitsglocken übersäte Karte ab und warf sie ihr zu.

»Mit allen guten Wünschen von Gillian und Angus«, las sie gerührt vor, blickte dann auf und sah, wie ihr Liebster riesige Daunendeckenwolken aus der Verpackung zog. »Aber das ist doch die, die sie bei Horridge in der Weihnachtstombola gewonnen haben! Ich war ja selbst dabei!«

Er hörte gar nicht zu. Er trat zu ihr und fing an, sich an den Haken, Knöpfen und Reißverschlüssen zu schaffen zu machen, die er dreizehn lange Anproben hindurch taxiert hatte.

»Hör auf!« sagte sie schüchtern und schob seine Hände fort.

Er grinste erneut.

»Zu spät.«

»Das geht doch nicht«, beharrte sie. »Es ist nicht der richtige Zeitpunkt.« (Obgleich ihr kostbarstes Hochzeitsgeschenk, Broadbents kleines rosa Thermometer zum Messen der Basaltemperatur, ihr gesagt hatte, daß kein Wort davon stimmte. Es war genau der richtige Zeitpunkt.)

Halb ernst, halb scherzhaft beugte er sich zu ihr hinab und zog mit den Zähnen an einem Band.

»Nein, nicht...«, sagte sie kapitulierend.

Er barg den Kopf zwischen ihren Brüsten und ahmte sie nach: »Nein, nicht...«

Sie schüttelte sich vor Lachen, und das Kleid fiel zu Boden. Sie konnte es kaum glauben. Aber da lag es, rings um ihre Füße, ein cremefarbener Seidenpilz. Er nahm ihre Hand, und sie stieg heraus, auf die Daunendecke.

Und dann zog er sie hinab. Wie sollte man sich konzentrieren, wenn Wünsche wahr wurden? Die ganze Zeit, während er sie küßte und liebkoste, drehte sich ihr der Kopf vor Liebe. Der Ring glänzte an ihrem Finger. *Mit diesem Ring will ich dich heimführen.* Der Sturm seiner Leidenschaft nahm ihr den Atem. *Mit meinem Körper will ich dich ehren.* Und als er sie nach einem Stöhnen freudigglühender Erfüllung schließlich von seinem Gewicht befreite, fuhr sein Fuß geradewegs in die Schachtel mit dem Glockenspiel von Georges Tante in Dublin. *Mit all meiner weltlichen Habe will ich dich bedenken.*

Ergeben sammelte er die Geschenkpapierfetzen und Glassplitter auf.

»In Liebe«, las er vor, was auf dem kleinen braunen Recyclingpapier-Anhänger stand. *»Victoria mit Familie.«*

Sie fielen einander wieder in die Arme, ob vor Leidenschaft oder vor Lachen, hätte keiner von beiden zu sagen gewußt. Und als das Hämmern ihrer Herzen sich beruhigt hatte, erhob er sich und zog die oberste Schublade seiner Kommode auf.

»Wir müssen los.«

»Los? Wohin?«

»Auf Hochzeitsreise natürlich.«

»Auf Hochzeitsreise?«

Er drehte sich um und starrte sie noch verblüffter an als sie ihn.

»Was dachtest du denn?«

Ihre verständnislose Miene verriet ihm, daß sie gar nichts gedacht hatte. Er schüttelte verwundert den Kopf und begann wieder in den Kommodenschubladen zu kramen. Lange weggepackte Dinge regneten auf sie herab. Sonnenbrillen, goldene Manschettenknöpfe, ein spanischer Führerschein, Kreditkarten...

Kreditkarten!

Im Spiegel über der Kommode sah er, wie verwirrt sie noch immer war.

»Hör zu«, sagte er, setzte sich neben sie und faßte sie

sanft am Handgelenk. »Nur ein Idiot kauft ein Hotel, ohne zu wissen, wie es läuft. Zahlen allein sagen gar nichts, Bargespräche schon eher. Mein Vater ist kein Idiot, und deshalb hat er mich hierhergeschickt, bevor wir es gekauft haben.«

»Das ›Rebhuhn‹ gehört euch?«

Da begriff er. Sie hatte einen Frosch geküßt und einen Prinzen gefunden. Und bei ihm war es ähnlich gewesen.

»Hast du dir das nicht gedacht?«

»Du hast ja nie ein Wort gesagt!«

Der Ärger über die vergangenen Monate kam wieder in ihm hoch.

»Ich hasse Lügen!«

»War ich sehr dumm?«

Er küßte den Ring an ihrem Finger.

»Blind vor Liebe«, beruhigte er sie liebevoll. »Aber jetzt mußt du die Augen aufmachen. Es gibt viel zu sehen.«

Auf dem Weg nach unten erklärte er ihr alles. Häuser und Hotels in Spanien. Patios und Swimmingpools. Apartments und schnelle Wagen. Und eine ganze Schar von Tanten.

Wieder drehte sich ihr der Kopf.

»Aber was ist mit meinem Paß?«

Am Hoteleingang blieb er unvermittelt stehen und entnahm seiner Brieftasche die Beute seines hastigen Streifzuges durch ihr Zimmer in Fellaham, wo er sich, traditionsgemäß aus ihrem Blickfeld verbannt, den weißen Anzug angezogen hatte.

Ihr wurde schwach.

Jetzt winkte er das Taxi heran, das in der Nähe stand.

»Moment noch«, sagte er, drückte ihr die Flugtickets in die Hand, half ihr in den Wagen und schob die cremefarbenen Stoffmassen nach. »Ich muß noch rasch was erledigen, dann können wir los.«

Er verschwand, und der Taxifahrer warf ihr im Rückspiegel einen anerkennenden Blick zu.

»Geht's ins Ausland?«

Wieder geriet Barbara in Panik.

»O Gott! So kann ich doch nicht fahren!«

»Ach was! Sie sehen toll aus!« versicherte der Fahrer, und gerade als ihr Blick auf ebendiese Worte auf den Flugtickets in ihrer Hand fiel, fügte er noch hinzu: »Erste Klasse!«

13
Zweimal um die Mobiltoiletten und zurück zum Start

Ein Moosewood Tailwagger, und Mrs. Collett stopfte ihre Badezimmergarnitur zwischen die Zweige einer Kamelie. Was sollte ihre Tochter mit Geschenkgarnituren? Porzellan, Bettwäsche, Kinder – wenn Barbara auch nur einen Funken Verstand besaß, würde sie gar nicht erst anfangen, zusammenpassende Dinge zu sammeln.

Lilith wandte sich wieder dem Chaos ringsum zu. War das etwa Bernard, der dort drüben so lautstark herumkommandierte? »Den Vorlauf bitte noch mal! Bunster und Dougie, hinter die Linie!« Sie war sich auch fast sicher, Andrew Taylor von der Tankstelle auf der Veranda gesehen zu haben. Vielleicht lag sie ja falsch, und Bräute wie Barbara bevorzugten heutzutage Garnituren früherer Liebhaber.

Mrs. Collett starrte in ihr Glas. Was war das nur für ein Getränk? Als sie wieder aufblickte, sah sie, wie Mr. Lopez de Rego sich durch ein Gewirr von Rollstühlen unbeirrbar auf sie zuschlängelte. Wollte er sehen, was sie da in die Kamelie gesteckt hatte?

»Meine liebe Mrs. Collett! Wie schön, daß sie wieder da sind! Noch einen kleinen Moosewood Wagtailer?«

Tapfer versuchte sie abzulehnen.

»Vielen Dank, nein. Wirklich nicht. Unmöglich. Der erste ist mir schon zu Kopf gestiegen.«

Doch Mr. Lopez de Rego ließ sich nicht abweisen.

»Bitte, dem neuen Vater der Braut zuliebe!«

Lilith sah sich nach Beistand um. Von Gillyflower war keine Hilfe zu erwarten. Wie immer über Angus' Drückebergerei verärgert, durch den Champagner jedoch kühner als gewöhnlich, schien sie es unerbittlich auf eine kleine Gruppe von Barbaras dubios aussehenden männlichen Freunden abgesehen zu haben, von denen zwei für alle sichtbar auf die Büsche zusteuerten. Wo war Victoria? Höchstwahrscheinlich frühzeitig nach Hause verschwunden. Die Zwillinge waren immer eine gute Ausrede. Gerechterweise mußte man aber sagen, daß dieses grüne Kleid, das sie jedes Jahr im März zu ihrem Geburtstag trug, ziemlich warm gefüttert war, so daß sie darin vor Hitze umkommen mußte. Verzweifelt suchte Mrs. Collett die Rasenfläche ab. Wer war sonst noch da? Caspar natürlich, der wie üblich ein wenig abseits von all dem Durcheinander stand, das er verursacht hatte, und ruhig und genußvoll eine Zigarette rauchte.

Señor Lopez de Rego sah Mrs. Colletts Blick an dem distinguiert aussehenden Herrn mit der Fliege hängenbleiben, der gerade seine Zigarette in einem Beet austrat, und verwechselte – möglicherweise unter dem Einfluß zu vieler eigener Variationen des Cocktailrezepts seines Sohnes – das feindselige Glitzern in ihren Augen mit aufkeimendem Interesse. Er fand, die beiden paßten altersmäßig und – soweit er es beurteilen konnte – auch gesellschaftlich gut zusammen, und beschloß, ihr den Gefallen zu tun und sie einander vorzustellen, auch wenn ihm der Name des Mannes in Moment entfallen war.

»Mrs. Collett, darf ich Ihnen den neuen Geschäftsführer meines Sohnes vorstellen?«

Caspars erstaunter Blick entging ihm. Die Notwendigkeit, Caspar in irgendeiner Funktion vorzustellen, hatte ihn an die horrende Rechnung erinnert, die sein Sohn ihm vor seiner Abfahrt zum Flughafen in die Hand gedrückt hatte, und er kramte in seinen Taschen nach seinem Scheckbuch. Sachkundig addierte er die Kosten all der zusätzlichen Moosewood Tailwaggers plus Variationen hinzu und kritzelte das Ergebnis seiner Berechnungen auf ein goldgeprägtes Scheckformular, während Caspar und Lilith sich pflichtschuldigst die Hand gaben.

»Hier«, sagte er, riß den Pergamentstreifen ab und gab ihn Caspar. »Das gleicht die Bilanz hoffentlich wieder ein bißchen aus.«

Schon ein flüchtiger Blick auf die Zahl in dem Kästchen versetzte Caspar einen Schock. Sie bewahrte ihn, wie er jetzt erkannte, ganz unverhofft vor sofortiger, schmachvoller und bitterer Armut, und er stand stumm vor Dankbarkeit da, was Señor Lopez de Rego erwartungsgemäß als ein wenig geschäftsmäßiges Gefangensein von Mrs. Colletts Reizen mißverstand.

Die eingetretene Stille wurde von einer Schimpftirade Bernards unterbrochen.

»Also wirklich, das geht doch nicht, daß die Leute da alle auf dem Rasen herumliegen! Schnallt sie doch richtig an! Nicht da lang, Ellie! Howard, paß doch auf!«

Als geborener Gentleman nutzte Señor Lopez de Rego den Beinahe-Rollstuhlzusammenstoß, um sich unauffällig zu entfernen und den Dingen zwischen diesen beiden etwas steifen, altmodischen Engländern ihren natürlichen, ihrem eigenen Zeitmaß entsprechenden Lauf zu lassen.

Caspar und Lilith standen stumm vor Verlegenheit da, als Bernard seine Befehle für das erste Halbfinale bellte.

»Flora! Fahr Otto ein Stück zurück, damit er seinen Fuß aus dem Dornbusch da rauskriegt! Rosina, haben Sie das Taschentuch für das Startzeichen? Nicht drängeln, Joshua! Was macht Frou-Frou denn da in Bobs Rollstuhl? Und wo ist Bob überhaupt abgeblieben? In der Hecke etwa?«

Es hätte schlimmer kommen können, dachte Mrs. Collett. Genausogut hätte Bernard ihr Schwiegersohn werden können.

»Nun ja!« sagte sie schließlich vergnügt. »Passiert ist passiert. Hoffentlich wird Barbara glücklich.«

»Das ist sie schon«, erklärte Caspar.

Das war für Mrs. Collett ein so ungewohnter Gedanke, daß sie in neuerlichem Schweigen Zuflucht suchte.

»Ich kann mir das im Grunde gar nicht vorstellen«, sagte sie nach einer Weile. »Ich glaube, ich war nie glücklich. In meinem ganzen Leben nicht.«

Sie hatte es fraglos nicht aus Effekthascherei gesagt, und plötzlich hatte Caspar das Bedürfnis, sie zu trösten.

»Das ist wohl genetisch bedingt«, erklärte er. »So wie rote Haare oder Kurzsichtigkeit. Man wird damit geboren.«

Im letzten Moment regte sich der Fachmann in ihm.

»Hundertprozentig sicher bin ich mir da allerdings nicht.«

Er hätte sich keine Sorgen zu machen brauchen. Sie

verstand ohnehin kaum ein Wort, denn Bernard bellte weiter:

»Alles hinter die Rampen! Okay! Jetzt, Achtung! Zweimal um die Mobiltoiletten und zurück zum Start!«

Mrs. Collett unterdrückte ein Schaudern. Ja, es hätte ganz entschieden schlimmer kommen können. Ihr Blick glitt über die Reihen der Irren, die im letzten Halbfinale ihr Leben aufs Spiel setzten oder schwere Verletzungen riskierten, und blieb, ohne daß sie es merkte, an einer langbeinigen Schwarzen hängen, die sich mit Dougie Macpherson um einen ramponierten Rollstuhl balgte.

»Wer ist denn das hübsche Kind dort mit den Perlenketten und den schwarzen Stiefeln?«

Sie hörte Caspar deutlich schnauben.

»Dieses ›Kind‹ nennt sich ›Frou-Frou‹ und ist im vierten Monat schwanger. Von meinem Sohn!«

Die Sache ging ihm offensichtlich nahe. Aber heutzutage konnte man andere Leute so leicht mißverstehen. Sollte sie Mitleid mit ihm haben, weil er ein schwarzes Enkelkind bekam? Oder weil eine Fehlgeburt so gut wie sicher schien?

Ihre Worte sorgfältig wählend, fragte Mrs. Collett: »Ich frage mich, ob Ihnen nicht wohler wäre, wenn sie beim nächsten Rennen aussetzen würde?«

Caspar warf ihr einen raschen Blick zu. Die Feinfühligkeit ihrer Reaktion überraschte ihn. Bis jetzt hatte er der Frau einen schamlosen Rassismus unterstellt. Seine Antwort ließ eine Weile auf sich warten und entsprang dem Fatalismus langjähriger Erfahrung.

»Entweder sie kriegt es, oder sie verliert es.«

Das Bedürfnis, mit seinen Ängsten nicht allein zu sein, machte ihn mitteilsam.

»Auf Anraten meines Sohnes ißt sie im Moment anscheinend nur hellgelbe Speisen, damit das Kind ihr sonniges Wesen erbt.«

Mrs. Collett war schockiert.

»Ihr Arzt hat ihr doch hoffentlich den Kopf zurechtgerückt?«

Caspar seufzte und zündete sich eine neue Zigarette an.

»Frou-Frou hält anscheinend nichts von Ärzten. Sie hat sich nur deshalb an mich gewandt, weil das Kind sich noch nicht bewegt.«

»Das wundert mich überhaupt nicht«, sagte Mrs. Collett und sah zu, wie das Rennen mit wild klirrenden Rädern begann.

»Das arme Wurm! Wahrscheinlich ist es für jedes bißchen Ruhe und Frieden dankbar.«

Während sie Frou-Frous ungestümen Parcours über den Rasen verfolgte, hatte sie plötzlich das Gefühl, an der Welt verzweifeln zu müssen. Traurig, in was für Verhältnisse manche Kinder hineingeboren wurden! Sie hatten Hippies und andere Spinner als Eltern, gläubige Jünger der Astrologie oder Mitglieder übergeschnappter religiöser Sekten. Und das waren nur die Verrückten. Hinzu kamen ja noch die Schurken. Mörder, Sadisten, Säufer. Man brauchte nur ein paar Wochen die Zeitung zu lesen, um zu sehen, wieviel Glück die eigenen Sprößlinge gehabt hatten. Wie Caspars Joshua mit seiner schönen Wohnung mit den Pfeffer-und-Salz-Teppichböden, seinem sicheren Arbeitsplatz in der Computerbranche und seinem spritzigen

Hecktürmodell hatten auch ihre vier einen guten Start im Leben gehabt. Und nun sah man, wie sie, ebenfalls wie Caspars Joshua, ohne Sinn und Verstand alles über Bord warfen und sie dermaßen enttäuschten! Tory und Gillyflower hatten krasse Egoisten geheiratet und machten, was sie wollten. Barbara war auf Hochzeitsreise, womöglich wochenlang, und hatte es nicht einmal für nötig gehalten, nach nebenan zu kommen und sich von ihrer Mutter zu verabschieden. Und William erst! Wie er sich aufführte, wie er sich alle Augenblicke mit völlig Fremden in die Büsche schlug – sie durfte gar nicht daran denken!

Aber bisher hatte er es sich wenigstens verkniffen, mit einem schwarzen Baby zu Hause anzukommen!

Armer Caspar! Armer, armer Caspar...

Alle Bitterkeit, die sie gegen ihn gehegt hatte, verflog, und Lilith legte ihrem Gefährten tröstend die Hand auf den Arm.

»Sie müssen einmal kommen und sich meinen wunderhübschen neuen Bungalow ansehen«, sagte sie liebenswürdig.

Jetzt war Caspar derjenige, der kaum ein Wort verstand. Ganz davon in Anspruch genommen, sein heißgeliebtes Enkelkind durch Willensanstrengung zu veranlassen, sich kräftiger im Mutterleib und damit am Leben festzuklammern, antwortete er mechanisch: »Wie reizend von Ihnen, Lilith, schrecklich gern!«

14
Finale

Aus dem tiefen Schatten der Platane hervor beobachtete William, wie seine Mutter Caspar die Hand auf den Arm legte und ihm etwas ins Ohr flüsterte. Caspar reagierte prompt, auch wenn er, wie William bemerkte, den Blick bewußt nicht von den Rollstühlen abwandte, um nicht die allgemeine Aufmerksamkeit auf seinen kleinen Plausch mit Mrs. Collett zu lenken. Es war unmöglich zu erraten, was die beiden sagten. William sah jedoch, wie Señor Lopez de Rego, der mit einem neuen Tablett voll Cocktails in Hörweite an ihnen vorüberging, sich nicht enthalten konnte, seiner Frau über den Rasen hinweg wissend zuzulächeln. Wußte denn alle Welt, was hier vorging, nur er nicht?

William zog sich noch tiefer in den Schatten zurück, als eine weitere Salve von Bernards Kommandos das Ende des Rennens ankündigte.

»Die Sieger bitte wieder an den Start! Dougie, du bist doch ausgeschieden! Tempo, Tempo! Jetzt kommt *il grand finale*!«

Rosina lächelte liebreizend, voll Anerkennung für Bernards – wie sie fand – mutigen Versuch, sich ihrer Sprache zu bedienen. Caspar und Lilith wurden auseinandergedrängt, als die inzwischen ermittelten Finalisten mit den letzten paar Rollstühlen und den Resten von Leben darin an die Startlinie zurückklapperten. Caspar setzte sich plötzlich in Bewegung, in Richtung auf den Hintereingang des Hotels. Alle anderen standen im Kreis oder wurden, sofern sie erschöpft oder gelähmt waren, säuberlich in einer Reihe neben den Beeten gegen die robusteren der Sträucher gelehnt.

William setzte sich gleichfalls in Bewegung, hinter Caspar her. Im Schutz des dichten Grüns dem Blick entzogen, wäre er um ein Haar über zwei von Barbaras seltsamen Freunden gestolpert, die die flauschige Badezimmergarnitur im Gebüsch gefunden hatten und sie zu einer wesentlich komfortableren, wenngleich noch immer exotischen Paarung nutzten. Unter gemurmelten Entschuldigungen beider Seiten zog William sich zurück und durchquerte den Schatten der Balustrade, als Caspars Stimme über ihm auf der Veranda ihn abrupt innehalten ließ.

»Wirklich, ich glaube nicht...«

»Aber natürlich kennen wir uns! Sie sind doch Mr. Hamill von der Gemeindeverwaltung! Ich habe Sie sofort erkannt, obwohl Sie sich unfairerweise Ihren prachtvollen Schnurrbart abrasiert haben!«

William glaubte, Caspars Gesprächspartner sei ein Verrückter. Doch dann hörte er Caspars Stimme: »Aber da ich Sie gerade treffe...«

William hob sich auf die Zehenspitzen, um durch einen Spalt in der Glyzinie zu spähen. Zu seinem Erstaunen sah er, daß es der Anwalt des Hotels war, der Caspar angesprochen hatte. Die ganz untypische Begriffsstutzigkeit des Mannes verblüffte ihn. Damals, als er William von einem Tag zum anderen aus seiner Stellung als Barkeeper hinausgeworfen hatte, war er weit davon entfernt gewesen, die Dinge so durcheinanderzubringen. William erinnerte sich nur zu gut an die absolute, unwiderlegbare Präzision seiner Beschuldigungen in jenem höchst unangenehmen Gespräch sowie an die noch minuziöseren Drohungen, die er William hinterhergeschickt hatte, nachdem William unklugerweise das Thema einer finanziellen Entschädigung für die fristlose Kündigung aufs Tapet gebracht hatte.

Caspar seinerseits schien ganz genau zu wissen, mit wem er es zu tun hatte. Wie jemand, der von einem Vertreter einer überaus ehrenwerten karitativen Organisation in die Enge getrieben wird, tastete er bereits nach seiner Brieftasche. Der Bequemlichkeit halber ließ William sich auf die Erde nieder. Er kannte die Wellen höflichen Gemurmels, die Caspars Mund entströmten, wenn ihm eine Rechnung präsentiert wurde. »... Ihnen selbstverständlich einen Teil sofort... ein paar Tage, um in Ruhe die einzelnen Posten durchzugehen ... den vollen Betrag dann zum Monatsende...«

War das nicht eindeutig ein Rascheln, was da zu hören war? William erhob sich wieder. Tatsächlich. Ohne ein Wort der üblichen Verzögerungsmanöver oder Klagen überreichte Caspar dem Anwalt einen Scheck.

Er machte nicht einmal ein finsteres Gesicht.

»Eine bezaubernde Hochzeit!« Und dann, rätselhafterweise: »Jede Pesete wert!«

Die Verblüffung des Anwalts ging in Ehrfurcht über, als er den Scheck genauer ansah.

»Du meine Güte!«

William trat, gleichfalls von Ehrfurcht ergriffen, in den Schatten zurück. Auch er hatte den Scheck gesehen, klar und deutlich. Und daß es sich nicht um kleine Fische handelte, war offenkundig. Pergament, goldgeprägt – so etwas hatte er noch nie gesehen. Was war das heute nur für ein Tag? Seine Mutter und sein Liebhaber unter einer Decke. Sein Garten verkauft. Und die dabei erlösten dreißig Silberlinge (Geld, mit dem er seine geliebte Restaurantkette hätte eröffnen können) auf einem Geheimkonto versteckt. Wie weit konnte das Gift eines einzigen Verrates sich ausbreiten? Wie tief mußte die Grube für seine letzten Hoffnungen gegraben werden?

William schlich sich davon, zu dem Tisch, auf dem Señor Lopez de Rego seine kleine Moosewood-Tailwagger-Produktion samt Variationen eingerichtet hatte. Die Limonen waren ausgegangen, der karibische Rum ebenfalls, und im letzten Triple Sec schwamm eine Zigarettenkippe. Doch William tat sein Bestes. Es kam ein Moment ungewollter Höflichkeit, als Frou-Frou, von Bernard mitten im Auspressen einer Zitrone barsch an die Startlinie zurückbeordert, darauf bestand, ihm sein erstes grellgelbes Surrogat eines echten Tailwaggers zu entführen. Als jedoch nach ein paar kleinen Schlucken ein glücklich-verklärter Ausdruck auf ihr Gesicht trat und sie sich an den Bauch griff, war er so geistesgegenwärtig, ihr das Glas wieder wegzuschnappen.

Zwei weitere Gläser, und nicht einmal das fröhliche Geschrei, das von der Wiese herüberdrang, konnte ihn mehr von seinem Ziel abbringen. Bei dem Lärm hörte niemand, wie der Baggermotor ansprang. William war ein bemerkenswert ungeübter Fahrer, was auch darin zum Ausdruck kam, daß ihm mit schöner Regelmäßigkeit der Führerschein entzogen wurde. Das hatte andererseits den Vorteil, daß es ihn weniger als die meisten anderen Leute kümmerte, wie wenig Ahnung er davon hatte, welche von all den Hebeln und Pedalen sich in welcher Weise auf seine Fortbewegung auswirkten. (Mit den Knöpfen gab er sich gar nicht erst ab.) Der Bagger röhrte auf, fuhr die Einfahrt entlang, so langsam, daß das Steuern leichtfiel. Der Motor schien sich auf dem leichten Gefälle vor dem ›Rebhuhn‹ und der kurzen Strecke nach nebenan weit mehr als nötig abzumühen, doch William zog es vor, die meisten der Hebel und Schalter in der vorgefundenen Stellung zu belassen, so lange, bis der schmale Weg zum Gartentor seiner Mutter ihn zu einem gewissen Maß an Experimentierfreude und Einfallsreichtum zwang.

Er hätte es nicht gerade ein elegantes Wendemanöver genannt. Es war zeitraubend und mühsam, erfüllte letzten Endes aber seinen Zweck. Bald pflügte William vergnügt die Büsche entlang. Wo sollte er üben? Auf dem Tennisplatz? Dort, wo einst der Lavendelweg gewesen war? Auf dem Rasen?

Aber wozu überhaupt üben? Warum nicht gleich bei der Pfostenreihe anfangen und sich dann weiter vorarbeiten? Wie bei so vielen anderen Fertigkeiten, die er sich im Lauf der Jahre angeeignet hatte – Jonglieren, Metallbearbeitung, Kochen –, würde sich seine Geschicklichkeit bestimmt auch hier weit schneller als erwartet steigern. Wahrscheinlich würde er den Dreh – die Baggerzähne senken, ein ansehnliches Gartenstück herausreißen und es beiseite schleudern – heraushaben, noch ehe er auch nur in die Nähe der trennenden Mauer gelangte.

Nicht daß er erwartete, irgend jemand dort drüben würde aufblicken und zu ihm herüberschauen. Bis jetzt war sein Verschwinden noch gar nicht bemerkt worden. Alle möglichen Rufe hatte er in der vergangenen Stunde gehört: »Dougie, zurück in die Reihe!« oder »Rosina! Das Taschentuch!«, aber nicht ein einziges Mal »Wo ist eigentlich William?«

Schluß damit! sagte er zu sich selbst. Schluß damit! Zu dem Entschluß, den er soeben gefaßt hatte, gehörte doch auch, daß er sein Selbstmitleid aufgab. Sein Leben lang hatte er sich von diesem abscheulichen Geflenne nähren und trösten lassen, doch jetzt war Schluß damit. Aus. Ende. Es entsprach ohnehin nicht seiner Natur; es war einfach eine Angewohnheit, die er automatisch von seiner Mutter übernommen hatte. Er erinnerte sich sogar, wie er einmal nachts auf dem Weg zur Toilette plötzlich innegehalten hatte, weil er hinter der Tür seiner Eltern ein gehässiges Zischen gehört hatte. »Selbstmitleid – das ist das einzige Vergnügen, das dich noch interessiert, nicht wahr, Lilith?« Und Hector hatte recht gehabt. Durch ihre eiserne Gewohnheit, stets nach innen zu blicken, nie nach außen, hatte sie sogar verlernt, andere so zu sehen, wie sie wirklich waren, statt so, wie sie sie gern haben wollte. »Ich hab' den Verdacht, Tory möchte eigentlich noch ein Kind, aber George ist dagegen.« »Ich bin überzeugt, daß William nicht halb so ›schwul‹ ist, wie er glaubt.« Eine seltsame Art, durchs Leben zu gehen, indem man die Hälfte seiner beträchtlichen Energien in eine Reihe krasser gedanklicher

Fehlkonstruktionen steckte und den Rest darauf verwandte, andere zu zwingen, daß sie einem glaubten. Eine kolossale Verschwendung von Zeit und Kraft, wie damals, als sie ganze Nachmittage lang darüber gewacht hatte, daß er die letzten Bissen seines Mittagessens hinunterschluckte. (Noch heute mußte er sich beim Anblick eines Tellers Makrelen fast übergeben.) Aber es stimmte, wenn es hieß, Gewohnheiten seien anfangs Spinnwebfäden, später Drahtseile. Zweifellos konnte, wenn er stark genug war, sein wahres Selbst durchbrechen, auch wenn es dafür die eingefahrenen Geleise eines ganzen Lebens zu verlassen galt. Zweifellos konnte auch diese verrückte Farce wie jede andere ein beliebiges Ende nehmen. Er hatte es bestimmt tausendmal gehört: »Du bist genau wie ich, William. Wir gleichen einander wie ein Ei dem anderen.« Und er hatte nur gelächelt. Was wußte sie schon von ihm? Gar nichts. Wozu sich auf Diskussionen einlassen? Jetzt aber, zu spät fast, erkannte er, wie nahe seine bequeme Willfährigkeit sie einem uneingeschränkten Sieg gebracht hatte. Bei der bloßen Erinnerung an den vertrauten Ausspruch schlossen sich seine Finger fester um die Hebel, und am liebsten hätte er wie damals mit zwölf Jahren auf dem Spielplatz geschrien: »Das ist nicht wahr! Nimm das zurück! Nimm das zurück!«

Reiß dich zusammen, William. Schultern fallenlassen. Langsam ausatmen. Ganz ruhig. Denk daran: Du hast ein Gelübde abgelegt. Er hatte einen Schritt nach vorn getan, wie Barbara. Es würde keine Tränen, keine Panik, keine Verzweiflungsausbrüche mehr geben. Von heute an würde er sich im Lichte inneren Losgelöstseins bewegen, hochfliegende Erregung und nagender Schmerz würden nichts anderes mehr sein als Müll vergangener Zeiten – den er auf seinem Weg vielleicht gebraucht hatte, jetzt aber gewiß nicht mehr brauchte. Nichts und niemand würden ihn je wieder in übersteigerte Gefühle stürzen. Er hatte den Wert der Gleichgültigkeit erkannt. Endlich – nach so langer Zeit – war er erwachsen geworden. Etwas hatte er verloren, aber dafür hatte er etwas unendlich Wertvolles gewonnen: einen hell strahlenden inneren Frieden.

Das selige Lächeln auf Williams Gesicht wich weder, als die Gänge knirschten, noch als die Beschleunigung den Motor aufheulen ließ, noch als die Baggerschaufel donnernd auf die Erde niederkrachte. Seine ruckende Fahrt die Pfosten entlang hinterließ einen Streifen blutender brauner Erde. An den Wällen, die er zu beiden Seiten aufwarf, glitt seine ganze Kindheit hinab. Auf dieser Wiese, die er jetzt in Streifen schnitt, hatte er laufen, dann Purzelbäume schlagen und später perfekte Serien von Rädern schlagen gelernt. Dort wo jetzt dunkle Sättel umgepflügter Erde waren, hatte er stundenlang gelegen und so getan, als lernte er für diese oder jene Prüfung, in Wirklichkeit aber nur zugeschaut, wie eine dicke, silberumrandete Wolke nach der anderen majestätisch über die Platane hinwegzog und dann die Sonne wieder durchließ, die die Augen mit wunderschönen Regenbögen füllte und ihre wohltuende Wärme kraftvoll bis in die Knochen dringen ließ. Hier, wo er jetzt den Bagger schwenkte, war genau die Stelle, an der er, nachdem er beim Nachhausekommen von der Schule erfahren hatte, daß seine heißgeliebten jungen Kätzchen »in gute Hände« weggegeben worden waren, sich blind vor Tränen ins Gras geworfen und den verräterischen feuchten Kreis entdeckt hatte, den Abdruck des tödlichen Wassereimers. Hier, wo er am Goldregen vorbei seine Spur der Zerstörung zog, hatte sie ihn halb bewußtlos geschlagen, nur weil er ein Gerücht über Mrs. Philimores betrunkenen Ehemann wiedergegeben hatte, das er ursprünglich von ihr selbst gehört hatte. Es gab in diesem Garten mehr Erinnerungen, als es Pflanzen darin gab, aber das kam jetzt alles weg. Heraus damit, nichts wie heraus! Der Bagger grub sie aus und warf sie fort. Sie würden ihn nicht mehr belästigen. Erinnerungen mußten, ebenso wie Gefühle, herausgerissen werden aus dem neuen, besseren William. Diese hartnäckigen Geister waren ohnehin zu nichts nütze. Die Kindheit jedes Menschen war voll von Enttäuschungen und Grausamkeiten, und keine Grausamkeit oder Enttäuschung ist für das Opfer eine Kleinigkeit. Im Grunde unseres Herzens sind wir alle unglückliche Kinder. Caspar hatte ganz recht. Kindheit war in den meisten Fällen etwas Barbarisches. Man brauchte ja nur ein paar Wochen die Zeitung zu lesen, um zu sehen, wieviel Glück man selbst gehabt hatte. Die Hälfte aller Kinder auf der Erde wurden in Familien hineingeboren, die sie kaum anständig ernähren und kleiden konnten (»...dich gezwungen, deinen Teller leerzuessen? Sei froh!«). Man brauchte sich nur das Haus anzuschauen, in dem Caspar aufgewachsen war. Du lieber Himmel! Caspar wirkte ja sehr gepflegt, aber was für ein feuchtes Loch war dieses Haus! Sogar von der Ecke der Gasse aus konnte man erkennen, daß aus dem Fenster, auf das Caspar zeigte, nichts als Backsteine zu sehen waren. Wer wollte den Fluch, unter dem ein Kind geboren wurde, mit dem eines anderen vergleichen? Was war eine Kindheit voller Backsteine gegen die verzauberten Jahre in diesem herrlichen Garten?

Jetzt sah es hier allerdings nicht mehr ganz so herrlich aus. Bei Gott, der Bagger hatte schnelle und gründliche Arbeit geleistet. Mutter Naturs stetiges Mühen war zunichte gemacht. William drehte sich auf seinem Sitz um und sah über die Schulter zurück. Die Verwüstung war erstaunlich. Der Garten war halb zerstört. Daß es sich um ›Cold Domain‹ handelte, war nur noch an der zeitlosen, unbezwingbaren Platane zu erkennen.

Die Platane! Um Himmels willen! Wie sollte er dieses Mal an ihr vorbeikommen? Auf einer Seite versperrten die Erdhaufen den Weg, die der Bagger aufgeschüttet hatte. Und Williams Wahnsinnskurven hatten höhere Wälle aufgeworfen als zuvor. Für einen ungeübten Baggerfahrer war es völlig ungewiß, ob sein Gefährt es über den Hügel schaffen oder ob es sich bis oben hocharbeiten und dann postwendend umkippen würde. Besser, er hielt es sofort an – nur daß er sich in seinem Schrecken beim besten Willen nicht daran erinnern konnte, wie er es ursprünglich in Gang gebracht hatte.

»William!«

Das Pedal, das er bislang für eine Art Bremspedal gehalten hatte, bot, als er es niedertrat, gefährlich wenig Widerstand. Der Bagger steuerte direkt auf den Baum zu.

»William! Um Himmels willen!«

Er hatte nicht die leiseste Ahnung, wer aus der Menge, die ihm plötzlich über die Mauer zuschrie, eine so durchdringende – oder so entsetzte – Stimme hatte, daß er sie über den Lärm hinweg hörte. Oder wer so beschränkt war, nicht zu erkennen, daß er hier keine handverlesenen Alternativen hatte. Er konnte nur eines tun: das verfluchte Ding steuern. Nach links in die Garage – krach –, nach rechts über einen Erdhügel, der ihn geradewegs unter die Räder katapultieren würde – krach – oder gegen den Stamm der Platane. Krach!

Aber wozu sich überhaupt entscheiden? Bereits im Schatten des Baumes, begannen Williams Lebensgeister sich wieder zu regen. Der Bagger schlingerte so verzweifelt nach links, daß William fast aus dem kleinen Schalensitz geschleudert wurde. Das Garagentor platzte auf wie eine reife Frucht, der Bagger spießte die splitternde Holzwand auf, und Hectors alte, seit Jahren vor sich hin rostenden Geräte rasten wie Schrapnelle auf die Zuschauer zu und zwangen sie, hinter der Mauer in Deckung zu gehen.

»William! Brems doch, um Himmels willen!«

Er versuchte es noch einmal, drückte Knöpfe, zerrte an Hebeln und stieß die Füße mit aller Kraft auf ein Pedal nach dem anderen. Ein zehn Meter langes Stück der alten Mauer kippte wie eine vollendete Brandungswelle um und gab den Blick auf jene Gäste frei, deren körperliche Verfassung es ihnen zunächst nicht gestattet hatte, sich hochzurappeln, um zu sehen, was los war, und sie jetzt, in diesem gefahrvollen Moment, daran hinderte, die Flucht zu ergreifen. William drückte auf einen weiteren Knopf, was aber nur bewirkte, daß die gewaltige Baggerschaufel sich tückisch in einen tieferen, kritischeren Winkel senkte und den Bagger gegen den Druck des weiter wie rasend röhrenden Motors fast zum Stehen brachte. Alles starrte auf das Gestöber winziger bunter Steine, die jetzt wie Konfetti durch die Luft flogen. Ein paar lange Augenblicke hingen die schönen glitzernden Teilchen am Himmel und fielen dann in zersprengten grünblauen Bögen nieder.

William warf den Kopf zurück. Wie gebannt schaute er zu, wie die funkelnden, wirbelnden Juwelen herabstürzten. Er wußte nicht viel von dem, was da mehrere Schichten tief verborgen lag, aber Historisches erkannte er, wenn er es sah. Die kleinen Mosaikfragmente mußten jahrhundertelang in der Erde geruht haben. Die Vergangenheit regnete auf ihn herab. Zerschmettert. Zerstört. Es war ein Zeichen. Wenn etwas so lange Vergrabenes so leicht und schnell herauszureißen war, dann war das ein Zeichen, daß auch er einen neuen Anfang machen konnte.

Erschöpft sank William vornüber. Es war vorbei. Sein Griff um die Hebel, an denen er sich festgehalten hatte, um auf der rüttelnden Maschine nicht das Gleichgewicht zu verlieren, löste sich. Das wilde Dröhnen des Motors fiel in ein gleichmäßiges Leerlaufbrummen zurück. William merkte kaum, wie Barbaras frischgebackener Schwiegervater neben ihm auf den Bagger kletterte, und er horte kaum die leise Tenorstimme, die fröhlich eine fremde Melodie mit ausländischem Text sang, während die abgearbeiteten Wurstfinger hier auf einen Knopf drückten, dort an einem Hebel zogen. Die Bagger, auf denen der fleißige Spanier den Grundstein seines Vermögens gelegt hatte – beim Bau von Hotels an unberührten Küsten –, waren etwas anders konstruiert gewesen, was aber für einen erfinderischen Geist kein Hindernis war. Und unter den Leuten, die für ihn arbeiteten, gab es nicht nur einen, der nicht ganz bei Troste war. Er hatte schon mit sehr viel schwierigeren Fällen fertig werden müssen. Der Junge war in höchst unsinniger, unsystematischer Weise über den Rasen gewalzt. Einen Moment lang hatte Señor Lopez de Rego sogar um den Baum gebangt. Wenigstens aber war er auf dieser Seite der Pfosten geblieben, und ohnehin sollte das ganze Areal neu angelegt werden. Es gab da sehr umfangreiche Pläne. Die eleganten kleinen Chalets sollten versteckt in einem zeitlosen, altmodischen, wild wuchernden, verschwiegenen Garten liegen. Es würde da einen Steingarten geben, Rosenspaliere, vielleicht sogar das hübsche steinerne Fischbassin, das Rosina am Morgen, als sie sich bis zur Trauung noch die Zeit vetrieben, in dem Trödelladen für alte Bauteile unter einem Stapel von Kamineinfassungen entdeckt hatte. Und Kletterpflanzen aller Art würde es geben. Kletter- und Schlingpflanzen und üppiges, wucherndes Grün. Und Flieder. Den englischen Flieder mit seinem zarten Duft liebte er über alles. Barbara würde ihm bei der Planung helfen. Englische Frauen waren ja angeblich wahre Genies im Anlegen von Gärten. Er würde sie sogar fragen, ob sie es für möglich halte, in dem alten Gewächshaus nach dessen Restaurierung Wein zu ziehen. Und was waren das für schöne Bäume, die jedes Jahr im Sommer eine so herrliche Blütenpracht entfalteten? Wie hießen sie noch gleich? Aber egal. Barbara wußte es bestimmt. Er würde einen ganzen Hain davon pflanzen, dort drüben, wo ihr Bruder soeben diese häßlichen Baumstümpfe herausgerissen hatte.

Doch später war noch genug Zeit, um über alles nachzudenken. Jetzt mußte er den jungen Mann erst einmal wohlbehalten von der Maschine herunterholen. Die ganze Aufregung um die Hochzeit seiner Schwester – und Miguel-Angels hervorragende Moosewood Wagtailers – war wohl eindeutig etwas zuviel gewesen.

Inzwischen schlängelte Caspar sich bereits zwischen den letzten Gästen hindurch, die sich unnötig lange an der Bresche in der Mauer aufhielten – einige stehend, andere in ihren Rollstühlen und wieder andere noch immer in den Beeten sitzend –, und Señor Lopez de Rego winkte ihm fröhlich zu. Er beobachtete ihn, wie er sich vorsichtig seinen Weg über die frisch umgepflügte Fläche bahnte und dabei aufpaßte, daß er sich nicht die Hosenbeine schmutzig machte. Ein durchaus vernünftiger Mann. Er würde sich den Jungen vorknöpfen und ihm den Kopf zurecht rücken. Und wenn er sich die Mühe machte, sich um den Sohn zu kümmern, konnte das seine Chancen bei der Mutter nur verbessern.

»Jetzt sind Sie an der Reihe«, sagte er zu ihm.

»William?« rief Caspar sanft.

William blickte zu ihm hinab.

Lange Jahre im Hotelfach hatten Señor Lopez de Regos natürliches Talent zur ausdruckslosen Miene noch verstärkt. Dennoch schockierte es ihn, wie liebevoll der ältere Mann dem jüngeren die Hand entgegenstreckte. Und noch mehr, wie hingebungsvoll William ihm in die Arme fiel. Den Argwohn nährte auch die Zeit, die sie verstreichen ließen, bis sie sich voneinander lösten. Doch da Señor de Rego nicht gewillt war, sich die Freude an der Hochzeit seines eigenen Sohnes verderben zu lassen, glitt er vom

Bagger und eilte seiner Frau, Bunster und Dido zu Hilfe, die die hinfälligeren unter Barbaras Patienten mit den funktionsfähigeren der noch verbliebenen Rollstühle zusammenzubringen versuchten. Ein wenig Löten da und dort, und einige der ramponierten Stahlgerippe, die überall herumlagen, konnten vielleicht gerettet werden. Hatte er nicht einen Lötkolben durch die Luft fliegen und in einer Stechpalme landen sehen? Und war das in dem Baum dort nicht Lötzinn? Zufrieden wie stets, wenn er ein Ziel verfolgte, zog Señor Lopez de Rego ein paar der noch halbwegs brauchbaren Werkzeuge aus den Trümmern und schritt entschlossen auf die Mauer zu.

Caspar zupfte seinem Liebsten ein kleines blaues Steinchen aus dem Haar. Was war nun mit dem großen historischen Erbe? Señor Lopez de Rego hatte es nicht einmal bemerkt. Tory war schon gegangen. Daß Gilly sich nicht darum kümmern würde, wenn sie damit Schwierigkeiten vermeiden konnte, war ohnehin klar. Und nach Mrs. Colletts höchst erleichtertem Gesichtsausdruck zu schließen war sie froh, den ganzen Plunder los zu sein. Nichts war es mit den unschätzbaren ewigen Werten! Wie stets war es das arme alte Hier und Jetzt, waren es die Unvollkommenen und Verletzbaren, die das lebendige Herz in Besitz nahmen. Liebevoll hob Caspar Williams Kinn, um zu sehen, in welchem Zustand er sich befand. Bleich wie eine Made, verdreckt von seinem Kampf mit dem Garten. Aber kein Anzeichen von Tränen. O Gott! War sein geliebter William zu Stein erstarrt? Würde er ihm verzeihen? Barbaras liebevolle Worte klangen Caspar in den Ohren: »Caspar, irgendwie vertraue ich darauf, daß du immer genau weißt, was er braucht.« Ach, liebe, liebe Barbara! Wenn sie sich bloß nicht irrte!

Von Schuldgefühlen gepeinigt, trat Caspar zurück und wartete auf sein Urteil. Nicht minder schuldbewußt sah William ihn an. Er wußte, was Caspar dachte. Es würde Tränenströme geben, Zornesstürme und Nächte voll betrunkener Alpträume. Wie hatte er das all die Jahre ausgehalten? Es mußte die Hölle gewesen sein. War er ein Heiliger – wie Barbara eine Heilige war –, daß er weiterkämpfte und noch ein letztes verzweifeltes Risiko auf sich nahm, um das Übel an der Wurzel zu packen und Williams Herz zu heilen, so wie Barbara, wenn es in ihrer Macht stünde, die armen beschädigten Menschen heilen und sie das Laufen lehren würde?

Doch Caspar irrte sich. All das war nun vorbei. Es war ein anderer William, der da vor ihm stand. Er nahm den kleinen blauen Mosaikstein aus den geliebten Händen und hielt ihn fest wie eine von Barbaras kostbaren Perlen, als Symbol eines neuen Anfangs. Caspar würde erkennen, daß er, wie jeder andere, seine Kindheit endlich hinter sich gelassen hatte und erwachsen geworden war. Sie würden zusammen durch das Tor von ›Cold Domain‹ fahren, und wie gewöhnlich würde ihm Caspar, noch ehe sie die Umgehungsstraße erreichten, verzeihen.

So wie die Straße würde die Zukunft vor ihnen liegen.

Anne Fine im Diogenes Verlag

»Mit faszinierender Leichtigkeit hat Anne Fine ihren Erzählungen ein Spannungsmoment verliehen, das alle witzigen Details zu einem Ganzen macht – ›very fine, Anne!‹« *Reinhard Osteroth / Die Zeit, Hamburg*

Anne Fine wurde in Leicester, England, geboren. Sie studierte Geschichte und Politikwissenschaft und lebte in Kanada und den Vereinigten Staaten. Heute lebt sie mit ihren beiden Töchtern in Edinburgh.

Killjoy
Roman. Aus dem Englischen von Jürgen Bauer und Edith Nerke

Wer dem Teufel glaubt
Roman. Deutsch von Barbara Heller

Mutterglück
Eine schwarze Komödie. Roman. Deutsch von Barbara Heller

Jugendbücher:

Die Steinmenagerie
Roman. Deutsch von Karin Polz

Das Oma-Projekt
Roman. Deutsch von Barbara Heller

Der Neue
Roman. Deutsch von Ursula Kösters-Roth

Mrs. Doubtfire – Das stachelige Kindermädchen
Roman. Deutsch von Ursula Kösters-Roth

Familienkrieg
Roman. Deutsch von Barbara Heller

Das Baby-Projekt
Roman. Deutsch von Barbara Heller

Die Lügenbande
Roman. Deutsch von Ursula Kösters-Roth

Kinderbücher:

Kuh-Lotto
Mit Bildern von Gabriele Kernke. Deutsch von Erica Ruetz

Bills neues Kleid
Mit Bildern von Gabriele Kernke. Deutsch von Barbara Heller

Zaubernebel
Mit Bildern von Gabriele Kernke. Deutsch von Ursula Kösters-Roth

Tagebuch einer Killer-Katze
Mit Bildern von Steve Cox. Deutsch von Barbara Heller

Ein Engel in der Schule
Mit Bildern von Gabriele Kernke. Deutsch von Barbara Heller